ハヤカワ文庫SF

〈SF2472〉

レッドリバー・セブン：ワン・ミッション

A・J・ライアン

古沢嘉通訳

早川書房

9137

日本語版翻訳権独占
早　川　書　房

RED RIVER SEVEN

by

A. J. Ryan

Translated by

Yoshimichi Furusawa

First published 2025 in Japan by

HAYAKAWA PUBLISHING, INC.

This book is published in Japan by

arrangement with

JANKLOW & NESBIT (UK) LTD.

through JAPAN UNI AGENCY, INC., TOKYO.

クオーターマス教授の創造主であり、ハイ・コンセプトな大惨事を描く名人、
脚本家故ナイジェル・ニールに捧ぐ。

だれも同じ河に二度入ることはない。というのも、
それは同じ河ではなく、人も同じ人ではないからである。
——ヘラクレイトス

レッドリバー・セブン：ワン・ミッション

登場人物

ハクスリー

コンラッド

リース

ゴールディング

プラス

ディキンスン

ピンチョン

第一章

彼を目覚めさせたのは銃声ではなく、むしろ悲鳴のほうだった。人間が発する悲鳴ではなかった。

発砲があったのはわかっていた。消えかけているが、なじみのある反響音が耳に響いており、顔を起こし、塩と霧雨が混じったものに刺激されて目をしばたたく。ゴムが敷かれている冷たい金属を両手で押し、上下左右に揺れている床から体を起こすと、また悲鳴が聞こえた。彼は悲鳴の発生源に勢いよく首を向けた。鋭い、貫くような痛みが頭のなかに走る。さらに目をしばたたくと、悲鳴をあげた対象にピントが合い、その人ではありえない様相を確認した。

一羽のカモメが彼に向かって首を傾げていた。まるでなにかに備えているかのようにカモメが甲板の上でひょこひょこと頭を動かすと、激しい、耳障りな風がその羽を毛羽立たせた。自分に飛びかかってこようとしているのだろうか、と彼は思った――カモメは獰猛《どうもう》になりうる――だが、そいつはたんに黄色いくちばしをあけてもう一度鳴くと、驚くほど大きな翼を広げて、宙に飛び立った。その飛んでいく姿を目で追うと、カモメは波立つ灰色の水面をかすめ、霧のなかに姿を消した。

「海だ……」その言葉は乾いた舌をこすって、唇から漏れた。「おれは海にいる」なんの理由もなく、それがひどくおかしく思え、彼は笑い声をあげた。爆笑の音の高さに驚く。あまりにも大きな笑いに息絶え絶えになって身もだえし、甲板の上に再度転がった。甲板、笑いが収まると、彼は悟った。おれは小型船《ボート》に乗っている、もしくは大きな船《シップ》に。

すぐに起こった衝動は、もう一度体を起こし、あたりを調べてみることだったが、またしてもよくわからない理由から、彼はそうしなかった。丸一分間、甲板の上でうずくまったまま、動かなかった。顔はゴムマットからほんの数インチしか離れていない。この機能停止状態の原因を分析しようとして、心拍数があがった。おれは怖がっている。なぜだ？その理由のあまりにも恥ずかしい明白さに、彼はまた笑いだしそうになった。あの銃声だ、まぬけ。銃声が起こった。次の弾が飛んでこないうちにいますぐ立ちあがれ。

歯を食いしばり、甲板を押し、強引に膝立ちになると、脅威の源を求めて頭を振り、目を向けていく――かなり霧に包まれた波、自分が乗っているボートが残す灰色の航跡の白さ、防水布に覆われ、ロープに繋がれてかすかに揺れている小さなゴムボート。

小さなボート、大きなボート、という言葉が脳裏に浮かび、あらたな哄笑がこみあげてくるのをこらえた。過剰反応だ、とみずからをたしなめ、深呼吸をする。

右側を向いて目に入ったものに、おもしろいと思っていた感情の残滓がかき消された。

死体が船の隔壁に寄りかかっていた。ダークグレーの隔壁の色は、死んだ男の頭部からついさきほど噴きあがった赤いものと黒いもので変色していた。男は一般的な軍装の服と長靴を身につけており、上着は記章や氏名を示すものを欠いていた。頭は片方に傾いており、顔に見覚えはなかった。もっとも、あごの下で発射され、頭頂部を抜けていった銃弾によって、面相はかなり変わってしまったのだろう。片方の腕がだらんと体の横に下がっており、反対の腕は膝の上に置かれて、手には拳銃が握られていた。

「シグ・ザウエルM18」その言葉が反射的に口をついて出た。彼はその銃を知っていた。標準支給の米軍制式軍用銃だ。装塡数は十七発。有効範囲五十メートル。しかしながら、この瞬間にもっと重要なのは、拳銃の名前は言えるのに、自分の名前が言えなかったことだ。

うめき声が彼から漏れた。あまりにも鋭くて、痛みのように感じられる混乱が口から出た。目をつむる。先ほどよりも心拍数があがっている。おれの名前。おれの名前は……おれのクソったれな名前は！

なにも浮かんでこない。ただの空白、沈黙の虚空。空っぽの箱に手を入れたみたいだった。

恐怖がパニックに変わろうとして、文脈《コンテクスト》を思いだせ、と自分に言い聞かせる。頭をぶつけたんだ。事故かなにかか。これは夢だ、あるいは幻覚だ。コンテクストを考えろ。住んでいるところ。仕事。そうすれば名前が浮かんでくる。

うめきながら、内なる集中力を呼び起こそうとし、ますます強くつむるあまり、目から涙がこぼれた。

住んでいるところ。なにも出てこない。

仕事。なにも出ない。

恋人、妻。なにも出ない。

母、父、兄弟姉妹。なにも出てこない。

星がまたたく暗闇が浮かんだが、知っていることになにも結びつかなかった。なんの顔も浮かばず、名前はいっさい出てこなかった。

地名、と彼は考えた。いまや体が激しく震えていた。場所の名前を思いだせ。どんな場所でもいい……ポキプシー（ニューヨーク州の市）。なんだそりゃ？　なぜポキプシーが？　おれはポキプシーを知っているのか？　ポキプシー出身なのか？

いや。映画から来たものだ。ある映画のなかでジーン・ハックマンが言った台詞のなかに出てくる。鉄道の高架橋の下でのすごいカーチェイスがある映画……『フレンチ・コネクション』だ。映画の台詞は思いだせるのに、自分の名前さえ、思いだせないのか？

　両手を頭に持っていき、記憶を励起するためぴしゃぴしゃ叩こうとしたが、頭皮を覆う短いまばらな毛を感じて、手を止めた。剃られている。指でまさぐったところ、海風の飛沫《しぶき》で湿った皮膚を感じて、悟った。坊主頭だ……。ちくちくする肌触りに引っかかりを感じて、指が止まった。左目の上から頭頂部にかけて、なにか皺が寄っている。傷痕だ。

　事故と負傷という考えがまた浮かびあがったが、傷痕の規則性を触診して、その考えは鎮まった。まっすぐな傷痕はその性質を明白にしていた。手術痕だ。だれかがおれの頭蓋骨を切りひらいたんだ。縫い目は感じられなかった。ということは、傷口は治っている。だが、傷痕の盛り上がりと膨らみは、どれほど綺麗でも、なにがあったにせよ、それはそれほどまえのことではない、という結論を導かざるをえなかった。

　手術されたのち、死んだ男といっしょにボートの上で行き暮れているだと。ふたたび死体に視線が向いた。隔壁に飛び散った赤と黒の汚れに反射的に嫌悪感を抱いて目が止まってから、拳銃に目を向けた。だけど、この男はほんの数分まえまで死んでいなかった。しかも、ほんの少し近づいて、吐き気と死んだ生き物に対する本能的な忌避感と戦いながら見てみると、軍服を着て、制式武器を持っているこの自殺したと思《おぼ》しき見ず知らずの男も、頭を剃りあげているのに気づいた。頭蓋骨の粉砕されていない箇所を仔細に眺めると、この男にも自分とそっくりおなじに思える青白い傷痕があった。

うしろに下がり、別のことに気づく。自分を撃ったあとで死んだ男の手首は、前腕の裏側が上を向く形で膝の上に落ちていた。袖がまくれあがり、タトゥーを部分的にあらわにしていた。

拳銃を取るために手を伸ばすのは驚くほど素早く、ためらいのない行動だった。そして安全装置をかけ、自身の軍服のウエストバンドに滑りこませる動作も同様だった。

筋肉記憶だ、と思いながら、彼は死体の手首をつかみ、袖をまくりあげて、タトゥーが全部見えるようにした。タトゥーは一語で成り立っていた。人の名前が、いかなる飾りも欠いているきわめてわかりやすい文字で皮膚の下に入れられていた――**コンラッド**。

彼はその名前にピンと来るかどうか待った。鍋をかきまわし、わずかな認識をあきらかにするのを。だが、またしても、空っぽの箱しか見つからなかった。「傷痕」彼は声にだしてつぶやいた。「剃りあげた頭、服。ほかになにか共通しているものはあるのか、相棒？」

自身の上着の袖ボタンははまっており、死んだ男――コンラッド――の拳銃を手にするよりもボタンを外すほうにずいぶんと不器用さを発揮してしまった。おまえは自分の名前を知りたくないのか？　彼はさらなる笑い声をかみ殺し、指の動きをどうにか制御して、飾りボタンを外し、袖をまくりあげた。右腕にやはりタトゥーがあり、おなじ字体で、名前だけ異なっていた――**ハクスリー**。

「ハクスリー」最初、そっと口に出した。自分の耳にしか届かないほどの小さな声で。またしても報酬は空っぽの箱で、さらに音量を上げて、繰り返す。「ハクスリー」なにも浮かばない。

「ハクスリー！」なにも浮かばない。

「**ハクスリー！**」

叫び声というよりも、激怒のあまりのうなり声として発せられたが、なんの記憶も呼び戻さなかったものの、ひとつの反応を引き起こした。彼の反応ではない。コンラッドの死体の右側で、扉があいているハッチのなかから物音が聞こえた。心への負荷が強すぎて、ようやくいまになって気がついた、陰になっている開口部だ。物音はくぐもっており、正体を突き止められなかった。たぶん一瞬、床をこするような音のあとで、短く息を吐くような声がした気がしたが、定かではなかった。確実なのは、彼と不幸なコンラッドしかこのボートにいないというわけではないという事実だ。

隠れろ！　その衝動は本能的で、自動的なものだった。ひょっとして犯罪者が考えそうなことだろうか？　あるいは、たんに生死が問われている状況の不確かさをよく知っている人間だからか？　まさにいまがその状況であることに彼はなんの疑いも持っていなかったからだ。ほんとか？　彼は自分に問うた。進んで分かち合いたいと思える実例を体験しているのか、ハクスリー？　いまこの特別な局面で、関連した経験はかならず役に立つというのか？

しかしながら、ハクスリーに浮かんでくるのは、あらたな空っぽの箱だけだった。隠れる場所はない。この船を見てはっきりわかるのは、大きな船ではないということだ。つまり、隠れる場所はほとんどない。そのうえ、あのハッチのなかで待ち受けている人間がだれであれ、彼が何者なのか知っているかもしれなかった。彼は背中に手をまわしたが、拳銃をつかまぬうちに、手を引いた。銃を人に向けるのは、友だちを作るのにいい方法ではなかった。

「なあ！」彼はハッチに向かって声をかけた。おずおずとした、しゃがれた声の挨拶は、たいした印象を与えないのは確実だった。咳払いをすると、彼はもう一度試そうとし、両手をあげ、船室に足を踏み入れようとした。「いまから入っていくけど、いいだろ？　武器もなにも手にしていない。たんに話したいだけで……」

一組のクッションつき座席の奥からひとりの女性が立ちあがった。両手でシグ・ザウエルを握りしめている。こちらから見える銃身は黒い円形で、つまり、まっすぐこちらの顔を狙っていた。

「……やあ」そう言い終えると、彼は唇をゆがめて、弱々しい笑みを作った。

女性は黙って彼を見つめた。彼があるきわだったいくつかの事実を確認できるくらい長いあいだ見つめてくる。ひとつ――彼女も彼とコンラッド同様、頭を剃りあげ、傷痕があった。ふたつ――彼女も彼とコンラッドと同様、記章のついていない軍服を着ている。みっつ――アドレナリンに燃料を得た速い呼吸によって手が震え、鼻孔が膨れあがっている様子から、彼女は心底怯えていて、相手を撃ち殺す勇気を奮い起こそうとしている。

その瞬間に口にすべき正しいことをどうやれば正確に決められるのか、彼にはわからなかったが、言葉がすらすらと口をついて出た。脅かしあるいは懇願あるいは彼女をパニックに陥《おちい》らせて引き金を引かせかねないような文言は、いっさいなく。「きみは自分の名前を知らないんじゃないか？」彼は訊いた。

眉間に皺が寄った。軍服と剃りあげた頭の組み合わせによって、彼女の年齢を正しく推測するのは難しかった。三十歳、ひょっとしてもっと上？　その顔にはもっぱら恐怖が浮かんでいたが、目には鋭い知性がうかがえた。だとしても、気になる銃の震えは止まらなかった。

「そっちの名前はなに？」彼女は訊いた。アメリカ人の発音だった。イーストコースト訛りだ。たぶん、ボストンか。どうしておれはそれを知ってるんだ？

「わからん」彼はそう答えると、掲げている腕をひねって、タトゥーを見せた。「だけど、ハクスリーと呼んでくれてもいい。きみをどう呼べばいい？」

女性の眉間の皺が深くなり、増大した恐怖に顔をひきつらせ、ぶるっと身震いしてから、気を取り直した。「そこから動かないで」そう言って彼女はゆっくりと一歩あとずさり、さらに二歩後退した。相手が引き下がるのに合わせ、彼は船室のなかに目を走らせた。余計な飾りがなく、軍用の機能一点張りだった。保護カバーのついた電線が壁をたどって、甲板に伸びていた。右側にもうひとつの昇降口があり、そこから梯子《はしご》が下におりていた。拳銃を手にしている女性のうしろで甲板が数インチ分高くなっており、無人のクッションつき座席が三組、ある種のダッシュボードのまえに置かれていた。ダッシュボードにはモニターやボタンがずらっと並んでいたが、舵輪はなかった。舵柄《だへい》だ、と彼は自分が思い浮かべた言葉を訂正した。ボートの舵輪は、舵柄と呼ばれている。わかってないな。モニター類は、最新式のフラットスクリーンで、耐久性の高いプラスチックで保護されており、画面上に動きはなく、黒いままだった。このボートは動いており、彼にわかるかぎりでは、制御を失っていないという明白な事実はあったのだが。ダッシュボードの先には、斜めになった三面の窓があり、そこから灰色の空と、霧で覆われて、上下する海が見えた。

「銃声が聞こえた」女性がそう言って、彼の意識の矛先を彼女に戻させた。彼女はまだ拳銃を彼に向けており、その腕を伸ばしたまま、袖のボタンを外していた。

「あそこにほかの人間がいたんだ」彼は肩越しに首をひねった。「死んでいる人間が。自分を撃ったようだ。少なくともタトゥーによれば、名前はコンラッドだ」

袖を肘までまくりあげ、彼女は現れた名前に目を走らせると、銃を反対の手に移し、名前を彼に見せた――リース。

「この名前を知ってる？」彼女は訊いた。自分はその答をはっきり知っているけれど、あなたは知らないでしょうねと非難するような口調だ、と彼はわかった。

「おれが知っているのは、せいぜいこれだけだ」彼は自分につけられた印をふたたび掲げた。「あるいは、コンラッドという名前。すまんな、お嬢さん。きみはおれにとって見ず知らずの人間なんだ。おれがきみにとって見ず知らずの人間であるのとおなじように。それを言うなら、おれにとってもおれ自身、見ず知らずの人間なんだ。さて、ここにふたりの人間がいる。ボートに乗ったふたりの記憶喪失患者だ。もしこれを解決するつもりなら、たがいに銃を向け合うのは、あまりいい考えではないと思うんだが」

「そのコンラッドが銃で自殺したとわたしにわかると思う？」彼女は鋭い目を光らせて訊ねた。

「わからんな。きみがあの男を撃ち、自殺に見せかけたかどうかおれにわからないのとおなじだ。どのみち、起こったときを目撃していないんだ」

彼は相手の目が自分の傷痕に向けられ、自由なほうの手で自分の傷痕をさぐろうと動きはじめたのを見た。

「手術じゃないかな？」彼は言った。「だれかがあちこちつつきまわしたみたいだ」

自身の傷痕の触診をつづけているうちに彼女の銃を持つ手がゆっくりと下がった。「一カ月と経っていないわ」そう言うと彼女は半歩まえに進んで、彼の傷を仔細に見ようとした。「あなたもおなじ。治癒速度から判断すると」

「これがなにか知ってるのか？　きみは医者なのか？　外科医？」

困惑が彼女の顔を曇らせ、恐怖が戻ってきた。絶望的なつぶやきのような返事をする。

「わからない」

彼は別の質問を考えだそうとした。なんらかの医学知識を掘り返そうとする質問を。だが、梯子の方向から怒りのこもった大きな叫び声が聞こえて、彼はコンラッドの拳銃に手を伸ばした。

「止めて！」リースがふたたび自身の武器を掲げ、両手で台尻を握り、トリガー・ガードに指をかけていた。訓練を受けた握り方だ、と彼は気づいた。自分の握り方と瓜二つだ。

「リラックスしてくれ、お嬢さん」彼は彼女に言った。「その呼び方には虫酸《むしず》が走る！」

「その呼び方を止めて！」彼女の指が痙攣《けいれん》した。

「この呼び方をきみが嫌っているとおれにわかるわけがないだろ？」

彼女はそう言われて黙りこみ、あごを閉じ、歯を食いしばった。彼女自身の空《から》の箱に手を伸ばしているんだろうな、と彼は結論を下し、考える時間を相手に与えないほうがいいだろうと判断した。

「どうやら、おれたちには仲間がいるようだ」彼は梯子のほうにうなずいた。「たぶん、自己紹介をすべきだろう」

下からさらなる声が聞こえて、彼女はひるんだ。先ほどよりも大きく、複数の声が重なりあって、わけのわからないたわごとに聞こえた。「あなたが先にいって」そう言うと、拳銃をおろしたが、今回は最後までは下げなかった。

梯子は急で、あきらかに段と向かい合っておりていくように設計されていた。そんなふうにおりていく心の準備ができていなかった。片手で手すりをつかみ、恐る恐る梯子段に踵《かかと》を置いて、一段ずつおりていくと、自分が少し底の擦り切れた軍用長靴《ちょうか》をはいていることにはじめて気づいた。拳銃を抜きたいという強い衝動にかられるも、頭の上に怯えた女性がいるせいで我慢した。下の船室にいるだれかがこちらを撃つ必要性を覚えたのなら、それに対して取る手立てはあまりないだろう。幸いなことに彼らは全員ほかのことに関心を奪われているのがわかった。

「話せ!」背の高い男が低い声で荒っぽく言った。筋肉質の腕を、かなり小柄な別の男の首に巻きつけている。背の高い男は小柄な男のこめかみにシグ・ザウエルを当て、銃口を肉に強く食いこませていた。ふたりとも剃りあげた頭とそこに手術痕があるのを見るのは、なんの驚きでもなかった。一組の二段ベッドに背をつけて立っているふたりの女性も同様だった。ふたりとも体を強《こわ》ばらせ、どっちつかずの態度を示していた。「おまえが何者なのか言え!」背の高いほうの男は拳銃の銃身をさらに強く押しつけ、生贄からぎょっとしたあえぎを誘発させた。

「その人はなにも知らないぞ」

全員の目がハクスリーに一斉に向けられた。ハクスリーは梯子を半分までおりて、留まっていた。ふたりの女性はあとじさり、背の高い男は、予想通り、あらたな標的を見いだした。

「おまえはいったい何者だ？」イギリス訛り。きつい、切り詰めた声。険しい一組の目が、拳銃の照準器の上で炯々《けいけい》と光る。リースの自信がない震えとは無縁の声と武器。

ハクスリーは笑い声をあげた。陽気な声は梯子をくだり終えるまでつづいた。寝台と寝台のあいだの狭い通路にローテーブルがあり、ハクスリーは自分の武器をその上に放りだすと、テーブルの縁に両手を置き、強く摑んで、笑い声をむりやり止めた。

「紳士淑女のみなさん」ハクスリーは背を伸ばし、両手をあげた。「まったく新しい土曜の夜の絢爛豪華な催し〈おまえはいったい何者だショー〉にようこそ。わたくしは、あなたのホスト、ハクスリーです」彼は前腕をひねって、タトゥーを示した。「どうやら。今夜、出場者の面々は、たったひとつの簡単な質問に答えられるかどうか、百万ドルの賞金を巡って競い合うようです。どんな質問か想像できますか？」

ハクスリーは大柄の男を黙って見つめた。男の顔に皺が寄り、ひきつるのを見る。ここにいる全員が共有しているのとおなじ深くて苦悩に満ちた混乱を抱えている。ひと言うめいて、男は小柄な男を解放し、突きはなした。「おれの武器を奪おうとしたんだ」大男はつぶやいた。

「賢明な用心に思えたんだよ」小柄な男はかすかに訛りがあり、ヨーロッパの出身であることを示していたが、流暢な英語に組みこまれて、どこの国かは判別がつかなかった。

「きみはわれわれのなかでいちばんでかいんだ」男はおずおずと自分の頭皮に手を走らせてから、右袖のボタンを外しはじめた。袖をまくりあげ、毛むくじゃらの前腕に記されている名前を示す――ゴールディング。

「プラスよ」女性のひとりがそう言って、自分の腕を見せた。ハクスリーから見て、彼女がこのグループのなかで最年少に思えたが、それほど歳の差があるようではなかった。少なくとも二十代後半だろう。

「ディキンスン」もうひとりの女性が言った。彼女はグループのなかで最年長だったが、そのわりには、クロスフィットで鍛えた筋肉と贅肉のそげ落ちた頬骨が目立つ引き締まった体つきをしていた。

「われわれはじつに文学的なグループだな」大柄な男はそう言って、自身の腕を伸ばして、名前をあきらかにした――ピンチョン。

「作家の名？」ゴールディングが自分のタトゥーに目をすがめながら、訊いた。

「ああ」ピンチョンは自分の肉に入れられた文字を指でたどった。「『競売ナンバー49の叫び』は偉大な本だ。空が青く、水が濡れているのとおなじくらい、そうだと知っている。だけど、どこでいつその本を読んだのか、言えないんだ」

「われわれが知っていることはほかになにがあるのだろう」ハクスリーは言った。彼はテーブルの上の拳銃を見て、自分が易々とその名前と仕様を思いだせたことに気づいた。ハクスリーはあらたな例をまさぐろうとしはじめたが、リースが先に口をひらいた。

「成人男性の平均的肺活量は、六リットル」リースはそう言って、ハクスリーの隣に移動した。その仕草が伝えたかもしれない仲間意識は、彼女が腕を組み、筋肉を収縮させ、皮膚の下の血管を浮きあがらせたことで雲散霧消した。ディキンスン同様、リースはジム通いで鍛えていたが、それほど筋肉隆々というほどではなかった——数年かけてというより数カ月かけて鍛えた体だ。「つまり、たまたまわたしが知っている……こと」そうつけ足してから、一行を見まわした。

「北極の環境では、人は一日三千六百カロリー以上を必要とする」ディキンスンが話しはじめる。「マッターホルンの高さは、四千四百七十八メートル」

ゴールディングが次に口をひらき、その出自不明の抑揚がある話し方にハクスリーはいらいらした。「ベンジャミン・ハリスンは、アメリカ合衆国第二十三代大統領」

「三十四代は？」ハクスリーが訊いた。

「ドワイト・D・アイゼンハワー」

「四十五代は？」プラスが訊いた。

ゴールディングは嫌そうに顔をしかめた。「上品な人の集まりでは、口にしてはいけないと思う」（四十五代大統領は、ドナルド・トランプ）

ピンチョンが鼻を鳴らし、船室を見まわし、さまざまな細部に目を向けながら話した。

「この船はマークⅥライト・クラス米海軍巡視艇だ。五千二百馬力のディーゼルエンジンによって動くウォーター・ジェット推進装置がついている。最高速度は四十五ノット。最大到達距離は七百五十海里（千三百八十九キロ）だ」

「それを聞いて、疑問が浮かぶんだけど」プラスは天井を見て言った。「このボートをだれが操縦しているの？」

「だれも操縦していない」ハクスリーはプラスに言った。「ないんだ……舵柄が。だけど、どこかに向かって進んでいるのはあきらかだ」

「それで、ここはどこなの？」

「海のどまんなかだな」ハクスリーは肩をすくめた。「どこかの海であることは確かだ。

「では、陸地からさほど離れていないな」ゴールディングが言う。

カモメを見た」

「それは神話のたぐいだぞ」ピンチョンはゴールディングに言った。「カモメは海上を数百マイル、数千マイル、飛べるんだ」

「わたしたちはいろんなことを知ってる」ディキンスンが言った。いましがた整理した考えをきちんとまとめて口に出す。「だけど、自分たちの名前は知らない。あきらかに専門知識や一般知識を持っている。つまり、なんらかの理由があって、わたしたちがこのボートに残されたのだという結論を導くのが妥当ね」

「なんらかの頭のおかしな実験かもしれない」ハクスリーが考えを述べた。「おれたちの記憶を切り取って、装塡済みの武器があるボートに取り残し、どうなるか確かめてみる、とか」

ディキンスンは首を横に振った。「そんな実験にどんな目的があるかなんて想像できない」

「それに特定の記憶を切りとるというのは、単純に不可能ね」リースが言った。手を自分の傷痕に持っていき、またおろした。「記憶というのは、脳のすてきな、分離した領域に住んでいるんじゃないの。個人史を思いだす能力を奪いながらも獲得した知識や技能を残すというのは、わたしがこれまで読んだことがあるどんな神経科学の専門誌にも載っていないわ」リースは目をつむり、ため息をついた。「あるいは、読んだと思っているだけかも。いまのところ、たった一度の診察や患者相談も思いだせないけど、自分にその経験があったのは、わかっている」

「コンラッドはなんとなく気づいていたのかもしれない」ハクスリーが言った。「あんなことをするなんらかの理由があったはずだ」

「ところで、コンラッドというのは、いったい何者なんだ？」ピンチョンが訊いた。

「予想通りの場所に射入口と射出口」リースはしゃがんで、コンラッドのあごの下にあいたぎざぎざの穴を入念に眺めた。「傷口のまわりの真皮には、接触熱傷」リースは死体から離れ、ほんのわずか、ハクスリーのいるほうに頭を傾けた。「もしこれが仕組まれたものなら、説得力のある仕事だね」

「もしおれが彼を殺したのなら」ハクスリーが返事をした。「船縁《ふなべり》から落とさずにそこに置いておいたのはなぜだ？」

「この環境だと、疑念が生まれるのは仕方ないわね」ディキンスンはそう言うと、死体を眺めながら険しい表情を浮かべた。「それにわたしたちにわかるかぎりでは、最初に目を覚ましたのは、あなただった」

「いや、最初に起きたのは彼だ」ハクスリーはコンラッドをあごで示した。「だけど、この件がはじまったとき、おれたちは全員寝台に寝かされていたのは確かだと思う」彼は手に入れた二番目の拳銃を掲げた。下の段の寝台で見つけた銃だった。「これはおれの銃だと思う。目が覚めたとき、その場に置いたままにして、おれはここまであがってきたんだ。ひょっとしたらコンラッドを追って。あるいはそうじゃないかもしれないが。その記憶はないんだ。わかっているのは、おれがここに来たとき、コンラッドはすでにいた」

「で、理由はなんだ？」ゴールディングが訊いた。彼はゴムボートのそばに来ていた。損傷の兆候の有無を確かめるその注意深さをハクスリーは心に留めた。「自分が何者か記憶がないことで自殺する瀬戸際まで追いこまれるものだろうか？」

「ひょっとしたらその人の反応は、ほかのわたしたちよりきついものだったのかも」リースが言った。「わたしたちが受けた処置がなんであれ、きわめて侵襲的で、たぶん実験的なものですらあったのは、あきらかよ。予想不可能な副作用があったとしても当然」

「あるいは……」ハクスリーはコンラッドの弛緩して血の気の失せた顔つきを見ながら、そこになんらかの表情が浮かんでいるかもしれない、と思った。眉間に刻まれた細い皺や唇の角度が絶望を物語っているのかも。それとも、どんな死体の顔もロールシャッハ・テストのようなもので、見たいと思ったものをそこに見ているのかもしれない。

「あるいは、なに？」リースが促した。

「あるいは、彼は思いだしたのかもしれない」ハクスリーは言い終えた。「手術がうまくいかず、彼はおれたちがこのボートにいる理由を思いだした。もしそうなら、この旅をまったく楽しみにしていなかったようだ」

「それはまったく根拠のない推測にすぎないわ」ディキンスンが言った。「わたしたちは知っていることに基づいて判断を下すしかない。もっとも重要なのは、いまいる場所とこに向かっているかということ」彼女はピンチョンのほうを向いた。「いまのところ、わたしたちのなかでこの船に関する詳しい知識を示しているのは、あなただけ」

ピンチョンは昇降路のなかに立っており、肉厚の腕の片方をフレームに置いて、顔には慎重に集中している表情を浮かべていた。霧がかかっている空と、手すりの向こうの波に漂う霧の塊を指し示して、ピンチョンは言った。「羅針盤もなく、海図もない。どこにいるかはわからない」いったん言葉を切り、首を左右に振ると、渋面《じゅうめん》をさらに険しくして、柔らかな口調でつぶやいた。「こんなふうにいつまでも消えないのは不気味だ」

「もし太陽を見ることができたら」ディキンスンが霧に覆われた空に目を凝らしながら言った。「進行方向を計測できるのは確実なんだけど。光の角度に基づくと、いま西向きの針路をたどっているんだろうと思う。もし夜までに霧が晴れたら、星を見て、この惑星でのおおよその位置を推測できるはず」彼女は上層の船室の前方方向を指さした。「操縦装置はどうなってるの？」

「見にいこう」ふたりはピンチョンのあとを追い、クッションつきの座席にたどり着いたところ、ピンチョンはふたりのあいだに手を伸ばし、ダッシュボードの中央にある灰色の鋼鉄製パネルを軽く叩いた。「ライト・クラス巡視艇は、ここにあるはずのジョイスティックとスロットルの組み合わせで操縦する。見てわかるように、そんなものはなくなっている。このボートは自動操縦で動いているんだ」黒い画面を指でとんとんと叩く。「それにディスプレイもない。GPSもない。羅針盤もない。時計すらない。おれは上甲板をざっと調べた。光照射測距《ライダー》センサーがあった。自動操縦装置が障害物を避け、直線コースを維持することを可能にするためのものだろう。だけど、レーダーもレーダー・アンテナもない」

「自分たちの居場所を知ってはならないことになっているんだな」ハクスリーは結論づけた。

ピンチョンは眉をひそめて、陰鬱な賛同をした。「針路を変える方法もない」

「ゴムボートはどうなんだい？」ゴールディングが訊いた。

「船外モーターがついていない」ハクスリーが答える。「あんたはゴムボートに穴の有無をさがしていたときに気づかなかったんだろうな。なかを見たらオールもないことに賭けてもいい。つまり、舫《もや》いを解いて大海原に浮かんだところで脱水症状を起こして死ぬのがおちだ。緊急脱出装置としてろくに役に立たない。何者かは、このボートにおれたちを居つづけさせようと躍起になっていると見える」

一行が恐怖または計算のどちらかに落ち着き、長い沈黙がおりた。前者よりも後者寄りだと個々の顔に浮かぶ表情を目にして、いったん当初の不安感に襲われている気持ちが薄まると、この連中はある類型に戻ったのだとハクスリーは結論づけた。パニックに深く染みついた抵抗力を持っている類型に。役に立たないゴムボートにがっかりした視線を何度か向けているゴールディングでさえ、ストレスよりも集中力を示していた。選ばれた人間だ、とハクスリーは判断した。選択された。おれたち全員が。たまたまここにいるのではない。

「ディキンスンの意見には一理ある」ハクスリーは言った。「自分たちが知っていることをはっきりさせなきゃならない。このボートに関することだけじゃなく、おれたち自身に関することでだ。具体的には、おれたちが持っているスキルを。なぜなら、もし理由をさぐろうとするなら、おれたちが見つけだすスキルにそれがあるのだと思う」

第二章

予想されたことだが、ほかの傷痕を見つけたのはリースだった。ピンチョンが操舵室と呼んでいる場所の点検が終わってほどなくして暗くなった。センサーによって作動したと思しき照明が船首甲板と船尾甲板でちらつきながら灯り、ハクスリーはそれで孤立感が薄まるよりもむしろ増すように感じた。霧は晴れなかった。星や月をかいま見ることすらできない。海はインクを流したような黒いうねりになり、底なしの脅威になっていた。照明が届く範囲を越えたところには、なにもなかった。船は名前がなく果てのない虚空に浮かぶ小さな光る点として、孤立状態にあった。

一行はそれぞれのスキル・セットをより深くさぐるまえにこの船を徹底的に調べるべきだというディキンスンの提案に全員同意した。しかしながら、この提案は、コンラッドをどう扱えばいいのかに関するなかなか決められない逡巡によってすぐに足止めを食らった。ゴムボートの防水布で覆おうという提案は、波に委ねてしまおうという、より現実的な方針にたちまち取って代わられた。

「冷蔵設備がなければ、思っているよりもずいぶんはやく腐るでしょうね」リースが言った。「それにこの船にどれくらい長く乗っていることになるのか、だれにもわかっていない」

彼らはコンラッドのポケットのなかをくまなくさがしたのち、ピンチョンとハクスリーがコンラッドの体を抱き起こそうとしたところ、くすんだオリーブ色のTシャツがウエストバンドからまくれあがり、リースがなにかに気づいて、動きを止めさせた。「待って、彼をおろして」

コンラッドが甲板に戻されると、リースは彼の体を横に向け、シャツをめくって、背中の傷痕をあらわにした。傷痕は二箇所、肋骨の下数インチのところにひとつずつあった。

「あらたな手術痕だ」ハクスリーは言った。それを聞いて、一同は意味ありげな視線を交わしたのち、全員が自分たちのシャツをめくりはじめた。ハクスリーの背中の傷痕は、自分の頭にある傷痕とほぼおなじ状態のように感じられた。皺が寄っているが、縫い目はない。「これって腎臓がある場所じゃないか？」ハクスリーはリースに訊ねた。

リースは自分の傷痕の一組を少し調べてから、立ちあがってハクスリーの傷痕をしげしげと眺めた。「ほぼ正しい位置ね。腎臓移植を受けた患者は似たような切開箇所がある。

この傷痕は、典型的な移植の傷痕よりも幅広く、二箇所の切開は、移植手術の場合、滅多にないわ」

「何者かがわれわれの腎臓を取ったというのか？」ゴールディングは目を大きく見ひらきながら、背中をまさぐった。

リースは少しばかにしたような視線をゴールディングに送った。「いいえ。もし腎臓を取っていたら、わたしたちは全員死んでる」

「やつらはなにかを埋めこんだか、あるいはなにかを取ったんだ」ハクスリーがそう言ったところ、真顔のうなずきが返ってきた。

「レントゲンがないかぎり、どっちなのか知る術《すべ》はないわね」

「この男を調べてみたらどうだ？」ピンチョンが軍用長靴の爪先でコンラッドをつついた。

「解剖してもいまさら死にはしないだろう」

リースはピンチョンに批判的な視線を投げかけたが、すぐに提案を検討する渋面に変わった。「わたしが病理学者じゃないのは、はっきりしている。この処置が本質的に明白なものでないかぎり、わたしにわかる可能性は低いかもしれない」

「それでも」ピンチョンは言った。「やってみる価値はあるとは思わないか？」

リースはまた眉間に皺を寄せ、腕を組んだ。その態度は彼女の強いストレス反応を示しているものなんだろう、とハクスリーは感じた。「メスが要《い》る」リースは言った。「あるいは、とても鋭いナイフが」

ピンチョンが乗組員船室の敷き板の下で見つけたミリタリースタイルのリュックのなかに軍用ナイフが見つかった。全部で七個のリュックがあり、それぞれ中身はおなじものだった——ナイフ、LED懐中電灯、暗視ゴーグル、水が縁まで注がれている水筒、三日分の固形食糧、救急箱、拳銃用の弾倉三本、それにそれぞれのリュックのかたわらに置かれていたM4カービン銃用の弾倉五本。

「やつらは武器をけちらなかったんだな」ハクスリーはそう言って、一挺のカービン銃を持ちあげた。拳銃のときと同様、ボルトを引き、空の薬室を確認してから弾倉を外し、ふたたび取りつけるまでの動作を自動的におこなう。「いったいなんのためなんだろうな」

「前部甲板には二十五ミリ・チェーンガンすらある」ピンチョンが言った。彼の武器の吟味はかなり徹底的なものだった。テーブルの上に並べると、主な構成部品ごとに分解し、組み立てたのだが、その間、数分しかかかっていなかった。「起動しないが、照準装置は無傷で、電力をまだ供給されている。レーダーとGPSをとっぱらっているのに、クソでかい銃は残してくれたんだ。どこかの時点でそれを使うことになるのでなければ、そんなことはやりそうにない」

「これ、無線機？」プラスが訊いた。船倉に手を伸ばし、追加の品物ふたつのうち、ひとつを手に取る。およそスマートフォン・サイズの、黒く塗装された硬鋼製で、片方の端からずんぐりしたアンテナが突きでていた。一方の面には、小型の丸く膨らんだレンズもあった。ハクスリーはプラスがその装置を扱う手際のよさを気に留めた。視線の鋭さのせいで、ハクスリーが最初に見積もったよりもプラスは年上に思えた。科学技術に慣れている人物だ。この装置がなんのためのものか、一行はわからないままだったとはいえ。

「照準ビーコンかな？」ピンチョンが言った。「二種類の異なる自動誘導信号を送りだす──赤外線と無線の。目標への空爆誘導のため使うんだ」

「空爆か」ハクスリーは小さな声でそれを繰り返し、とうてい慰めにならない情報だと気づいた。

ピンチョンはふたつのビーコンを自分のリュックにしまった。「上空支援があるかもしれないと知れたのはありがたい」

棚卸し品のなかにはロープの束二本もあり、それぞれの先端には折りたたみ式の爪のある鋼鉄製の引っかけ鉤《かぎ》がついていた。「五十メートル」あきらかに手慣れた手つきで個々の束を扱いながら、ディキンスンが言った。「基本的な登攀《とうはん》用スタティックロープ。耐荷重千八百キログラム」いまではなにも入っていない保管スペースを見て、ディキンスンは渋い顔をした。「ビレーやカラビナがない。この先、本格的な登攀作業がないことを祈りたいな。そうでなきゃ、どうしようもない」

さらに二枚の敷き板が見つかったが、どれだけ持ちあげようとしてもまったく動かなかった。「その下になにかあるはずだ」ピンチョンは額の汗を拭いながら結論づけた。「空《から》の容《い》れ物に封をする理由があるか？」

ハクスリーは敷き板の縁を長靴で踏みつけ、ほんの少しもゆるまないことを心に留めた。「おれたちが見るのを許されていないものがあるんだ。いまのところはまだ」

リースはほぼためらう様子も見せず、またハクスリーが予想していたような準備の手洗いをすることもなく、コンラッドの体を切りひらく作業にとりかかった。船尾の甲板に死体をうつぶせに寝かせ、軍用ナイフの先端を右側の傷痕の末端に滑りこませ、切りひらいていく。ゴールディングが最初に吐くだろうとハクスリーは思っていたが、驚いたことにゴールディングより先にディキンスンが手すりに向かって、身を乗りだし、風に吐いたものを飛ばしてもらおうとした。その直後、ゴールディングが加わったが、プラスは、吐き気を覚えているようだったものの、一連の過程を立ったまま見つめていた。ピンチョンも同様の行動を取っていたが、何度か顔をしかめ、吐き気を覚えているのを示していた。リースを別にして、ハクスリーはほとんど影響を受けていなかった。ナイフが皮膚を切りひらき、部分的に固まっている血がぬるぬると出てきたときに少し嫌悪感を感じただけだった。

こういうのを以前に見たことがある。知っているが、どうして知っているのかわからないあらたな事柄だ。ハクスリーは医者ではないのは確かであり、病理学者であったとも思っていないが、いま見ているのが切りひらかれるのを見た最初の死体ではないということになんの疑いも抱いていなかった。

「病気の明白な兆候はない」リースは言った。広げた切開箇所から拳大《こぶし》の赤い物体を引っ張りだしながらぶつぶつと言った。自分の水筒を手にして、その腎臓を洗うと、ハクスリーの懐中電灯の光に向かって持ちあげた。腎臓をひっくり返すリースの額に一本の皺が刻まれるのをハクスリーは見た。

「なにかあるのか？」ハクスリーは訊いた。

「これは――」リースはナイフの刃で、臓器の上半分についている淡い色の筋の塊のように見えるものを軽く叩いた。「――副腎。正常のものより大きいように見えるけど、過度に大きいというほどじゃない。病気の疑いがあると言えるほどではないのは確か」すると、腎臓をあらためて調べてからため息をつき、船縁から外に放り投げた。「ちゃんとした設備がないと、ほかにできることはほとんどない。わたしたちになにが施されたにせよ、明白な痕は残っていないわ」

「じゃあ、次にどうするんだい？」ゴールディングが訊いた。

立ったままリースはナイフを甲板に投げだし、水筒の残りの水で手を洗ってから、コンラッドの力を失い、傷つけられた死体を一瞥した。「葬儀をおこなうのがふさわしい気がする」

どういう儀式が重要なのか、だれもなんの提案もしなかった。ハクスリーが腕を持ち、ピンチョンが脚を持った。ふたりしてコンラッドを手すりの向こうに放り投げた。コンラッドの体はざぶんという小さな音を立てると、裏返り、一瞬浮かんでいたが、水の流れに運ばれ、ボートの立てる波に巻きこまれ、黒と白の泡のなかにたちまち見えなくなった。

感傷的な態度は窺《うかが》えず、冷淡な無関心がこの船に乗せられることになった自分たちのあらたな性格の特徴ではないだろうか、とハクスリーに思わせた。

「それでは」ディキンスンが言った。その物腰は多少堅苦しかった。嘔吐してしまったのは、弱みを見せる恥ずかしい失敗だと感じているのだろう、とハクスリーは推測した。自制心が体に染みこみ、権限を行使したいと望んでいる女性なのだ、と彼は判断した。「各人のスキル・セットの確認を」

　ピンチョンは兵士だった。そこだけは明白だった。武器関連の専門用語を大量になんの躊躇も戸惑いもなく並べ立てることができた。しかしながら、それらを学んだ場所を示すものは——名前や階級や認識番号ともども——彼の心から剝ぎ取られていた。前腕の名前だけがピンチョンの入れているタトゥーではないこともあきらかになった。ケルトやゴシック様式の渦巻き線が上腕や肩を飾っていたが、ところどころ、たんなる継ぎ当て模様で遮《さえぎ》られており、ひとつのまとまりのある意匠という統一感を邪魔していた。

「たぶん、部隊の記章だろうな」ハクスリーが言った。「レーザーで消されている。やつらは個々人のアイデンティティーの手がかりをいっさいおれたちに与えたくなかったんだ」

「きみは、やたらやつら、やつらと言っているな」ゴールディングが指摘した。ハクスリーがまえに気づいていた集中力がゴールディングに戻っていたが、それが亢進《こうしん》してはっきりと疑り深い目つきになっていた。「やつらとは何者だ？」

「ああ」ハクスリーは両手をあげた。「もっともな指摘だ。おれの言い方が傲慢すぎた。やつらというのは、火星人と爬虫類、それに朝食にアーリア人の子どもを食べているグローバリストからなる秘密結社のことで、なんらかのことをやろうとする限りなく不透明で理解しがたい陰謀の一部として、おれたちをこの船に釘付けにしたんだ」ハクスリーはゴールディングの揺るがぬ、冗談の通じない視線を捉えた。「おれにはやつらが何者なのかわからない。まずは、あんたが何者なのか突き止める作業をやろうじゃないか？」

まえとおなじようにゴールディングの興味は歴史に関するものに向かっていた。「一八四八年、北西航路発見を目的としていた不運なジョン・フランクリン探検隊の二隻の船は、ヴィクトリア海峡で氷漬けになり、航行できなくなった。徒歩で安全な場所へ移動する試みは失敗に終わり、生き残った乗組員たちはカニバリズムに頼ったすえに低体温症や飢餓で死亡した」ゴールディングはそこでいったん口を閉じ、弱々しく悲しげな笑みを浮かべた。「どうしてこんなことが頭に浮かんでくるのかわからないよ」

無作為の質問をつづけざまにおこなった結果、ゴールディングは、ささいなことから、漠然と関連していることにいたるまで、事実に関する相当な生き字引だと判明した。「脳の損傷が人格に与える影響に関する最古の例が、フィニアス・ゲージの物語だ。爆発を伴う事故で鉄道レール用の大釘に頭蓋骨を貫かれたあとで人格が著しく変化した男だ――」

「あなたは歴史学者だ」ハクスリーが口をはさんだ。「生きている資料室を持ちこめば役に立つとやつらは考えているのだろう」

「彼らがわたしたちにやったことのほうがずっと印象的だわ」リースが意見を述べ、またしても自分の傷に手を走らせた。「とても多くのものを残す一方で、それ以外のとても多くのものを取っていくというのは」

「連中がなにかを残していったとしたならね」プラスが言った。最初、ハクスリーはプラスの話し方がピンチョン同様、英国訛りであるものの、ピンチョンより特権階級の梯子を数段のぼったものだとみなしていた。だが、母音にオーストラリアの鼻音をいくつか聞き取ったため、長期にわたって海外に在住しているオーストラリア人であろうと考えた。プラスはこのグループのなかでもっとも寡黙であり、あらゆることに耳を傾けていた。慎重に無表情を保っており、ハクスリーはそれが仮面だとわかっていた。なぜそれがわかったかというと、寝台の縁に背をぴんと伸ばして腰掛け、両膝に両手を置いたままにして、規則正しい間隔で注意深く胸を膨らませているその様子からだった。呼吸のコントロールは、パニックに対処する標準的なテクニックであり、記憶というより本能としてプラスのなかに染みついているようだった。

ほかのおれたちとはちがうな、とハクスリーは思った。ひょっとしたら、直前で入れられた交代要員か？　あるいは、新人が足りなかっただけか。

「どういう意味だい？」ハクスリーはプラスに訊いた。

プラスは話をつづけるまえに大きく息を呑んだ。声からすぐに相手に知られかねない震えを剝ぎ取るよう調整する。「フィニアス・ゲージよ、わかる？　脳の損傷で変わってしまい、まるで他人になった。それとおなじことがわたしたちにもやられていないとどうしてわかる？」

おたがいに顔を見合わせあうことで生じた間が、気まずい内省からくる渋面となり、各人の顔に苦痛を伴う困惑が浮かんだ。

「わからないわね」リースはそう言って、プラスに歪んだ笑みを向けた。「わかりっこない。安心させるつもりでその笑みを浮かべたのなら、それは失敗していた。現時点でわかっていることしか確かめられない。というわけで、次はあなたの番」

「自信はないな」プラスは首を横に振った。「特になにかが得意だという気がしていない」

「もしそうなら、きみはここにいないのは確実だ」ハクスリーが言った。「焦点を合わせる必要がある。粒《グラニュラー》を摑まないと」

プラスはハクスリーに向かって怪訝な目つきをした。「粒？」

「細部という意味だ。小さな質問を重ねることで、より大きな絵があきらかになっていく。名前を言ってくれ。どんな名前でもいい。最初にきみの頭に浮かんでくる名前を」

「スミス」

ゴールディングは見くびるような不満の声をあげた。「じつに役に立つ情報だ」ピンチョンから強くにらまれて、ゴールディングは青ざめた顔を浮かべ、口をつぐんだ。

「歌」ハクスリーは関心をプラスに戻して問いかけた。「話して、考えないで」

「『サムワン・トゥ・ウォッチ・オーヴァー・ミー』(ジョージ・ガーシュイン作曲の一九二六年の曲)」

「いい歌だ」だけど、なにかをあきらかにしているわけじゃない。「色は?」

「緑」

「数字」

「二億九千九百七十九万二千四百五十八」プラスは目をぱちくりさせ、首を傾げて、思考を巡らせた。「メートル毎秒で示す真空中の光の速度」

リースが寝台の上で身を乗りだし、プラスの顔を熱心に見つめた。「原子の構成要素をあげてみて」

「陽子、中性子、電子」プラスは目をつむった。「水素原子の質量は、一・〇〇八。核融合は百万度を超えた温度で起こる……」

「わかった」ゴールディングが言った。「きみは科学者だ」

「物理学者ね」リースが訂正した。「IQ比べをしたなら、勝者はあきらかだと思う」

「どうだろう」ゴールディングはそう言って、ハクスリーとディキンスンに向かって片方の眉をあげた。「まだほかにふたり候補者がいるぞ」

「わたしは登山家だわ」ディキンスンが言った。「この世界の主要な登攀可能な山すべての高さと代表的なアプローチを言えるし、一般的な文化ではあまり知られていないいくつかのことを知っている」短く、あきらかに無理矢理発する笑い声をあげた。「だれかが登山家を船に乗せようと決めたのって、ちょっと不気味じゃない？」

「それだけかな？」ハクスリーはディキンスンに訊いた。「山関係だけだろうか？　家族のことは？　人間関係では？」

「ないわ。事実と数字だけ。厳しい気候の影響に関して、かなりの知識がある。とりわけ、寒冷気候に関して。だから、たんに山を登ることだけに満足していなかったんでしょうね。たぶん極地探検を何度かした経験もありそう……」遠い目つきを浮かべ、ディキンスンはうつむいた。ハクスリーは、ディキンスンの額に皺が刻まれるのを目にし、小声でなにやらつぶやいたのを耳にした。あらためてはっきり声に出して話したとき、ディキンスンの声はつい先ほどの甲高い口調と対称的な柔らかなものに変わっていた。「オーロラ・ボレアリス、それを思いだせる」

「北極光ね」リースが言った。「じかに目にしたら強い印象を受けるたぐいのものだわ」

「いえ」ディキンスンは数回、強く目をしばたたいた。こめかみに血管がはっきり浮かびあがっている。「たんなる記憶よりもずっと強い感じがしている。なにか大切な瞬間のような気がする」さらなるまばたき。掘りだした貴重な知識をなんとか回収しようとしてかすかに身震いする。「難しい。手を伸ばそうとすればするほど、痛くなる。だけど、わたしがオーロラを見たとき、その場にほかにだれかがいた気がする。知っているだれか、わたしにとって大切なだれかが」

「旦那か？」ハクスリーが念押しした。「姉妹？　妻？」

「わたしには……」ディキンスンはため息をついて、首を横に振った。ごく短期間で彼ら全員が恐れるようになった言葉を口にする際、かすかに冷笑的な口調が声に現れていた。「わたしにはわからない」

「記憶喪失はたいていの場合一時的なものよ」リースが言った。「手術がきっかけになったものであろうとなかろうと。脳は自分を修理するのが大得意なの。オーロラのイメージを思い出しつづけてみて。それが繋がりを強化するかもしれず、ひょっとしたら部分的な恢復に結びつくかもしれない」

「部分的だと？」ピンチョンが訊いた。「自分が何者であるのかけっして思い出せないかもしれない可能性があるということか？」

「これがとんでもなくひどい混乱の極みであると言いたいのであって、どう対処すればいいいのかわからないのは、あなたと同じだってこと」リースは落ち着こうとして深呼吸すると、ハクスリーに矛先を向けた。「あなたは対処方法をわかっていそうね」

「ああ、これについてずっと考えていたんだが——」とハクスリーが話しはじめたところ、ゴールディングにさえぎられた。

「あんたは警官だ。刑事かな。ひょっとしたらFBIかもしれん」ハクスリーが不満そうな渋面をこしらえたのにゴールディングは肩をすくめた。「あんたの言葉の使い方、とりわけ質問の仕方だ。それにはとても警察官特有のものがある。とてもはっきりしているようだぞ」

「まちがいない」ピンチョンが賛同した。

「わかった」ハクスリーはなんとかいらだちを抑えた。相手の認識がひどく気に障るのはなぜだろうと不思議に思いながら。「刑事ということにしよう」ハクスリーは自分の胸を軽く叩いた。「登山家兼極地探検家あるいはそのどちらか。物理学者。医師。兵士。歴史学者。その全員がおなじ船に乗っている。その結果、どうなる?」

「クソつまんないジョークのための準備?」ゴールディングが言ってみた。

「専門家だ」ピンチョンは人が背景に聞こえているテレビの音声を無視するやり方でゴールディングを無視して言った。「専門家からなるチーム、つまり、ある任務を意味している。なんらかの目的があるという意味だ」

「われわれはどこかに向かっている」ハクスリーの目が天井に向けられた。耳には一定の調子のエンジン音がやかましく響いている。「なにかをやるために」

「そのなにかは銃が関わるものね」リースはテーブルの上に置かれた武器を指し示した。「そして非常に聡明かつ有能でありながら、自分たちが何者なのかという記憶がない人間を満載した船」

その言葉を聞いて、黙って推測を巡らす幕間が生じ、痛みを伴う混乱にまた全身を貫かれ、ハクスリーは顔をしかめた。「思い出そうとすると痛みが走るんだが、だれかほかにそんな経験をしているだろうか？」ハクスリーは、リアルな経験である可能性をひとつ引きだそうとして不快感をあらわにしたディキンスンを思い出して、訊いた。

「ええ、そうね」リースが言った。「手術の後遺症かもしれないと思ってた。だけど、わたしたちふたりだけじゃないとしたら……」ほかの人間からの確認のうなずきを受け取り、リースは顔をしかめた。「じゃあ、たまたまではないかもしれない」

「嫌悪療法だ」ハクスリーが言った。「思い出そうとすることで痛みが生じれば生じるほど、思い出そうとしたがらなくなる」

「だけど、その理由は？」ディキンスンが訊いた。だれもまったく答えられなかったことで、あらたな、長い沈黙が導かれた。

沈黙を破ったのはゴールディングだった。募る不安から、声が一オクターブ高くなっていた。「この船を方向転換させるなんらかの方法があるにちがいないと考えているのは、わたしだけじゃないはずだ」

「操舵装置は封印されている」ピンチョンがゴールディングに言った。「エンジンを見てみたが――同様だった。それに銃とナイフを別にして、われわれには工具類がない」

「エンジンはディーゼル・タービンじゃないの？」プラスが訊いた。

「ああ、だけど、エンジンを動かしたり、止めたりするものは、取り除かれているか、頑丈な鋼鉄に覆われている。だから強引にこじあけるという案は忘れてくれ」

「ディーゼル・エンジンは、作動するのに吸排気口が必要なはず」プラスが意見の方向を変えた。咳きこみ、においを嗅ぐ仕草をして、隠されたストレスをまた示す。「その穴のひとつに銃弾をぶちこめるわ」

「そんなことをすればおれたちは漂流するはめになる」ハクスリーが言った。「エンジンに火がつくかもしれない。だれかが救援に来てくれるかどうか、だれもわからないというのにか？」

「なんらかの方法でわたしたちは監視されているはず」ディキンスンが言った。「追跡装置やカメラや盗聴器で」

ピンチョンは首を横に振った。「この船にカメラが設置されているとしても、おれは見つけられなかった。もちろん、カメラが存在していないという意味じゃない。たんにとても巧みに隠されていて、発見するのが不可能なだけかもしれない。自動送受信無線機を載せているというほうがありうる。どこにでも設置できて、けっして見つからないようにできるのだから。船の底に外側から取り付けることもできるだろう」

「つまり、連中はわたしたちの居場所を摑んでいると仮定できる」ディキンスンが結論づけた。「わたしたち自身はわかっていないにせよ」

「われわれがすでに確認できたこと以外を仮定するのは賢明な考えではないだろうな」ハクスリーは言った。

「確認できたことはあまり多くないぞ」ゴールディングは重たいため息をつき、寝台にもたれかかると、目に前腕を押し当てた。「眠る」ゴールディングは言った。「シナプスをフルに活用させるには、レム睡眠を定期的に取る必要がある。そうじゃないかな、ドクター・リース？」

「もっともね」リースは諦《あきら》めたように肩をすくめた。「わたしたちは眠って、あしたの朝もっとはっきりした頭でこの件に取り組むべき」

「眠れる気がしない」プラスは両手を組み合わせていた。指の関節が白くなっている。

「眠ろうとしてみるの」リースがプラスに言い、自分の寝台に両脚を放りあげた。「自分でも驚くかもしれないけど、眠れたりして」

みな眠った。しかも、すぐさまだった。プラスですら。枕の薄い詰め物に頭が触れるやいなや、ハクスリーは疲労のはじまりを感じたが、しばらく起きていようと心がけ、本当に眠りこんでいることを示すゆっくりとした規則的な呼吸と動きの欠如に耳を澄ました。ゴールディングがかすかだが、耳障りな喘鳴を立てそうだったが、彼らはだれも鼾《いびき》をかいていなかった。

だれか見張りに立たせるべきだったな、と影が迫ってきて、まぶたを閉じながら、ハクスリーは自分をたしなめた。ピンチョンがそれを提案しなかったのが不思議なくらいだ……。

夢は本来欠けているはずの記憶の生地で織られていた。それでもハクスリーは夢を見た。あいまいではかない、移りゆく色から構成されていた——重なりあう青と金色、視界を横切る白い幽霊のような形。大海原の音が聞こえた気がした。船体に打ち寄せるぱしゃぱしゃという波音というよりも波が砕ける音だ。もっと近くで鮮明な声が聞こえた。女性の声だ……。

目を覚ますと、ひどい混乱に襲われた。頭痛がして寝台から起きあがると、鎮痛剤を求めて、救急箱をあさった。「やつらはおれたちを苦しめたがっているのかもしれん」あさった結果、包帯とバンドエイドしか見つからず、救急箱を放りだしてハクスリーは文句をこぼした。

「長く感じたな」ゴールディングがうめきながら上半身を起こし、あくびをした。「本当に長かった気がする。まるで何週間も眠っていたかのようにあちこちこわばっている」

ハクスリーは顔をしかめ、なにも言わずに同意を示した。体の痛みはあったにせよ、総じて疲労感が減衰しているのは、深くて長い睡眠があったことを物語っていた。また、あごの無精ひげが伸びており、膀胱が不快なくらい満タンになっていた。これは自然な睡眠ではなかったと結論づけざるをえない。やつらがおれたちにやったなにか別なことだ、とハクスリーは傷痕を指でたどりながら決めつけた。ピンチョンが監視を提案しなかった理由もそれで説明がつく。

頭にあらたな刺すような痛みが走り、考えが中断した。食いしばった歯のあいだから強い空気が漏れるくらいの強い痛みだった。「そこにアドビル（イブプロフェン配合の鎮痛薬）が見つかったりしないかな？」リースが乗組員船室の後方にあるトイレから出てくると、水洗トイレの流れる音越しにハクスリーは訊いた。

「水を飲みなさい」リースは助言した。「脱水症状だと頭痛がひどくなるわ」

一行は冷えた携行食の朝食を取った――グラノーラ・バーとドライフルーツを水で流しこむ。ほかに風味のある食べ物はいっさい供給されていなかった。

「これの供給制限をすべきかしら？」プラスは水筒を口元に持っていく行動を途中で止めて、疑問を述べた。

「機関室に十ガロン分ほど積まれていた」ピンチョンが言った。「しばらくは大丈夫だろう」

ディキンスンがグラノーラ・バーを噛みながら計算して眉間に皺を寄せた。「六人で……コンラッドを含めるなら七人で十ガロンをわけるのは、実際にはそれほど多くはない。これだけだと――」彼女は食べかけのバーでテーブルの上に散らかっているパッケージを指し示した。「――せいぜい七日分のカロリーと水があるといったところね」

プラスは水筒のキャップをひねって閉めながら、囁くような声を漏らした。「わたしたちは一週間しか保たないとみなされているんだ」

「これから向かっているところに到着すれば再補給があるかもしれん……」ピンチョンがそう言いかけて途中で止め、天井に首を傾げ、目を見ひらいた。

「なんだ……？」ハクスリーが問いかけようとしたが、ピンチョンが手を振って黙らせた。

そのとき、全員が耳にした。遠く離れているが律動的な低音。全員がすぐに認識した音だった。

「飛行機だ」プラスが言葉にし、あわてて寝台を離れようとしたが、真っ先に梯子をのぼったのはピンチョンだった。

彼らはみな船尾甲板に集まり、依然として霧にふさがれている空に目を凝らした。接近してくる航空機の一定の振動音から方向を測るのは不可能だとハクスリーは気づいたが、ピンチョンのより経験を積んだと思しき耳は、船の後方を指し示せた。

「おなじ針路を進んでいる」

「連中はわたしたちの居場所を知っているみたいね」ディキンスンが言った。

「もし飛行機に乗っているのがやつらだとしたらな」ハクスリーは流れる雲に目を凝らし、夜のうちにあらたなピンク色の色合いを帯びたのではないだろうか、と思った。「だれでもありうる」

エンジン音が大きくなり、それ以上の会話を無理にするくらい大きな音になった。ハクスリーはいまではその音源をたどることができた。真上を飛び越えていくのを頭を動かして追った。あいかわらずなにも見えなかった。霧のなかにかすかなシルエットすら浮かばなかった。

「エンジン四基」ピンチョンが言った。「Ｃ‐１３０にちがいない（Ｃ‐１３０は、ロッキード社が製造している戦術輸送機）」

多気筒ターボプロップ・エンジンのうなりは、舳先の向こうの霧に覆われた虚空のなかで小さくなり、意気を削がれるような速さで聞こえなくなった。一行は立ち尽くして、航空機の進行方向を見つづけ、戻ってくるのを期待したが、なにも聞こえなかった。

「もしあれが戻ってきたら」ゴールディングが言った。「われわれはあれに向かって発砲すべきだろうか？」

ピンチョンは嫌悪感をあらわにした視線をゴールディングにぶつけてからリースのほうを向いた。「きみはなんと言ってたかな？　聡明かつ有能であることについて？」

「ああ、勘弁してくれよ」ゴールディングが反駁《はんばく》した。

「きのう以前にわれわれが会ったことがあるかどうかわからないにしても」ピンチョンが言った。「ひとつ確かなことがある——おれはあんたが好きじゃない」

「そういうのは生産的じゃないな」ディキンスンが意見を述べた。「わたしたちは事実を立証しなければならないの、覚えてる？　あなたはあの飛行機がＣ‐１３０だと言った。それって貨物機でしょ？」

「そうだ」ピンチョンは目をしばたたき、ゴールディングから視線を外すと、舳先の向こうにあるはっきりしない空間に目を向けた。「ハーキュリーズの名でよく知られている。最大航続距離二千二百海里だが、空中給油によって距離を延ばすことができる」

「貨物機」ディキンスンが繰り返した。「つまり、なにかを運んでいるか、あるいはなにかを積みこもうとしていたんだ」

「かならずしもそうとはかぎらん。C－130には、さまざまなバリエーションがあるんだ――攻撃機、洋上哨戒機、電子戦機……」

ピンチョンが軍事専門用語への偏愛に身を委ねると、ハクスリーの関心が薄れた。ひょっとしたら、ピンチョンのストレス反応だろうか？　ハクスリーの視線が操舵室の内部に向かうと、少しまえにはなかった光が目に入った。

「みんな」ハクスリーはそう言って、ピンチョンの滔々《とうとう》たる語りを遮り、それまでは死んだようになっていた制御盤を指し示した。ディスプレイ画面のひとつが灯っており、そこには地図が表示されていた。

第三章

ピンチョンの指は画面をなぞり、幅広い入江によってさえぎられた海岸線と思しきものをたどった。地図はごく単純なもので、平坦な色合いと細い線だけで構成されており、数字や文字はいっさい記されていなかった。「まあ」ピンチョンは言った。「少なくともほかの惑星にいるのでないのはわかった」

「本気でその可能性があったと思っているの？」リースがピンチョンに訊ねたところ、返ってきたのは肩をすくめる仕草だけだった。

「もうなにがあったって驚かないだろう」

「で」ハクスリーがそれなりの辛抱強さを発揮して割りこんだ。「われわれはなにを見ているんだろう？」

「わかるだろうが、地名は記されていない」ピンチョンの指が海岸線を軽く叩く。「だが、これはテムズ河口にまちがいない。そしてこいつが――」彼の指は画面中央で点滅する緑色の光点に移動した。「――われわれの位置だ。おれはこう考えている――われわれは英国の南東海岸から五十マイルほど離れたところにおり、ロンドンに直結しているテムズ河に近づいている」

「それはなに？」リースがもうひとつの点滅している光点を指さした。そちらのほうは赤い点だった。河口が川らしきものの幅に合わせて狭くなっている地点で光っている。

「わからんな」ピンチョンが答える。「だが、現在の速度と向きだと、一時間ほどで正体が判明するだろう」

「ロンドンはだれかにとってなにか意味があるだろうか？」ハクスリーがほかの面々のほうを向いて問いかけたところ、典型的なとまどったいらだちしかそこにはなかった。「ひょっとしたら、生まれ育った街とか？」

「わたしに教えられるのは、アン・ブーリン（イングランド王ヘンリー八世の第二妃、エリザベス一世の母）が一五三六年五月十九日に不義のかどでロンドン塔で斬首されたことだな」ゴールディングが返事をしようとした。「それにロイズ・オブ・ロンドンが一六八六年に法人として設立されたこと。ロンドンの元々のラテン語名は、ロンディニウムであり、ブーディッカに略奪されたことでよく知られている……」

「ああ、それはクソの役にも立たない情報だな」ピンチョンはゴールディングに告げると、ハクスリーのほうを見た。「われわれは武装すべきだ。用意をしよう。なにかが待ち受けているが、それがいいことなのか悪いことなのか知る術がない」

ハクスリーは画面上でじりじりと近づいていく点滅するふたつの光点に再度目をやった。いいことなのか、悪いことなのか、それともどちらでもないのか？　確かだと感じていることがひとつあった――その光点にたどり着けば、少なくともなんらかの回答を得られるだろう。「わかった、どうする？」

ピンチョンは前部甲板で自身とハクスリーをずんぐりとした甲虫めいた脅威の存在であるチェーンガンの両側に待機させた。ふたりとも装塡済みのカービン銃を抱えていた。ボルトをコックして薬室に銃弾を送りこむ。銃床を目一杯伸ばして、肩に押しつけた。片手でフォアストック（前床《ぜんしょう》）を支え、反対の手でピストル・グリップを握る。四本の指をトリガー・ガードに置き、親指は安全装置にかける。

その銃を扱うのは、手慣れた感じがしたが、ウェビングの装着は、そんな感じがしなかった。ハクスリーはウェビングを肩にかけ、筋肉記憶になっていることをわずかに物語る正確さで、さまざまなバックルを締めていった。それと対称的に、ピンチョンはキャンバス地のベルトを反射神経のすばやさで肩にかけ、ポーチのなかの弾倉の収まり具合を確認してからベルクロの鞘に入った軍用ナイフを腰に装着した。

ディキンスンとリースとプラスは船尾甲板にいて、それぞれカービン銃で武装していた。ゴールディングは、地図ディスプレイになんらかの変化があれば報告するようにとの指示を受け、操舵室を委ねられていた。船は着実だが急ぐことなく海上を進みつづけており、エンジンはおなじリズミカルな機械音を刻んでいた。霧のなかに長くて背の低い影が浮かぶのをハクスリーが見分けられるようになって、エンジン音のピッチが変わり、船が減速した。

「あれって海岸線だろうか？」ハクスリーがピンチョンに訊いた。ふたりともカービン銃を構えた。双眼鏡は船に備わっていなかったが、それぞれのカービン銃には、三倍倍率の光学照準器がついていた。照準を通して見てみるとぼやけている影がほんの少しはっきりしただけだったが、ハクスリーは波が海岸線沿いに砕けているかすかな白いきらめきを見分けることができた。

「河口の北岸だな」ピンチョンのカービン銃が照準から目を外さずにゆっくりと右から左に動いた。

「この霧をどう思う？」ハクスリーが銃を下げ、ピンク色がかった霧に目を凝らしながら訊いた。「つまり、自然なものには思えないだろ？　霧はこんなに長くかかったりしないものだ。それにこの色は……」

「気象学者じゃないんでな」ピンチョンは顔をしかめ、照準から目を離した。「それがコンラッドの専門分野だったかもしれん。ことによればな」ピンチョンは周囲の観測に戻った。「なんであろうともうすぐ着くだろう……」銃身の動きが止まり、ピンチョンはフォアストックから手を離して、指さした。「あそこだ、十二時の方向。見えるか？」

ハクスリーはすぐに見つけた。照準器で濁った波の上をたどり、灰色のなかの鮮やかな色にいきつく――目を引くように設計された明るいオレンジ色。その色は、黄色と黒の縞模様の円錐形《コーン》を丸く膨らんで取り巻いている帯を形成していた。コーンは波のうねりのなかでゆっくりひょこひょこと揺れている。

「空中投下された信号ブイだ」とピンチョンは言い、ハクスリーはコーンの側面から水面に流れ落ちている紐の束を見た。くしゃくしゃになった白いパラシュートが波のすぐ下でうねっていた。「どうやら、あの飛行機はなにかを届けたようだな」

ハクスリーが信号ブイから目を離さずにいるうちに船は両者を近づけていった。コーンの側面はリベット打ちされたプレートでできているのがわかった。黒と黄色の縞模様以外になんの標識も見えなかったが、長方形のハッチの角が丸くなった縁があるのがわかった。

船のエンジンが不意に動きを小さくしはじめ、それと同時に操舵室からゴールディングが叫ぶのが聞こえた。

「メッセージだ！」歴史学者の声は分厚い風防ガラス越しで聞こえにくかったが、必死な身振りははっきり目についた。「メッセージが届いた！」

推進力を失って船が不安定になり、ハクスリーとピンチョンは船尾に向かいながら、自重ではっきりと船を傾斜させた。ほかの面々はすでにディスプレイのまわりに集っていた。地図が消え、黒地に白い文字の平文で書かれた単語に置き換わっていた。

調査せよ
ふたりだけで
船倉に船外モーター

「簡にして要を得ている」ゴールディングは意見を述べた。

エンジンがいきなりうなりをあげ、白い煙があがって、船の舳先が右舷方向に向かったので全員があわてはじめた。一秒後、エンジンはふたたび止まった。

「たんに位置を保持しているだけだ」ピンチョンはそう言って梯子に向かった。「船外モーターを見つけなければならない」

下甲板の封印された敷き板が一インチほど持ちあがっているのが目に入り、ピンチョンが敷き板を引っ張りあげると、長いシャフトとプロペラ、制御スティックの備わった船外モーターが現れた。

「もっと大きいほうがいいんじゃない？」リースは疑心暗鬼にかられた渋面を浮かべて装置を見た。

「オール電動だ」ピンチョンはシャフトの上部にあるケブラー繊維に覆われたボックスを軽く叩いた。「バッテリー・パックだ。ゴムボートに乗って逃げていけないように、航行距離は限られたものにされているはずと考えていいだろう」

「こいつはちょっとおかしくはないか？」ゴールディングが言った。当惑して額に皺を寄せ、甲高くなりそうな声でつづける。「つまり、連中がわれわれと意思疎通ができるのは明白だ。なぜこちらの針路にブイを落とし、見にこいと命令するんだ？　ここでこちらがなにをするのか伝えればいいじゃないか？」

「テストよ」プラスが言った。「基本的な推論と認識能力の。メッセージを読み、モーターを見つけ、ゴムボートに取り付け、ブイまでたどり着け。わたしたちがまだ生きており、指示に従う能力があるかどうかを確かめているのね」

「ということは」リースが割りこんできた。「わたしたちをこの船に乗せたとき、いまの時点でわたしたちが生きていて、正気でいるかどうか、自信がなかったんだ」まったくユーモアを欠いた笑みを口元に浮かべてから、リースは明白なことを述べた――「コンラッドはそうじゃなかった」

「テストだろうとなかろうと」ピンチョンは船外モーターを摑んで、うめきながら引っ張りあげた。「あの信号ブイを確かめてみるまで、どこかにいけるとは思えない」

だれが乗っていくかに関して議論はなかった。ピンチョンがゴムボートの防水シートを運び、船外モーターを取り付け、引っかけ鉤を作動させるレバーを押して、ゴムボートを水面に下ろすと、ハクスリーのほうに首を傾けた。「いこうか？」

「もし万一……なにかあったら？」リースが訊いた。

「なにかを定義してくれ」ハクスリーはゴムボートの舳先に腰を落ち着けると、仕方ないというかのように肩をすくめた。ピンチョンが船外モーターの舵を取ることになった。

「ブイが爆発すると思っているのか？　ひょっとしたら、殺人ロボットに変身するとか？」

ハクスリーはリースの顔にユーモアの感情が浮かぶのを見たことがなく、渋々浮かべたつかの間の半笑いのせいで彼女はひどく若く見えるな、と思った。「心配しないで」リースは重々しい自信を抱いてしかめ面を浮かべたようだ。「もし最悪のことが起こったら、あなたたちを見殺しにするわ」

ハクスリーは指で額に触れて敬礼の真似をした。「われわれのうち一人がいくところには、全員はいかない」(リドリー・スコット監督作品『白い嵐』で、海洋訓練帆船の船鐘に刻まれた、団結を示す文言「われわれのうち一人がいくところには、全員でいく」のパロディか)

ピンチョンの腹立たしい見積もりによれば、船外モーターはフルスロットルでも出せる速度はせいぜい三ノットだという。「もしあれが爆発するなら、破片から逃れるよう間に合うのは無理だ」

「こちらの針路に空中投下できるなら、たんに爆弾を落とせばいいだけだ。それにいまになっておれたちを殺すためにこんなにも面倒くさいことをやるわけがないだろ?」

信号ブイの間近まできて、ピンチョンはスロットルをゆるめた。近づいてみると、ブイはハクスリーが最初に思ったよりもずっと大きかった。高さ十フィートあり、基部を構成している膨らんだオレンジ色のドーナツ形の上に出っ張りと取っ手が付いていた。ゴムボートの舳先にあるゴム輪に取りつけられたロープを摑んで、ハクスリーは足を踏ん張ってからブイに向かって飛びついた。出っ張りは濡れていたが、鉄格子になっていて、ハクスリーは滑り落ちずにすんだ。取っ手のひとつにロープを結びつけた。しっかりと結びつける。ウェビングを着用したときとおなじ、ゆっくりとしているが正確な動きによる結索だった。さらなる筋肉記憶だ。

ハクスリーがロープをしっかり摑んでいるあいだにピンチョンが船外モーターを切り、ゴムボートのなかを苦労して進んできた。ふたりともカービン銃を背中に斜めがけにしていたが、ピンチョンは銃を構える動きをしなかった──撃つ対象がなにもなかった。

「こっち側だ」ハクスリーはそう言うと、取っ手から取っ手に移動して、右回りに動いた。ハッチはおよそ十二インチ四方で、それをあける明白な方法が見当たらなかった。数秒間無為に見つめてからハクスリーはハッチを押してみて、四分の一インチほど沈みこむのを感じた。するとかすかな機械的なうなりがして、ハッチは横にスライドし、受話器台に収まった黄色い長方形の物が現れた。

「衛星携帯電話だ」ピンチョンは言った。

「思いつく電話番号はあるか？」ハクスリーが衛星電話に手を伸ばそうとしたが、衛星電話がいきなり大きいが、ピッチの低い顫音《トリル》を発したため、手を止めた。その手は装置の分厚いプラスチック製のケーシングのそばで震えながら宙に止まっていた。ピンチョンも電話を手に取ろうとする動きをしていないことにハクスリーは気づいた。

「だれかが話したがっている」そう言ってハクスリーは上唇に飛び散った海水を拭い、そこには汗も混じっているとわかっていた。

なぜだ？ハクスリーは自問し、震えを打ち消そうと拳を握った。なぜこいつがこんなにも恐ろしいんだ？

顔をしかめ、深呼吸をし、衛星電話を手に取って耳に持っていき、なにも言わなかった。そっちが話したいんだろ。なら、話せ。

スピーカーから聞こえてきた声は女性のもので、抑揚のない平板な声に調整されており、感情と呼びうるものをいっさい欠いていた。「名前を述べよ」

ハクスリーはうめき声をあげて返事をするまえに息を呑まねばならなかった。「そっちはだれだ？」

「名前を述べよ」おなじように平板な声でおなじ繰り返し。

ハクスリーはピンチョンと視線を交わし、肩をすくめてからうなずくのを受け取った。

「ハクスリーという名前がおれの腕にタトゥーで入っている」

「あなたのパーティーのほかのメンバーの名前を述べなさい」

聞き耳を立てようとしてそばに体を傾けてきているピンチョンからあらたなうなずきが返ってくる。体臭に汗のにおいが明白だった。

「ピンチョンだ」ハクスリーは言った。「リースとディキンスン、プラス、ゴールディング」

一拍の間が生じた。スピーカーからとてもかすかなクリック音が漏れてから、平坦な声が戻ってきた。「コンラッドはどこにいる？」

「死んだ」

「死因は？」

「自殺だ」

「死体の状況を述べよ」

「至近距離からの発砲によって頭部に大きな穴が開いて、反応がなかった」

「ほかの負傷や病気の兆候はない？」

今度はハクスリーが間をあける番だった。かたわらでピンチョンが唇を動かし、ゆっくりと重たい呼吸をしていた。病気だと？　その言葉のなにかが、おなじ抑揚を欠いた話し方で口にされたとしても、はっきりとした重みがあった。

「われわれ全員、最近治った手術の切開痕がある」ハクスリーは言った。「だが、そちらが言わんとしているのはそのことじゃないんだろ？」

また間が開く。今度は時間がかかり、ハクスリーをいらだたせた。

「おれの質問に答えてくれ」衛星携帯電話のケーシングが強く握られたあまり、きしみをあげた。「ほかにどんな病気の兆候をおれたちは見るはずだったんだ？」

「それは現時点では関係ない」あいかわらず感情を欠いた話し方で、仮に嘲笑とともに言われたよりもそちらのほうがずっとハクスリーを腹立たせた。

「関係ないだと、ふざけるな。どんな病気の兆候なんだ？」

「このやりとりに満足いく結果が達成されないかぎり、船は動かないままでいる。そのあとであなたたちの針路に関するあらたな案内が提供される。理解したか？」

ハクスリーは怒りの爆発を嚙み殺し、耳元から携帯電話を離して、額に押し当てる一方で、誘惑にかられるものの、やってはならない衝動が心に浮かびあがった——そのいまいましい電話を海に投げ捨てろ。

ピンチョンに肘で突かれ、怒りを払い除け、電話を耳元に戻した。歯を食いしばった状態でひと言答える。「わかった」

「ほかにだれか混乱した思考または根拠のない攻撃性という兆候を見せている者はいるか？」

「自分が何者なのか思いだすことができず、だれもわからないところに向かう船に押しこめられている人間たちとしては、予想しうる範囲で安定していると言ってもいいだろう」

「だれかなにかを思いだしたか？　個人的な事柄を？」

「いや……」ハクスリーはためらった。心のなかでほかのメンバーとのやり取りを早送りで思い返し、眉間に皺を寄せる。オーロラ・ボレアリス。「待ってくれ。ディキンスンがある種の個人的なことを言ったが、取るに足りないささいなことにすぎない」

「取るに足りないささいなことなどない。彼女はなんと言った？」

「北極圏の北部に旅行した際の思い出、とディキンスンは思っている」

「具体的に」

「北極光だ。それを見たときだれかといっしょだったという気がする、と彼女は言った。自分にとって大切なだれかと」非常に短い間があり、また遠くでクリック音がした。

「彼女はいまあなたといっしょにいるのか？」

「いや、ピンチョンがここにいる。ディキンスンとほかのメンバーは船に残っている」

「あなたたちの生存を確かなものにするため、これから言う指示に絶対に従ってもらう――この電話を持って船に戻れ。ディキンスンを殺せ」

戸惑い、目を向いたピンチョンと顔を見合わせ、衛星携帯電話が手から滑り落ちそうになる。「なんだと⁉」

「ディキンスンはいまやあなたたち全員にとって危険だ。生き残りを確かにするため、あなたは彼女を殺さなければならない」

「彼女はただの登山家で、探検家かもしれない……」

「個人的な記憶を思い出したメンバーはだれであれ危険な存在であるとみなさねばならない。船に戻って、彼女を殺すのだ」

「そんなことは起こらん」携帯電話を握る手に力をこめ、ハクスリーはそれを口元に持っていった。怒りのあまり用心を忘れ、唾を飛ばしながら言う。「いいか、答を得ないかぎり、おれたちのだれもばかなことはしない……」

船から鳴り響いた音は、乾いた爆ぜる音と衝撃音の混じったもので、なんの音かまちがえようのないものだった。銃声だ。

「船に戻れ」声がハクスリーに告げた。あいかわらず抑揚のない声だった。「彼女を殺すのだ」

ピンチョンはハクスリーに船外モーターの操作を担当するよう伝えると、カービン銃を肩から外して、舳先に立った。ハクスリーはスロットルを全開にしたが、速度は満足いくほどにはならなかった。船尾に近づいていくと船から叫び声が聞こえ、ピンチョンは飛びだし、カービン銃を構えながら操舵室に姿を消した。ハクスリーは忘れずにゴムボートを船尾の手すりに繋いでから、急いであとを追った。肩からカービン銃を外し、操舵室の薄暗がりに入っていくと、足がなにか濡れたもので滑った。見下ろすと甲板に赤い染みが見えた。

「クソったれ！」うめくような叫びが仰向けに倒れているゴールディングから発せられた。太ももを両手で握り締め、指のあいだから血が流れ出ていた。「あの女に撃たれた！　クソ女に撃たれたんだ！」

リースがゴールディングのかたわらにおり、救急箱から取り出した包帯をほどいていた。

「じっとしてて！　ただのかすり傷よ」

「かすり傷の気がしない！」リースがゴールディングの手をこじあけ、作業着の裂け目を通して深紅の傷口を見ていると、ゴールディングは情けない悲鳴をあげた。

「なにがあったんだ？」ハクスリーが語気強く問いながら、操舵室に目を走らせたが、ほかのだれの姿もなかった。

「ディキンスンよ」リースは水筒を手に取り、ゴールディングの傷に水を浴びせて、そこでわかったことに満足のうめきを漏らす。「少し肉が持っていかれただけで、貫通傷も体内に留まった銃弾もなし。運がよかったわね」

「ほんとか？」ゴールディングの顔は青ざめており、いまにも朝食を吐きそうになっている人間に典型的な喉の痙攣を見せていた。「運がよかったという気になってきた……」

「ディキンスンに撃たれたのか？」ハクスリーが念押しした。

「あんたたちが信号ブイにたどり着いたとたん、話しはじめたの。わけのわからないたわごとを」ゴールディングが首をひねって吐きはじめるとリースは顔をしかめたが、怪我の手当を辛抱強くつづけた。「意味が通ることじゃなく、徐々に昂奮していった。わたしたちは落ち着かせようとしたけど、彼女は叫びはじめ、まるで甲板になにかあるかのようにそこに銃を向けた。そして引き金を引いたの。これは――」リースは手首をすばやくねじって包帯を結び終えた。「――跳弾の結果」

「彼女はいまどこにいる?」

「乗務員船室。それを落としていった」リースは近くの甲板に落ちているカービン銃を示した。「プラスが説得しようとしている。それって衛星携帯電話?」

ハクスリーは電話をウェビングの弾薬ポーチのひとつに押しこんだ。「ああ」

「じゃあ、だれかと話したんだよね? やつらはなんて言ってた?」

ハクスリーがピンチョンを見たところ、彼は緊張し、まるで恥じているかのようにうつむいたのに気づいた。もっともカービン銃を抱えている両手が震えている兆候はなかった。

ハクスリーは梯子に向かった。「ディキンスンと話をしなきゃならない」

「なんと言われたか聞いただろ」ピンチョンが声をひそめて言った。ハクスリーはピンチョンのまえを通り過ぎ、梯子を下って乗務員船室におりていくと、うずくまっているディキンスンのそばにプラスが身をかがめているのに気づいた。ディキンスンの顔は典型的な罪悪感に打ちひしがれているそれで、目は潤《うる》み、唇は食いしばった歯を繰り返し剝きだして、声にならない音だけ漏れるしかめ面をこしらえていた。

「見たの……」ディキンスンは額にてのひらを当てながら言った。

「なにを？」プラスが促す。「なにを見たの？」

「あなたも見たんでしょ、見たはず」

「なにもなかったわ……」

ハクスリーの長靴の音が甲板に響いてプラスは黙った。プラスとディキンスンのふたりともハクスリーを見あげた。それぞれ異なる種類の恐怖を目に浮かべていた。「かなり落ち着いたわ」プラスが言った。プラスの口調を聞いて、ハクスリーは、自分でも下したとわかっていない決断を、こちらの目つきを見てわかったんだろうか、と思った。

「あれはまだあそこにいるの？」ディキンスンがハクスリーに訊いた。彼女の表情は懸命に懇願するそれだった。「もういなくなったよね？　消えたと言って」

ハクスリーは自分が精神科医ではないとわかっていたが、体にしみこんだ本能が、わずか半時間で正気を失った女性の目を見ていると確信をもって告げていた。ディキンスンはいまやあなたたち全員にとって危険だ。

「消えたよ」ハクスリーはディキンスンに告げた。「あなたがびびらせて追い払ったんだ」

「ありがとう」ディキンスンは目をつむり、寝台の側面に頭を寄りかからせ、つぶやくように言葉を重ねた。「ありがとう、ありがとう、ありがとう」

ハクスリーの耳にピンチョンが梯子をおりてくる音が入ってきた。長靴で意図的に音を立てて甲板を歩いてくる。肩越しに見やり、ハクスリーはピンチョンをじっとにらみつけて、首を横に振った。

「彼女と話をさせてくれ」ハクスリーはプラスにそう言うと、そっとどかそうとして彼女の肩に手で触れた。プラスは引き下がり、心配そうな視線をハクスリーとピンチョン双方に送った。

「あれがどうやってここにたどり着いたんだと思う？」ハクスリーはディキンスンに訊ねた。彼女のまえにしゃがみこみ、ピンチョンが銃の握りを調整して、カービン銃の負い革がかすかにこすれる音をハクスリーは無視した。

「ちがう！」ディキンスンはすばやく、激しく首を振った。「つまり、そんなことありえない、そうでしょ？　パパがあれを殺したの。わたしはパパを見ていた。パパがわたしに見させたの」

「だけど、きみはあれを見たんだろ、ここで、いま」

「そうかもしれない……」舌でディキンスンは自分の両唇を舐め、喉がひくつき、目にはそわそわした不安の光を浮かべていた。「ひょっとしたらこれは一部なのかもしれない……実験の。どうでもいい。これは現実じゃないかもしれないんだし」片手でディキンスンは寝台を叩き、そのあと背後の壁を叩いた。「シミュレーションなんだ！」目を見ひらき、息を吐いて、なにか悟ったことを物語る。「当然そのはず！　わたしたちは実際にはここにいないの。それに決まってる。それしか説明がつか……」

「銃弾によるゴールディングの脚の怪我は、真実味があったぞ」ハクスリーは指摘した。

「まあ、そう見えるはずじゃない？」ハクスリーの洞察力の欠如に腹を立て、ディキンスンの表情が小ばかにしたような批判的なものになった。「シミュレーションとはそういうように見えるものでしょ」

ディキンスンは〝ばか〟とか〝まぬけ〟と言った言葉を自分の発言に付け加えないように努めているというはっきりとした印象をハクスリーは感じた。口調を和らげ、ハクスリーは別の方向を試した。「父親のことを言ってたな？　じゃあ、お父さんのことを思い出したんだ？」

「パパ？　うん」ディキンスンは少し緊張をゆるめ、短い、甲高い笑い声を発した。笑い声が消えると彼女の表情が暗くなった。怒りに口元を歪め、野太い声になり、わめくように言葉がほとばしる。「パパを思い出した。あの人がしたことを思い出した。まだやりたがっていることを。だからあんなことをしたんだ。あたしに仔犬を買ってくれたのは、あたしの目のまえで殺せるから。あたしがもう告げ口できないように。あたしがママに話すと脅したから……」

攻撃はなんの前触れもなくやってきた。間髪容れず、姿勢の変化もなく。ひたすら純粋な攻撃性の躊躇ない発揮。野性的な動物の速さで。ディキンスンの筋肉質の体軀が破城槌の勢いでハクスリーに衝突し、押し倒し、ありえないほど力強い手の指がハクスリーの肩に食いこんだ。「パパ！」その単語が咆吼となり、口から垂れる涎《よだれ》が混じった。ディキンスンは倒れたハクスリーを見下ろすように立ちあがり、歯を剝きだし、嚙みつくのに最善の場所をさがしている猫のように首を傾けた。ピンチョンのカービン銃が乾いた音を鳴り響かせ、銃弾がディキンスンの頭蓋骨を貫くまえにハクスリーは彼女の顔がひどく変化するのを見た。筋肉と骨が変化し、顔を歪め、変容させて……。

血と、硬軟両方あるその他の物質のシャワーを浴び、ハクスリーは目をしばたたいた。銃声で耳ががんがん鳴っていた。命を失ったディキンスンの体が自分の上に倒れてきて、額にあいた穴から温かい血がこぼれ落ちると、ハクスリーは嘔吐反応と戦った。ピンチョンが死体を引っ張ってどけ、ハクスリーになんとか体勢を立て直させた。顔から血をこすり取ろうとしたが、かえって塗りたくる羽目になった。

ピンチョンはカービン銃の安全装置をかけて、片方の眉を持ちあげて鼻であしらう仕草をしたのち、ハクスリーの銃弾ポーチにたくしこまれている衛星携帯電話に向かってうなずいた。

「とにかく、嘘はついていなかったようだな」

第四章

「個人的な情報を思い出すこと」ディキンスンの死体から顔をあげずにリースは話した。彼女の関心は死んだ女性の変わってしまった相貌に釘付けになっていた。「というのがそれの言ったこと？」

「自分がだれであるのかに関する事柄を思い出したメンバーはだれであれ危険だそうだ」ハクスリーは頭を低くし、水筒の水を首元に浴びせ、耳の裏で指を動かし、じゃりじゃりした骨と肉の残り滓《かす》をこすり取った。「コンラッドの死体に見られた病気の兆候についてもそれは訊いてきた。もっとも、あまり詳しく問うてはこなかった」

「さっきからそれと言っているのはなぜ？」プラスが訊く。「電話の声は女性のものだと言ってたでしょ」

ハクスリーは肩をすくめてやり過ごそうとしたが、プラスの科学者としての精神がなにが重要なことに遭遇したのかもしれないと思い当たり、動きを止めた。「女性のような声だった」ハクスリーは言った。「だけど、生身の人間のようじゃなかったんだ。リアルな感情が感じられなかった」

「機械音声という可能性がある」ピンチョンが提案した。「軍用機の自動音声警告は、すべて女性の声だ——そのほうが関心を惹きやすい」

「目のまえの問題に集中しない？」リースがディキンスンの死体から体を起こした。死体は船尾甲板まで運ばれてきていた。その過程で血やそれ以外の色目の派手ではない液体を船内に盛大に撒き散らした。暴力的な死の光景がまたしてもハクスリーに嫌悪感をもたらしたが、吐き気をもよおすほどではなかった。全部まえに見た。真の記憶を呼び起こすことを期待して嘔吐の実現を突き動かす衝動にハクスリーは抵抗した。そう考えて生じた不快感をいまはありがたく思った。ひょっとしたらおれたちを守るために苦痛を感じるようにさせたのかもしれない。

「死因は極めて明白だな」ゴールディングが言った。その発言で起きるかもしれなかった反発は、蒼白な顔色をしたみじめな様子と声に現れている震えで未然に防げた。彼は操舵室から足を引きずってひらけた場にやってきて、手すりを摑み、苦悶の表情を顔に浮かべた。収納ロッカーにある荷物を念入りにさがしまわったが、鎮痛剤のたぐいは一切見つからなかったのだ。

「ここに明白な生理学的変化があるわ」リースは手でディキンスンのあごに触れた。肉を指で押してその下にある筋肉をさぐる。「それとここ」彼女の手は一部破壊された額に移り、眉の上の部分に触れた。「急速で目立つ形態上の変化がある」

「おれには病気の兆候のように思えるんだが」ハクスリーが言った。

リースは同意の印に首を傾けた。「ええ、そうね。だけど、こんなのはコンラッドの死体にはなにも見当たらなかった」

「コンラッドには時間がなかったのかもしれない。ディキンスンは、まず、クソみたいに——専門用語を使えば——心神喪失状態に陥った……」ハクスリーは死んだ女性の変わり果てた相貌に向かって手を振った。「コンラッドはなにが起ころうとしているのか知っていたのかもしれず……適切な行動を取った」

「こんなことを起こしうる疾病とはなんなのか、わかるか？」ピンチョンがリースに訊いた。

「自分の名前を相変わらず思い出せないけど、実際のわたしは、これまでのキャリアのなかでこんな症状を一度も見たことがないと確信を持って言えるわ」

「だれかは知っていたんだ」ハクスリーはディキンスンの顔を覆っている血の下にある歪んだ肉をまだ見ていて、ピンチョンが撃つ直前にディキンスンが帯びていた捕食者としての様子を思い出していた。ディキンスンがもたらしていた危険を確信しており、ピンチョンに対する非難の気持ちはなかった――生き延びていたらディキンスンはほかの全員を殺していただろう。「やつらはこうなるかもしれないと知っていたんだ」

「ということは、わたしたちは被検体なんだ」プラスが言った。意外にもプラスのしつこい恐怖心は、ディキンスンの死のあとで小さくなったようだとハクスリーは思った。プラスは相変わらず緊張感を漂わせ、両手をしっかり組み合わせていたが、まえとおなじほど強く握ってはいなかった。彼女はその手を口元に持っていき、目をつむってなにか考えていた。ほぼ祈りを捧げているような姿勢だった。「いまのところ、七分の二の失敗率。なにかの薬物実験なら、陽性結果と考えられうるかもしれない」

ゴールディングがうんざりしたことを示すうめきを漏らし、ハクスリーに厳しい視線を向けた。「それはほかになにを言ってたんだ？　この船でわれわれはなにをすることになっている？」

「答はかなり少なかった。船は動かないだろうという話で……」衛星携帯電話がピッチの低い呼び出し音をあげ、ハクスリーの言葉は途切れた。その装置はハクスリーの胸に音を響かせた。絶妙だ。タイミングを見計らったかのようだ。

ほかのメンバーはハクスリーにつづいて操舵室に入り、彼はポーチから携帯電話を取りだした。片手をあげ、黙るように合図してからハクスリーは緑のボタンを親指で押し、一行が聞き耳を立てようとそばに寄ってくると、スピーカーを自分の耳のほうに向けた。

「ディキンスンは死亡したか？」挨拶も前置きもなかった。前回とおなじ声だ。

「ああ」ハクスリーは言った。「彼女は死んだ」

「負傷者はいるか？」

「ゴールディングが脚に、銃によるかすり傷を受けた。深刻な怪我ではないとリースは言ってる。リースはこのメンバーのなかの医者なんだろ？」

「そちらのパーティーで、混乱した思考または根拠のない攻撃性の兆候を示している者はいるか？」

ハクスリーはほかのメンバーをゆっくりと見渡した。ゴールディングの相貌は痛みに曇り、立てつづけに質問しようという衝動を抑えているため引き攣《つ》っていた。ピンチョンは厳しい表情を浮かべ、考えこんでいる。リースは、またしても腕組みをして、顔から恐怖を取り除こうとはしていなかった。

「いない」

ゴールディングが話しはじめようとしたが、彼の声はエンジンが突然生き返り、船尾から白波が立つ音にさまたげられた。

「ディキンスンの死体を廃棄するように」衛星携帯電話が指示した。「前方に障害物がある。先をつづけるために障害物を排除しなければならない。船倉の鍵がかかった容器のひとつがあいているので確認しろ。そこには爆薬が入っている。ピンチョンはそれらを正しく使用する技能と知識を持っている。先を進むに際し、かならず常時武装しているように。ほかの人間に出会うことがあれば、即座に相手を殺せ。彼らはあなたたちにとって危険だ」

「おれが話しているのは、本物の人間なのか?」ハクスリーは音声に訊いた。よくはわからないが、この場合、それがもっとも適切な質問のような気がした。「あんたは……ＡＩかなにかなのか?」

短い間があり、かちかちとクリック音が連続した。「十二時間後に連絡を再開する」相手の音声はそう言うと、回線の切れるヒス音とともに電話は黙りこんだ。

支離滅裂な悪態をつきながら、ゴールディングがその装置に飛びつき、脚の怪我のせいでつまずきながらも、どうにか電話を掴み、受話口に向かって叫んだ。「このクソったれな船でわれわれはなにをすることになっているんだ? おまえは何者だ?」

「もう切れてる」ハクスリーが押しのけると、ゴールディングは座席にぶつかって、ずるずると甲板にへたりこんだ。両手を顔に押し当て、体を震わせながら、啜《すす》り泣きを漏らした。放っておくのが一番だ、とハクスリーは思った。

「地図が戻った」生きているディスプレイにピンチョンがうなずいた。点滅する緑色の点が、赤い点を置き去りにして、いまや河口の奥を進んでいることをふたたび示していた。ピンチョンはカービン銃を肩にかけ、梯子に向かった。「新しいおもちゃを見てみたほうがいいだろう」

「それっておれが考えているものだろうか？」

ハクスリーに向かって片方の眉を持ちあげてから、ピンチョンは船倉に手を伸ばし、その物体を持ちあげた。それは、おおよそライフルに似た形をしていたが、後床を欠いていた。弾倉の代わりに、小型の高圧タンクが引き金のまえに付いていた。発射口の下には小さな噴出口の付いている三角形の箱があった。

「これが火炎放射器だと考えているのなら――」ピンチョンは三角形の箱の底側にあるスイッチをひねり、指の大きさの青い炎を噴出させた。「――その考えは正しい」

その火炎放射器は二台あるうちのひとつだった。両方とも段ボールに包まれた煉瓦のようなものでできている台の上に置かれていた。「C４だ」ピンチョンはそう言うと煉瓦のひとつを持ちあげ、包装にステンシル刷りされた文字を読んだ。さらに船倉をくまなくさがして、キャンバス地のバッグを発掘した。そのなかには細い金属棒と綺麗に巻かれた電線が大量に詰まっていた。「起爆装置、時限装置、ヒューズ線」ピンチョンは実際の爆発物を扱うときに示したよりも注意深く、そのバッグを脇へ置いた。船倉の中身をしげしげと長め、唇をかたく結ぶ。「ここにはたくさんあるが、夜になるまでに出くわすであろうものを凹ませるには足りない」

「なにに出くわすんだ？」

「テムズ・バリアだ（一九八四年に運用開始された洪水防止用ダム）。この偉大な島々からなる国の首都を襲うだろうと何年もまえに言われていた洪水の被害を防ぐ目的で設計された数千トンの鋼鉄とコンクリートからなるダムだ」

「そこでこの旅が終わるのであればいいんだがな」

「われわれはそんな幸運には恵まれないような気がする」ピンチョンはC４の煉瓦を船倉に戻したが、バッグと火炎放射器の一台は取っておいた。「ゴールディングだが」ピンチョンは声を低くして言った。「混乱した思考をしている」

「撃たれたばかりだ。その状況ではストレス・レベルが増大するのは正当化できるだろう。それに根拠のない攻撃性の兆候にはいっさい気づかなかった。また、個人的な記憶を思い出している様子もない」

「本人が話したかぎりではな。この船に乗っているだれもが、どんな思い出も秘密にしておこうという動機があるようにおれには思える」

「なんであれ、この……ことの影響は、とんでもないくらいすぐに現れるようだ。ディキンスンはほんの数分間で正常な状態から殺人鬼になった」

「つまり、それがまた起こったら、ためらう余地はないということだ。だれの身に起ころうと関係なく」

「あんたの身に起こっても？」

ピンチョンは戸惑うと同時に腹を立てたことを示すしかめ面を向けた。「もちろんだ。おれが古き良き時代の話をはじめたら、すぐさまどたまに銃弾を叩きこまれても仕方ない。そのことで気に病まないでくれ」ピンチョンはハクスリーの肩を軽く叩いてからバッグと火炎放射器を手にして立ちあがった。「おれも喜んでおなじことをあんたにする」

「それがなんのためのものか考えたくもない」ゴールディングは、嫌悪と恐怖が等しく混じった視線で火炎放射器を見ながら言った。

一行は、ディキンスンを船縁の向こうに落とすという、儀式的な行動を一切欠いたその場限りの葬式を再度おこなってから、操舵室に集まった。ほかにやることがなかったので、彼らは地図ディスプレイを見て時間を潰した。「この船の最高速度からほど遠いと思う」ハクスリーは、画面上のふたつの光点がほんの少しずつ離れていくのを見ながら、言った。「目一杯出せる速度の五分の一くらいだろうな」ピンチョンは身を乗りだし、風防ガラス越しに目を凝らした。河口の両岸は霧のなかではっきりしない嵩張った影として見えていたが、航路は一マイル過ぎるたびに狭くなっているのが明白だった。「バリアに到着するまで、二、三時間はかかるだろう……」

ハクスリーは閃光を目にし、音が聞こえるまえに熱を感じた。強烈な震動が船の船尾から船首へ走る。骨の髄まで響く轟きが聞こえ、ハクスリーは振り返って、霧のなかにまばゆいオレンジ色の雲が大きくなっていくのを見た。その爆風でまわりを包んでいる不快なガスが薄れた。爆発の下にある水面は直径五百ヤードはあろうかというゆらめく白い円盤に変容していた。

「信号ブイだ」ハクスリーは言った。不必要であると同時に必要であると感じた発言だった。

「サーモバリック爆弾だな」ピンチョンは色褪せていくオレンジ色の花をまったく驚きもなく見つめた。「至近距離ではあの爆発は低出力の核に匹敵する威力がある」

「じゃあ、もしあのまわりにおれたちがまだうろうろしていたら……」ハクスリーは唇のあいだから息を勢いよく吐きだし、笑い声をあげるのと、不敬な罵《のの》り声を伴う怒りの言葉を言うのとの両方の衝動を覚えた。「少なくともあれは殺人ロボットではなかったな」

「どうしていま爆発させたのかしら?」リースは訝《いぶか》しんだ。

「生きている被験体を殲滅するためね」プラスがようやく手をほどき、衛星携帯電話の音声に似ていないこともない平坦な口調で言った。「失敗した実験に対する典型的な反応」

「時限装置で起動したんだろう」ピンチョンが言った。「もし一定時間内にエンジンを再起動させなければ……」そう言って、はたと気づき、眉間の皺が深くなる。「電話はAIだ。時限爆発。主要部品の遠隔操作。この任務の多くを可能なかぎり自動化することにやつらは余念がないようだ」

白い円盤の最後の光が水面から消えるとハクスリーは霧に再度目を凝らした。次の機会にはこの霧について必ず訊かねばならない、とハクスリーは携帯電話に触れながら決心した。

約束した通り、衛星携帯電話は船が河口を遡上して、そこがまさに河になるまで、鳴らなかった。いまでは両岸がまえよりよく見えていた。建造物の垂直や斜めの直線的なラインが、木々の柔らかなシルエットのなかに覗いていた。数は少ないものの、そこかしらに明かりが灯っていた。その明かりの大半は、工業地帯や港湾施設と思しきところの細い尖塔のまわりに見られた。しかしながら、それらの明かりはしつこく漂う霧の彼方にある世界の様子をなにもあきらかにしていなかった。沿岸は静かなままだったが、ブイの爆発から二時間ほど経過して、かなり遠くからごろごろという音が聞こえた。

「雷の音じゃない」ピンチョンは小首を傾げ、耳を澄ませた。最初のぼんやりとした轟きのあとで、一行は船尾甲板に移動していた。騒音はつづいたが、霧や岸のかすかな明かりにもなんの変化もなかった。

その音のピークとピークのあいだに非常に短い間があるのを感知してハクスリーはピンチョンのほうを向いた。「さらなる爆発音？」

ピンチョンはうなずいた。「砲火であることにまちがいない」

「それに銃声もする」ゴールディングはふたりの怪訝な目つきを受け、自分の耳を指さした。「わたしの耳にははっきり聞こえる。ひょっとしたらこの生まれもった聴力のせいで選ばれたのかもしれない」

さらに数秒間耳をそばだてると、ハクスリーにも聞こえた――繰り返される断続的なドラムビートは、自動小銃の発砲音を告げていた。

「戦闘だ」リースが結論を下した。「だけど、だれとだれが戦ってるの？」

「おれが名前をあげることができる最後の戦争はアフガニスタンだった」ハクスリーは言った。

「英国本土では二世紀以上戦争は起こっていない」ゴールディングが頭を少し傾げて言った。「北アイルランドを勘定に入れなければ」

「交通の騒音はなく、最小限の明かり、そしてこの音だ」ピンチョンが顔をしかめた。

「事態は相当ひどいことになっているようだ」

「ここだけ、それともほかの場所も？」プラスが訊いた。

もちろん、だれも答を持っておらず、その質問のあとに長い沈黙がつづいた。やがて戦闘音は小さくなり、そのあとすぐ、なにかはるかにずっと耳障りな音に取って代わられた。それはなによりも聞こえてくる方向が不安にさせた。岸からではなく、上空から聞こえてくるような、哀調を帯びた不協和音の嘆き声だった。

「カモメ？」ゴールディングは閉ざされた空を見あげながら、訝しんだ。

ハクスリーは、コンラッドの拳銃の放つ音とともに、甲高い声で叫ぶカモメの鳴き声に起こされたことを思い出した。今回はひどく異なる音だった。リズミカルな鳴き声ではなく、震え、間延びした音だった。それに、あの最初の目覚め以来、ハクスリーは一羽のカモメも見かけていなかった。

「人間の声ね」リースが言った。ほかの全員とおなじようにリースはなにも見えない空を見あげ、目を細くして集中していた。「だけど、どこからだろう？」

ピンチョンはなにごとか悟って柔らかなうめき声を漏らし、カービン銃で舳先の向こうにある霧のなかから徐々に姿を現しつつある巨大な灰色の形を指し示した。ばかでかい大きさの建造物だった。巨大なコンクリート製の脚部が霧に包まれた高みまで突き立っている支柱によって繋がっていた。

「橋？」プラスが言った。

「ダートフォード・クロッシングだ」奇妙な、少しとまどった表情を額に浮かべてからゴールディングは、口調をさらに和らげて付け加えた。「あるいは、正確を期すれば、クイーン・エリザベス橋だ」

警戒心を刺激され、ハクスリーは思わずカービン銃を握る手に力をこめた。ゴールディングを見つめすぎることなく記憶を思い出したかどうかさぐろうとしたが、歴史学者はその様子に気づいた。「リラックスしてくれ」そう言って、じりじりと距離を取る。「いきなりだと奇妙な名称に思われる気がしただけだ」

「前後の文脈がないと、一部の名前、特に地名は、不気味に思われることがある」リースが言った。

あらたな嘆き声が聞こえ、一行の関心を橋のはっきりしない巨体へ戻させた。船はいまやその特徴のない巨大建造物と並んでおり、巨人の足下を通過しているような感覚に襲われた。

「ただの悲鳴が繰り返されているだけだ」ゴールディングは顔をしかめ、カービン銃を握っている指をひくひくと痙攣させた。全員とおなじようにゴールディングは慣れた握り方で銃を握っていたものの、彼の手のなかにあると銃は場違いなものに見えた。「聞こえている声に、言葉になったものはない……」嘆き声が突然大きくなり、巨人の灰色の脚の側面で反響して、ゴールディングの発言は尻すぼみになった。

ピンチョンとほかのメンバーはカービン銃を構えたが、ハクスリーはおなじ行動を取る衝動に抵抗した。漠然とした勘がここに脅威があるという信号を発しなかった。結果的に、小さな黒い影が霧を抜けて垂直に落下するのを目撃したのはハクスリーだけだった。同乗者たちは銃を空虚な霧に向けることにまだ夢中だった。影が落下していくのと同時にはっきりしない叫びがつづき、ハクスリーはそれが空中で手足を激しく振りまわし、体をねじるのを見た――ひとりの人間が悲鳴をあげながら墜落していた。性別も年齢も不明だった。橋脚のほぼ真ん中部分にある水面に落下し、高い飛沫をあげた。嘆き声は即座に止《ダイ》んだ。匿名の転落者が死《ダイ》んだのと同時に、とハクスリーは思った。唇のあいだから空気をしゅーっと吐き、ハクスリーは水柱が落ち、波紋が広がっていくのを見た。あの高さからだと、岩肌に落下するようなものだ。

「動きはない」ピンチョンが死体にカービン銃を向け、確認した。水面にうつぶせに浮かんでおり、両腕を広げ、着衣が膨らんでいた。船が針路を進むにつれ、死体は上下に揺れ、船の立てる波でひっくり返ったが、ハクスリーがその相貌を光学照準で確認するまえに沈んでしまった。

「あれではあまり多くのことを語ってくれなかったね」ゴールディングは言った。

「ひとつ語ってくれたことがある」ピンチョンはふたたび霧に煙っている高みを見あげた。「橋の主桁がなくなっている。そうでなければ、あんなふうに水面に飛沫をあげるようには落ちられない。さっきも言ったように、ここでは事態は本当にやばいことになっている」

夕方、テムズ・バリアが見えてきた。暗くなりかけている霧のなかに背の高い、頂点が丸くなっている構造物のシルエットが横に長く並んでいるのが浮かびあがっている。船は減速する様子をまったく見せず、ほどなくするとこの独特のランドマークが洪水防止装置《バリア》の役目をまったく果たしていないのがあきらかになった。

「当然ながら、いつ・どこでだったか言えないが」ピンチョンが光学照準でバリアを構成する大聖堂サイズの門柱の列を追っていきながら、言った。その列は中央で幅広い隙間が空いていた。「自分がこういう被害をまえに見たことがあるのをわかっている」

バリアの中央にある門柱は、その両側にある門柱の破壊され、小さくなっているバージョンだった。カーブを描いているアルミニウム製の屋根は消失しており、巨大な軀体の多くは、瓦礫の切り株のようになって水面から数フィートだけ突き出ていた。バリアの役目を果たしている門扉は、現存する門柱のあいだですべて持ちあげられていたが、破壊された同族の側面まわりで河が渦を巻いて泡立ちながら激しく流れていた。

「空中投下された爆弾の仕業だ」ピンチョンは銃を下げた。「たぶんレーザー誘導式の五百ポンド弾だろう」

「だれかがロンドンを水浸しにしたかったんだな」ハクスリーが言った。

「あるいは、だれかが河を航行可能にしたかった」プラスが考えを述べた。

「これはおれたちを通すだけのために爆撃されたというのかい？」

ハクスリーはプラスが見せる表情に明白に現れているあらたに発見された落ち着きに驚いて、ほんの少しいまの判断に迷いが生じた。「おれたちは世界最大の都市のひとつのどまんなかを進んでいる船に銃を持って乗り組んでいる記憶喪失者のグループだと思う。その都市はいまのところ霧のなかで悲鳴をあげて自殺をはかる狂人を除いて、生命の兆候がない。おれたちがここにいるのは、なにかの理由があってのことだとすでに納得している。これもその理由のひとつだろうと推測するのは、それほど極端な論理の飛躍じゃないだろう」

「この被害はしばらくまえにもたらされたものだ」ピンチョンは言った。「数日まえ、ひょっとしたら数週間まえかもしれない。このクソが迫ってくるまえのことだ」ピンチョンはまわりを包んでいる霧を手で示した。ハクスリーはこの数時間のうちにピンクがかった色合いが濃くなっている気がしていた。沈みゆく太陽のせいかもしれないとはいえ。

プラスが首をまえに倒して、同意を示した。「つまり、この任務は広範な計画と努力の成果であることを示している。そこから導かれるあきらかな結論は、わたしたちは、この都市に起こったことに、それがなんであれ、対応するためにここにいるということ」

「救出するためかも？」ピンチョンは疑わしげに顔をしかめた。「救出する人間が残っていればの話だが」

「船倉にはまだあいていない容器がある」ハクスリーが一同に指摘した。「その事実とわれわれの究極の目的を結びつけるのにシャーロック・ホームズは必要ない」

バリアを越えると船は急激に揺れた。ねじれた流れが不安になるほどの激しさで船首を左右に揺さぶった。しかしながら、船はすぐに態勢を立て直し、エンジンのピッチが上昇して下降し、それに伴って増大した推進力で船は激しい揺れから解放された。そのあとすぐに最初の座礁船が目に入ってきた。岸から少し離れたところで、大きな黒っぽい船の船首が水面から突き出ていた。その船のアンカーチェーンがまっすぐな斜めの線となって水中に没し、船体に白い文字で塗装され、なかば水に浸かっている船名を分断していた――リリー・ホリディ。

「だれかジャズ・ファンがいたようだな」ゴールディングが言った。

「浚渫《しゅんせつ》船だと思う」ピンチョンが言った。「大きな船舶だ。あれを沈めようとしたら大変だぞ」

そのあとすぐに船は速度を緩め、さらなる座礁船がいくつも現れた。暗さを増した霧のなかで抽象的な形としか見えないものになっていた。船の針路は数分おきに変わり、そうしたあらたな障害物を避けるため、目に見えない手が針路調整をおこなっていた。河岸がいまや近づいていたが、暮れなずむ光と霧によって河岸にあるものの細部はまだ隠されていた。カービン銃の照準を用いて、ハクスリーは水浸しの都市であることを物語る建造物の基礎部分に影が打ち寄せているのを見て取った。河の東側と異なり、こちらにはまったく明かりが見えず、物言わず、なにもない建物からなる壁をただ通過するだけだった。

「やばいな」迫りくる暗闇が河岸をおおむね見えなくするとピンチョンが不満の声を漏らした。彼とハクスリーは、チェーンガンを挟んで立ち、カービン銃を舳先の向こうの虚空に向けた。ピンチョンは、カービン銃のフォアストックに取り付けられているレーザー・ポインターを作動させ、赤い光の小さな点をぼんやりとした影から影へ動かしたのち、真正面にあるとりわけ幅広い形にゆらめく光点を止めた。

「あれはなんだ？」ハクスリーは自分の照準から覗いていたが、見えたのは、影になった曲線と角度のついたものが入り混じっているものだけだった。

「数多くの座礁船がいっしょくたに集まっているようだ」レーザーのドットを何度か左右に動かしてから、ピンチョンは下に向けた。「通り抜けられる箇所が見当たらないな」

その判断を裏付けるかのようにエンジンが音高くうなると逆回転をはじめ、船を停止させてから止まった。ピンチョンは武器をおろした。操舵室からの明かりが汗ばんだピンチョンの肌を照らす。「ここでＣ４の出番だろう」

ハクスリーは影になっている不明瞭な壁に目を走らせた。「暗闇のなかでか？」

ピンチョンはなかば面白がっているように鼻を鳴らした。「冗談じゃない」エンジンが短時間の適切位置維持用のうなりをあげると、ピンチョンは手すりを摑んで体を安定させ、船尾に向かって進みはじめた。「朝を待つ。そして今回は見張りを立てる。最初の番をおれが引き受ける。二時間後にあんたを起こすぞ」

「せめて錨くらいくれてもよかったのに」その不満がリースの唇から発せられると、奇妙に聞こえた。彼女らしくもない怒りっぽい口調だったが、自分たちが何者なのか知らないでいる人間の性格を決めつけるばかばかしさをハクスリーに考えさせた。リースのいらだちは、船を定位置に固定するため、ランダムな間隔でエンジンがかかるという状況から生じていた。これと、一行の置かれている状況の異様さが睡眠を困難にしていた。少なくともリースとハクスリーの場合は。ハクスリーはゴールディングの寝台の裏側をじっと見て時間を潰していたため、監視の順番になると、ピンチョンに起こされる必要がなかった。歴史学者はほぼ即座にすやすやと眠りに落ちていた。それはなにごともなく二時間経ったと報告したあとのピンチョンもおなじだった。機会があればいつでも睡眠を取れるという能力は、軍隊生活でつちかわれた習慣なのだろう、とハクスリーは思った。プラスはなかなか眠りにつけなかった。胸の上に両手を置いた状態で寝台にじっと横たわっていたが。目をしばらくあけたままでいたが、やがて目をつむったときも姿勢は変わらず、本当に眠っているのだろうか、とハクスリーは疑問に思った。そののち梯子をのぼっていき、リースが操舵室の正面に座っているのを目にしたのだった。

「錨を備えておけば、それをおろしたいという誘惑におれたちはかられたかもしれない」ハクスリーはそう返事をして、片方の眉をあげた。「そしてけっして引きあげないかもしれない」

リースは唇を浅く曲げて同意し、黙りこむと、座席の背もたれに頭を預けた。ふたりとも制御盤のまえに腰を下ろした。風防ガラスの先にある世界は、変化のない地図ディスプレイの光で黒く塗り潰されていた。ハクスリーは、ディスプレイになにか被せたかったが、青いストライプの中央で点滅している赤い光点は、たまらなく魅力的だった。

長い沈黙ののち、リースがふたたび口をひらいた。疲労といらだちのせいで気力のない声だった。「今回は、ちがっている。つまり、眠ることが。コンラッドを舷側から海に落としたあとで眠った最初のときを覚えているよね？　昏睡状態に陥るみたいに眠った。だけど、いまはたんなる……睡眠」リースは椅子の上で身じろぎ、両脚を引きあげ、楽な姿勢を見つけられずに顔をしかめた。「そして、わたしは眠れないのがわかった。不眠症がわたしには常態だったのかもしれない」

「あるいは、これと関係しているのかもしれないな」ハクスリーは手で頭の傷痕をまさぐった。「やつらがおれたちにしたことに。ひょっとしたら最初の睡眠は副作用だったのかもしれない。あるいは、その処置に不可欠な部分だったのかも」

「ひょっとしたら」リースは囁くように繰り返した。「ひょっとしたら、ひょっとしたら。終わりのないひょっとしたらの世界に暮らしているみたいな気がする」

ハクスリーは励ましの言葉を提供したかったが、そういうものはなかった。くすっと笑える逸話もない。悲劇や災害に直面した際の恢復例も思いつかなかった。もしおれがほんとうに警官なら、なにかあるはずだ。ショットガンを持ち、覚醒剤でラリったスキンヘッド男を説得したときの話とか？　あるいは、刺されたり、撃たれたりした暴力の被害者を救命隊員がくるまで生かしつづけた話とか？　だが、そういうのは、創作であり、記憶ではなかった。マネーロンダリング犯や詐欺師を追及するのに机に向かってスプレッドシートを調べてずっと過ごしてきた可能性もあった。あるいは、警官でもなんでもなく、おなじように傷ついた仲間から与えられた役割をたんに演じているだけかもしれなかった。これまでになくパーソナル・ヒストリーの欠如を強く意識した。痛みが戻ってきたが、なにか根本的なもの、なにか不可欠なものから切り離されている混乱をあらたにはっきりと感じていた。

「思い出そうとしないほうがいいわよ」リースが警告した。うずくまっている姿勢は変わっていないが、いまやその視線はずいぶん焦点が定まっていた。

「思い出そうとはしていなかった」ハクスリーは無理に笑った。「約束する」

リースは少し力を抜き、立てた膝にあごを載せた。「あの痛みについてずっと考えていたの。あれは副作用じゃないと思う」

「ああ、それはおれも思っていた。思い出そうとすると、痛くなる。負の強化かなにかだ。だけど、どうやってそうなるんだろう」

「インプラント。そうにちがいない。短期記憶喪失の患者の治療に用いられるシャントと呼ばれる装置がある。脳の特定部分に電気信号を送り、記憶想起を刺激するもの。反対の効果を与えるものを想像するのは難しくない」

「ディキンスンまたはコンラッドに効かなかっただろ？」

リースは眉をあげ、陰鬱な同意を示した。「ええ、でも、まだ発展途上の技術には、そういうことが予想される。ほら、プラスの言っていることが正しいかもしれない——これがすべて実験である可能性があるって」

ハクスリーは風防ガラスの向こうの暗闇に頭を傾けた。「もしそうだとしても、やつらは極端にやりすぎだ」

「あそこにあるもののことを言ってるんじゃない。わたしたち自身のことを言ってる。わたしたちはなんであれ起こったことに対する反応としてここにいるのは確かだけど、それはわたしたちが実験ではないことを意味しない。本番用の試験台かもしれない」

「あるいは、おれたちが本番かもしれない」ハクスリーは座席に背をもたれ、地図ディスプレイの点滅する光点をじっと見た。「これほどの自動化をおこなっているからには、理由があるはずだ。おれたちが残された最後の人間かもしれないという考えが浮かんだことはないかい？」

「人類の最後の希望」リースは長い、震える息を漏らした。ハクスリーはその様子が笑おうとして失敗したのだと判断した。「それはいまのところもっとも気が滅入る考えかもしれない」

リースはまた黙りこみ、首をひねり、頬を膝に押しつけた。ふたたび口をひらいたとき、言葉が柔らかく、怯えたものになっていた。「わたしには妊娠線と帝王切開の痕がある。それほど広範囲なものではないので、たぶん、産んだ子供はひとりね。息子より、娘がいると考えたいわ。それってわたしはひどい性差別論者ということになるかな？」その質問はあきらかに修辞的なものだったので、ハクスリーはなにも言わず、リースはほとんど間をあけずに先をつづけた。「娘は何歳なんだろう？　バービー人形で遊ぶんだろうか、それともアクション・フィギュアで？　どんな銘柄のシリアルを食べるんだろう？　わたしがいなくて寂しがっているかな？　そう思うと痛みが走るけど、わたしは手を伸ばさずにはいられない」

ハクスリーはリースのほうを見なかった。見たら、彼女が涙を浮かべているのを目にするとわかっていた。見ないのは臆病だからだ、とハクスリーはわかっていた。もしリースのほうを向き、涙を見てしまったなら、記憶の結び付きを招いてしまうだろう。それをハクスリーは恐れた。もしリースが娘のお気に入りのシリアルの銘柄を思い出したなら、おれは彼女を撃たねばならない。

歓迎され、なおかつ身の毛がよだつ、気をそらせるものが、河の北岸から、甲高い悲鳴のコーラスとなって聞こえてきた。操舵室のなかにいて消音されていたものの、はっきりとふたりは耳にした。

「カモメが戻ってきたな」ハクスリーはつぶやくと、カービン銃を持ちあげ、船尾甲板に向かった。

夜に目を凝らすことを、立ちこめている霧が無駄にしていた。まわりの水面に濃く吹きだまり、船のわずかな明かりを捉えて、青白い、先を見通せない壁を作りあげていた。霧がどういうわけか悲鳴を増強しているのではないだろうか、とハクスリーは思った。人間の喉が発する音としては大きすぎるように聞こえた。最初、意味のない音としてはじまった。不完全なたわごとが重なりあったものに笑い声が混じっているものかもしれなかった。ハクスリーはたったふたつの結論を導けた。この騒音がひとりの人間ではなく集団が発したものであるという明白な事実がひとつ。もうひとつは、彼らがあきらかに正気を失っているということだ。

「どえらい騒ぎのパーティーみたいだな」ハクスリーはうなるように言った。カービン銃の銃床を肩に押し当てたが、まだ構えていなかった。撃つ対象がどこにもない。

「あいつらはわたしたちに叫んでいるのかしら？」リースは、ゴールディングとプラスが見せていたのとおなじ、慣れた感じと不快感の組み合わさった様子で自分の武器を手にしていた。急いで拭ったせいで頬を赤くしながら、霧に目を凝らす。

「ほかにだれも見えないよな？」

「どうやってこの霧のなかでわたしたちを見られるの？」

「光はあまり競争相手がいないときに遠くまで届くものだ」

たわごとのコーラスが突然変化し、ハクスリーはカービン銃を急に動かした。悲鳴をあげているわけのわからない言葉が混じり合ってひとつの大きな叫びになった。ハクスリーはそのなかに怒りを耳にした。同時に大きな痛みを。だが、大部分は恐怖が聞こえた――怯えた集団の集合的な叫び声だ。やつらはおれたちを脅しているのか、それとも警告を与えているのか？

集団の叫び声はすぐに消えたが、沈黙の先駆けにはならなかった。今度は人の声が聞こえた。たったひとり、男性の声が、あいかわらず叫んでいたが、今回は具体的な言葉を紡いでいた。最初、はっきりしていなかった。障害のある口から発せられたかのように歪んで聞こえた。

「おれは……知ってる……」目に見えない叫びをあげている男が話しかけてきた。ハクスリーはだれかが水に飛びこんだドボンという音を耳にした。さらなる水撥ねの音がつづき、叫んでいる男がこちらに近づいてくるにつれ、声が大きくなってきた。「おれは知ってるぞ……おまえらが何者なのか！」

ハクスリーは光学照準に目を押し当て、霧をさぐったが、なにも見えなかった。

「おれはおまえらが何者なのか知ってるぞ！」かなり近づいてきているものの、撃つ対象はまだ見えなかった。

「あいつはわたしたちの知らないことを知ってるみたいね」リースの声は、切り詰め、しわがれたもので、むりやり冗談めかして話していることを告げていた。左を見やり、ハクスリーはリースもカービン銃を構え、安全装置を外し、発砲セレクターをセミオートにしているのを目にした。リースは咳払いをしてから、またロをひらいた。「彼にいくつか質問してみましょう」

「**おれはおまえらが何者か知ってるぞ！**」

そのとき、ハクスリーは見た。赤味を帯びた灰色のなかに白色が飛び散っているのを。水の流れのなかでもがいている人の姿を。指をガードから引き金にかけたが、ハクスリーは引き金を絞るのを抑えた。悲鳴をあげている相手の顔を見たかった。こちらを殺そうとしたときのディキンスンになんらかの形で似ているのかどうか確かめたかった。しかしながら、リースはハクスリーと好奇心を共有しなかった。

リースのカービン銃が二度吠えた。暗がりのなかで銃口の火花は巨大だった。尖った白い棘が霧に向かって射出された。排莢されたカートリッジが首にぶつかる熱い刺激にハクスリーは本能的にびくっとなった。目を照準に戻すと、見えたのは波紋だけだった。またしても遠くの河岸は鎮まりかえり、悲鳴をあげていた連中のコーラスは恐怖のせいか、無関心のせいか、静かになっていた。

「おれたちはなにかを学べたかもしれないが……」ハクスリーは話しかけたが、リースはすでに背を向け、カービン銃の安全装置を所定の位置に戻した。

リースが操舵室に姿を消すまえに、ハクスリーは、つぶやき声を耳にした。「あの子を思い出すために生きなきゃ」

第五章

日の出まえに途切れがちな二時間の睡眠をなんとか取ると、また夢を見た。今回はより細部がはっきりしていた——青みを帯びた金色の靄《もや》が海とビーチに溶けこみ、砂地の岸辺に満潮時の高い波が打ち寄せていた。澄み渡る紺碧の空にまばらに雲が点在しており、肌に風がそよぐのを感じる。そのひんやりとした新鮮さが嬉しかった。視野に浮かぶ白いぼやっとしたものが人影になった。木綿のスカートが砂の上で回転して広がり、麦わら帽子を片手で押さえている頭の下で、巻き毛がなびいている。そしてあの声が聞こえる。相変わらずはっきりしていないものの、すばらしく聞き覚えのある声が……。

無情なしつこさを伴う痛みで夢から引きずりだされた。脳の中心に冷たい鋼鉄の指を突っこまれたような気がした。苦しいあえぎを抑えられずに目覚め、体を痙攣させた激しさに寝台から転げ落ちそうになる。夢は記憶じゃない、と自分に言い聞かせる。心臓がどきどきし、乗組員室に自分しかいないことに気づいて、ほっと安堵した。夢と記憶はおなじものじゃない。

しばらくその場に横になり、心臓の鼓動が収まるのを待った。脈がゆっくりになったと思ったが、推測を巡らして、恐怖を覚え、速くなる──変わった気がするか？　自分を傷つけたいと思うか？　他人を傷つけたいと思うか？　ゴールディングを嫌っており、プラスを忌避する気持ちが強まっているが、それは面識ができたことで生じたものか、それとも記憶から生じたものなのか？　そもそもだれかを殺したいと思っていなかった。だが、ひとつの疑問がほかのあらゆる疑問よりも気になった──ビーチにいたあの女性は何者だ？

ピンチョンの声が聞こえて、動けずにいる状態に終止符が打たれた。ぶっきらぼうな威圧感を持って梯子の上から聞こえた。「起きろ、警察官先生。また遠足の時間だ」

夜明けが任務の規模をげんなりさせるような詳しさであきらかにした。障害物は、寄せ集まった船から成り立っていた。いずれもさまざまな程度に損傷がある。大半の船は、小型船舶だった。小型ヨットやプレジャーボートがばらばらになって、障壁の主要部分を形成しているより大きな船舶と一体化していた。全体の四分の三が沈んでいるタグボートが混沌の構造物の右翼防波堤になっていた。左側には、ヨット・サイズのキャビン・クルーザーがあり、傾いた通行不能の壁になっていた。ピンチョンはそのクルーザーを〝高級大型船の女王〟と名づけた。しかしながら、最大の障害であり、ピンチョンが自分たちの目標物として選んだのは、中央にあるガラス屋根のついた長い遊覧船だった。その雑然とした構造物全体が一行のまえに広がっていた。数多くのハッチや引き裂かれた船体、霧で暗さを増している影になった船窓から成るその姿は不吉で、人を引き寄せないものだった。ハクスリーの予想と異なり、霧は朝日にも薄れていなかった。それどころか、赤味を帯びた色合いはよりいっそう目立つようになっており、それによって明白な結論が導かれた。

「これは実際には霧じゃないだろ？」ハクスリーはプラスのほうを向いて言った。

警戒し、少し悔しそうに眉を持ちあげた様子から、ハクスリーはプラスがすでにおなじ結論に達していたが、それを胸にしまっておくことにしたのだと推察した。「ええ、霧じゃないと思う」

「じゃあ、なんだ？」

プラスの答えは、理解の鈍い学生に教師が話しかけるかのような、耳障りな非難口調になっていた。「携帯質量分析計を持っていたりする？　持ってない？　なら、あれがなんだかわからないわ」

「仮説を立ててみろ」ハクスリーはプラスに命じ、彼女の目に浮かんだ憤《いきどお》りに揺るぎない視線を返した。むっとして口元を歪めたその様子から、もしほかのメンバーからの期待をこめた視線がなければ、無視されたかもしれない、とハクスリーは思った。

「ある種のガス」プラスは腹立ちまぎれの几帳面な口調で言った。「太陽光が屈折して、この赤い色になっているのは、大気を構成している気体よりも密度が濃いことを示している。においあるいは呼吸困難がない以上、有毒性はないか、少なくともその効果が遅効性であるということ。さもなければ、この任務には防毒マスクが提供されていたんじゃないかな。それ以上の結論は出せない」

「偶然のはずがないわね」リースが言った。「ロンドンが被災地で、たまたまこの赤いクソに覆われているだけというのは」

「化学攻撃を考えているのかい?」ゴールディングが言った。監視番を免除されていたものの、睡眠の長さにもかかわらず、ゴールディングの顔はやつれ、目は落ちくぼんでいた。怪我の痛みからくるものだとハクスリーは考えていたが、ピンチョンが歴史学者に向けている疑いの視線の強さから判断するに、かならずしも全員が納得しているわけではなかった。

「高い確率で関連があるというのに同意する」プラスが言った。「だけど、さらなるデータがないかぎり、これ以上推測しても無意味ね」

「彼女の言うとおりだ」ピンチョンはC４火薬を詰めたリュックサックにヴェルクロのストラップを巻きつけた。背を伸ばし、リュックを肩にかつぐと、舳先の先にある船の残骸に向かってうなずいた。「いかねばならん」ピンチョンは起爆装置の入っているバッグをハクスリーに、弾薬のパウチを満載したウェビングをリースに渡す。「三人がかりの仕事だ。ふたりが爆薬を仕掛け、ひとりが警戒に当たる」

「志願の機会を与えてくれて感謝するわ」リースは顔をしかめたが、文句を言わずにウェビングを着用した。

「もしなにかあったら……」ハクスリーはプラスとゴールディングのほうを向いて言いかけたが、途中で口をつぐんだ。もしなにかあったら、彼らは全員どうしようもなかった。この船はどこにも進みようがなくなるのだから。「ひょっとしたら、また電話をかけてくるかもしれない」そう言ってハクスリーは衛星携帯電話を軍服のポケットから引っ張りだし、プラスに向かって放った。

遊覧船は船の残骸の壁にしっかりめりこんでいたため、三人が乗りこんでもほとんど傾かなかった。ピンチョンがゴムボートを操って、遊覧船の船尾に向かわせた。船尾の一部が突き出ており、かろうじて接舷箇所になっていた。甲板の暗いハッチに片手でカービン銃の狙いをつけながら、ハクスリーが手すりを乗り越えると、長靴がガラスを踏み砕いた。

「まず確認したほうがいい」ピンチョンが次に手すりを乗り越えて、リースを助けようと手を伸ばした。リースはその手を無視し、カービン銃を背中にまわすと、両手で手すりを摑み、すばやく飛び越えて、ふたりのそばにおりた。ピンチョンはひと言うめいてから、振り返り、周囲をくまなく見まわした。遊覧船の右舷の手すりに身を乗りだすと、ピンチョンは体を強ばらせ、ふたりにそばに来るよう手招きした。

ピンチョンの指が示すものをたどろうと前のめりになったものの、ハクスリーは障壁の先にあらたな残骸が重なり合っているところしか見えなかった。さらなる小船や遊覧船がごた混ぜになって廃墟と化していた。「なにをさがせばいいんだ？」

「あそこだ」ピンチョンがまた指し示した。遊覧船の船尾に押しこまれたタグボートの船体に指を突きつける。目を凝らすと、ハクスリーは、その船の側面にぎざぎざの穴があいていることに気づいた。船体上部を覆っている分厚いゴム製の枠から、喫水線の下の装甲まで破られていた。穴の縁はねじれた鉄の花弁状になっていて、内に向かうのではなく外に向かって咲いていた。「内側の船殻に爆薬が仕掛けられていたんだ」ピンチョンは言った。「金属がまだ焦げている」

「つまり？」リースが訊いた。

ピンチョンはうしろに下がり、この偶然のバリケードの向こうにある霧のかかった河に視線を移した。「だれかがすでに爆破して道を切り拓いたんだ」

「じゃあ、なぜこの船のガラクタたちはまだここにあるの？」

「水の流れさ。河の流れは止まらない。数日まえ、あるいは数週間まえに起こった出来事だったかもしれない。さらなる残骸が流れてきて、隙間を埋め、タグボートを水面まで押しあげたんだ」

「おれたちが最初じゃなかったんだ」ハクスリーは言った。「二番目ですらなかったかもしれない。いったいどれくらいまえからこんなことがつづいているんだ？」

「ここでだらだらしていてもなんの答えも得られない」ピンチョンはくんくんとにおいを嗅ぎ、遊覧船の上部船室のほうを向き、ウェビングに固定されているLED懐中電灯を灯した。「われわれはつねにいっしょにいるんだ。別れて、もっと広い範囲を調べようというたわごとはなしだ」

「本気？」リースはカービン銃を肩に当て、通常の訓練を受けた握り方と発射姿勢を取った。「最後に生き残る女の子《ファイナル・ガール》になると自惚れていたんだけど」

ハクスリーは面白さよりも義務感から、ふっと笑い声を漏らした。ピンチョンは笑わなかった。「それから、必要になるまで無駄話はなしだ」彼はハクスリーにうなずき、武器でハッチを指し示した。「警察官先生、もしよければ先頭に立ってくれ」

「おれが一番消耗品だからだろ？」

「法執行職員は潜在的危険のある、不慣れな屋内を先導する経験を有しているだろうからさ」滅多にない笑みがピンチョンの顔に浮かんだ。「それにそうだ、すぐれた医者に比べれば、あんたのほうを失ってもかまわないと思っている」

「自分が警官かどうかよくわからないのにな」ハクスリーは不平を漏らし、自分の懐中電灯を灯すと、身をかがめて船室に入った。遊覧船のガラスの屋根はあちこち割れていたが、船室のなかは座席やテーブルが不思議なくらい乱されずに並んでいた。割れたガラスがいたるところにあり、LEDの光がその上を通ると輝いた。奥へ歩を進め、ハクスリーは散らばったカトラリーや割れた皿以外に特に興味を惹くものをなにも見つけられずにクローム製の欄干にたどり着いた。欄干はアーチを描いて甲板まで下っていき、頑丈な木製のハッチへ消えていった。そのハッチはほかの内装と釣り合いが取れていないように見えた。

「頑丈そうだ」ハクスリーはそう言って、身をかがめ、強く押してハッチを試した。「鍵がない」

「反対側から鍵がかけられている」ピンチョンはハッチの中央に長靴でさらに力強く踏みつけた。ハッチは揺れたが、開かなかった。「これはほかから持ってこられた木材だな」

ピンチョンは言った。「たぶんほかの座礁船から取ってきたものだろう」

「だれかがなかにいるものを外に出したがらなかった」リースが意見を述べた。

「じゃあ、だれかは来訪者を歓迎するつもりがないんだろう」ハクスリーが付け足した。

「歓迎されようとされまいと——」ピンチョンは最後にハッチに目を向けるや、カービン銃の切り替えスイッチをフル・オートマチックに入れた。「——さあ、いくぞ。うしろに下がってくれ。目を隠すんだ」

ピンチョンはふたつのパーツが合わさっているハッチの中央を狙った。ハクスリーが前腕を顔に持っていって横を向くと、カービン銃が咆吼した。短く二連射し、一拍間を置いてから三度目の連射。腕を下げるとピンチョンがまたハッチを踏みつけているのが見えた。今回は、高速弾によって木材が割れていたので、長靴が先ほどよりも成果を挙げた。さらに数回蹴りつけると、両手で摑めるほどの穴があき、ハッチをもぎ取り、うしろに下がって立ちあがり、現れた階段にカービン銃の照準を合わせた。

ハクスリーはピンチョンのかたわらに移動した。ふたりの懐中電灯の光線に埃や木片の塵が漂う。ねじれて壊れた差し錠の破片が階段に散乱しており、階段の下に波打つ水の輝きが見えた。

「浸水している。少なくとも沈むのにさほど時間はかからないだろうな」ピンチョンが隣に立ち、ハクスリーのほうに首を傾けて言った。カービン銃を肩に押し当て、懐中電灯を横に並べて銃身を動かす。階段をおりきると、懐中電灯の光は足首までの深さの水や、とっちらかっている接客道具類、すなわち、ばらばらのテーブルや椅子、水たまりのなかで浮かんでいるワイングラスの上を踊った。歩きだすと水が長靴に染みこんできて、数歩進んだところで浮かんでいるゴミとしては見慣れぬものを懐中電灯が捉えて、立ち止まる。なにか赤黒いものだ。ネズミだ。齧歯類の死骸をよく見ようと身をかがめたところ、口がぽっかりあいており、その死の開口部に小さな鋭い歯が剝きだしになっていた。さらに気になったのは、死骸の状態だった。黒い毛皮と皮膚が引き裂かれて骨が見えており、あばら骨と背骨が剝きだしになっている一方、尻尾は弛緩した青白い蠕虫《ぜんちゅう》のようにさざ波のなかでゆるやかに丸まっていた。

「いずれにせよ、病気で死んだんじゃないわ」リースが言った。彼女はハクスリーのかたわらに来て、ネズミの尻尾を摑んだ。ネズミを水から持ちあげ、懐中電灯の光に近づけ、観察する。「このチビ助は食べられたんだ。調理する手間はかけずに」

「なおかつ、おれたちが見かけたはじめての動物の生態だ」ハクスリーは指摘した。

「諸君、余計なことに気をつかっている余裕はない」ピンチョンはカービン銃を肩に押し当てたまま、ネズミを一瞥しただけで先に進んだ。「やらねばならない仕事があるんだ、いいな」

リースはネズミを投げ捨て、ハクスリーはカービン銃を構え、船室の調査に戻った。甲板の奥の壁際にあるバー・カウンターをハクスリーの懐中電灯が照らすと、大理石のカウンターの上に無傷の酒甕が載っているという驚きの光景が浮かびあがって、光線の動きが止まった。酒甕はLEDの光線を浴びて輝き、周囲を確認するよう本能が警告しているにもかかわらず、金色の魅力がハクスリーをまっすぐ引き寄せた。その甕はずんぐりした直方体のなじみのあるもので、封印された記憶によって跳ね返されて頭のなかに激痛を走らせた。黒いラベルが貼られ、湿気でぼろぼろになっているものの、ところどころ判読可能で、「テネシー」と「ダニエルズ」の文字がもっとも目立っていた。ハクスリーはその甕を手に取った。琥珀色の液体がガラスの牢獄のなかで動き、心地良い物憂げさを誘っていた。ハクスリーは自分が唇を硬く結んでいるのに気づき、両手が震えぬように腕に力をこめなければならなかった。それを飲んだひとつの記憶も浮かんでこないにもかかわらず、そのウイスキーの味を想像できた。舌の上に載った感触、すばらしい喉が焼ける感覚、それに伴う忘却への誘い……。

「歓迎しない訪問者に罠を仕掛けたいなら」リースの声が険しい囁きとなってハクスリー

の耳元に聞こえた。「毒を混入させた美味しそうな酒が詰まっている酒壜というのはとてもいい考えに思えるわ」酒壜のキャップの破れた封を一本の指で軽く叩く。「あえてその危険を冒してみたい？」

さらなる痛みが走る。今回は頭のなかだけではなかった。腹部からもやってきた。渇きや飢えというだけではとてもきかない、心をかき乱す絶望的な欲求。ハクスリーは手の震えを抑えようとしながら酒壜をおろしたが、ピンチョンにその様子を見られた。同時に近づいてきて、詮索と軽蔑を顔に浮かべながら、なにかほかのものを見て取った。

「あんたの性格のあらたな一面を発見したみたいだ、警察官先生」両方の眉を持ちあげ、口を歪めて、謝っているかのような笑みを浮かべると、「あんたはひどい酔いどれだな、相棒」

愚かであり、無作法な怒りと反抗的態度の表れであり、またもやなじみのある痛みを伴うものだったが、同時にハクスリーがこらえられるものでもなかった。酒壜をふたたび手に取るとハクスリーは首の部分を摑んで、大理石のカウンターの角にそれを叩きつけた。琥珀色の飛沫と透き通った破片が飛び散った。「くたばれ」ハクスリーはざらついた声でピンチョンに毒づいた。

兵士は首を傾げ、今度は面白がって唇をゆがめた。とはいえ、その視線は安定しており、ゆるがなかった。

「おたがいの悪癖をさぐりあうのはあとになさい、坊やたち」リースはうんざりした口調でたしなめると、甲板の奥に向かって進み、そこではあらたな欄干が懐中電灯の光に浮かびあがった。「やらねばならない仕事があるのよ、わかってるでしょ」

ピンチョンはハクスリーからの視線を少しだけ長く受けてから身を翻《ひるがえ》して、リースのあとを追った。ハクスリーはピンチョンの無防備な背中に気を取られ、割れた酒壜の首をまだ握り締めていることに気づいた。自責の念と自己嫌悪感が走って手をひらかせ、酒壜の首が落ちた。酔っ払いがやりそうなことだ、とハクスリーは判断し、思い出せない過去に対する屈辱と決まり悪さの両方を感じて、困惑した。しかも、臆病な酔っ払いがやりそうなことだ。

遊覧船の一番下の甲板に通じている階段吹き抜けを守るハッチはなかった。懐中電灯の光に上の階とおなじ階段がゴミの浮かんでいる水に沈んでいるのが見て取れた。その先の空間は絶対的な暗黒になって見通せない。「泳ぐ羽目になりそうだな」そう言ってピンチョンはリュックサックを外した。

「その必要が本当にあるの？」リースは水に浸かった吹き抜けをひどく戦《おのの》きながら見た。

「ここに爆薬を仕掛けられない？」

「この船の船殻がタグボートと接している喫水線の下に仕掛ける必要がある。そうでないと、両方の船は沈まないだろう」ピンチョンはふたりを手招きして、バー・カウンターまで水を撥ねながら戻り、カウンターの上にリュックを置くと、C４火薬のブロックを二個引っ張りだした。「起爆装置」そう言って、ピンチョンはハクスリーに手を伸ばした。

「磁石やテープとか要らないのか？」ハクスリーはバッグを手渡しながら訊いた。「つまり、取り付けるのに」

「船殻に置くだけでいい。水圧が残りの仕事をやってのけるだろう」ピンチョンはC４火薬のブロックを並べて置き、ペンの大きさの起爆装置をブロックそれぞれにゆっくりと押しこんだ。次に導火線を取り付け、慎重な手付きでそれぞれのプラスチック製タイマーのスイッチを親指で操作した。「十五分にする。脱出するのに十分な時間になるはずだ」

ピンチョンは長靴と軍服の上着を脱いでからC４火薬をリュックに戻し、それを浸水した階段吹き抜けに運んだ。反対の手には懐中電灯を持っている。「最大で二分だ」ピンチョンは言った。「それ以上経ったら、おれは溺れている。おれのあとからおりてくるかどうかは、あんたたちに任せる」

ピンチョンは短く浅い呼吸を数回繰り返したのち、最後に口を大きくひらいて息を呑むと、吹き抜けに飛びこんだ。残されたふたりはピンチョンが暗がりのなかをおりていき、身を翻して頭を先にすると、視界から消えていくのを見た。懐中電灯の光はすぐに見えなくなった。

「ワン・ワン・サウザンド、ツー・ワン・サウザンド……（秒数を正確に計るとき、一、二、三……のあいだにワン・サウザンドを入れるのが、アメリカでは一般常識）」リースが意識を集中させて正確に数を数えはじめたが、ハクスリーは無駄なことだと思った。ピンチョンは戻ってくるか、戻ってこないかのどちらかだ。やがて説明がつかないものの、リースのリズミカルな呟きが気に障ってきているのにハクスリーは気づいた。もっとも、ウイスキーの酒場を巡るいらだちがしつこく残っているせいかもしれなかった。どちらにせよ、ハクスリーは止めておけと悪意のある提案をしようと口をひらきかけたところ、背後の水をなにかが乱し、発言を止めた。

ふたりはくるっと振り向き、肩にカービン銃を押し当て、安全装置を外した。それに伴って懐中電灯の光が踊る。その光線は波紋を描く水と上下に浮かんでいるゴミを浮かびあがらせた。「またネズミ？」リースが訝しむ。

「そうであったらいいんだが」いま耳にした音はネズミが立てる音ではないと、げんなりするような確信とともにハクスリーは思った。この街に残っているのがなんであれ、ネズミなどの害獣だけであるはずがなかった。

また水撥ねの音が聞こえた。右側の奥だ。懐中電灯の光線が船室の部屋の隅に集中する。

そこにうずくまっている人影は、あまりにじっとしていて、ハクスリーの明かりは最初止まらずに通り過ぎたが、人間の姿の輪郭を目にしてすぐ引き返した。なにか黒く粘り気のあるものがひどくこびりついている顔に一対の目が光っているのを見た。揺らぐことがない、まばたきをしない目。

「動くな!」ハクスリーは警官の反応だと思えたような声で叫んだ。人影はその声にびくっとなり、短いあえぎを発した。不気味なくらいうなり声に近いものだった。ほかの人間に出会うことがあれば、即座に相手を殺せ。衛星携帯電話の声が頭のなかで大きく鳴り響いた。感情を表さない声で。彼らはあなたたちにとって危険だ。

「ハクスリー」リースが口をひらき、指を引き金に移動させる。

ハクスリーはカービン銃のフォアストックから手を離して振り、リースに黙らせた。

「待て」大股でゆっくりと一歩前進し、指を大きく広げて片手を掲げる。「きみを傷つけようとしてここに来たんじゃない」ハクスリーは人影に向かって呼びかけた。その言葉にまたあえぎが漏れ、はじめてまばたきをすると、黒い人影はうずくまった姿勢をいっそう小さくした。「おれはハクスリー。こちらはリースだ。きみの名前を教えてくれないか?」

人影は身震いした。ハクスリーは、そのあごからねっとりした物質が滴り落ちるのを見て取った。人影の姿はとても歪んでおり、話すときひどく人間らしくなかったが、発せられる言葉はとても明晰でふたりに衝撃を与えた。「わたしは家に帰るつもりはない」女性の声。若く、怯えていたものの、反抗的だった。

ハクスリーは歩みを止め、うなずいて返事をした。「いいだろう。それがきみの望みなら……」

「わたしは家に帰るつもりはない」若い女性は繰り返した。粘性のものがあらたに顔から滴り落ちた。矢継ぎ早にさらなる言葉が発せられる。「わたしを家に帰させはしないわ。あんたのクソッタレな本がなにを言っていようとかまわない」

「それはかまわない」ハクスリーは笑みを浮かべようとしたが、相手の女性はますます昂奮してきて、左右に体を揺らし、ハクスリーの懐中電灯は彼女の両手が壁に残した汚れを捉えた。「きみがなにを望もうと……」

「あ、あんたの本だ」最初のあえぎで耳にしたうなりが戻ってきた。女性の目がいまや爛々と光っており、少なくとも一インチは長すぎるように見える首の先で頭がまえに突きだされた。唇がめくれあがり、女性の歯が見えるようになる。なにかが滲み出ている仮面のなかで、ありえないほど白い歯。ある種の勝ち誇った拒絶の意をこめて、女性は話した。ハクスリーにぶつける言葉にある種の誇りがのぞいていた。あたかも長い時間をかけて紡いだ弾劾の言葉を届けるかのように。「あんたの聖典。そんなものクソ食らえ。なんだかわかってるのか？　わたしはけっしてやらなかった……」

ハクスリーの背後で水が撥ねる。リースはよりよく狙えるように立ち位置を調整した。ハクスリーがリースの射線に入ると、リースはぴしゃりと言い放った。「そこをどいて！」

「答が必要なんだ」ハクスリーは小声で強く言い返した。

汚物に覆われた女性に向き直ると、ハクスリーは相手が体を上げ下げしているのに気づいた。突進してこようと力を溜めている。長すぎる首の先の頭がその動きに連動していた。「おれたちを怖がらなくていい」ハクスリーは女性に言った。真っ赤な嘘だ。「たんに助けたいだけなんだ……」

もしその瞬間、ピンチョンが階段吹き抜けから腕を振り回し、水をかき乱して姿を現さなかったら、シナリオは異なった展開になったかもしれなかった。この異形の、正気を失っている女性から役に立つ情報を引き出せたかもしれなかったとはいえ、それは疑わしいとハクスリーは思った。

ピンチョンの出現で、女性は攻撃の口火を切った。白すぎる歯と光る目が、ねじれ、爪を立てた影の形をした質量の中心で輝いた。女性は恐ろしいほどの素早さで跳躍した。あと数インチ近いところに立っていたら捕らえられただろう、とハクスリーはわかった。実際には、ハクスリーはカービン銃を相手の大きくあいた、白い歯の口に向けることができ、相手が振り回す四肢による一撃を加えるほど近くに来るまえに立てつづけに四連射した。きらめく影のなかに赤い花が咲くのが見え、相手は倒れ、水中で痙攣した。ハクスリーはうしろにたたらを踏みながら、ひくひくと蠢《うごめ》く塊をまだカービン銃で狙っていた。リースは、さらなるリスクを冒す気がなかったようで、相手の体に向かって弾倉を空《から》にした。三度長い連射をおこない、銃口の閃光がまばゆく光り、銃弾がきらめく滝のようにアーチを描いた。

リースが再装填するため発砲を止めると、ハクスリーの耳鳴りが収まるまで数秒かかり、ピンチョンがなにごとか自分に向かって叫んでいるのに気づいた。ピンチョンはバー・カウンターから自分のカービン銃を手に戻しており、船室の一方の暗い隅から反対側の隅へ向けていた。水滴を濡れそぼった肌と服から撒き散らす。「もっといるのか？ 目を覚ませ、警察官！」立ち止まり、ハクスリーの肩を強く押した。「もっといるのか？」

ハクスリーは首を横に振った。「ほかには見当たらない」

「けっこう」ピンチョンは自分の装備の残りを急いで取り戻した。「爆薬をセットした。いますぐここから出ていくタイミングだ、そうだろ？」

リースはすぐさま階段吹き抜けに向かって水を撥ねあげていき、ピンチョンがすぐあとを追った。ハクスリーはあとにつづこうとしたが、船室のまんなかに浮かんでいるぐったりとした黒い人影に目が引きつけられた。LEDライトが黒にまじった深紅の水の上を踊り、変形した死体の表面を照らした。目を離すことができずにいると、懐中電灯の光がそれ以外は柔らかい塊のなかに直線で構成された目立つものを捉えた。

「なにしてるんだ！」ピンチョンが階段をのぼる途中で声をかけてきた。

ハクスリーはピンチョンを無視し、死体のところにいき、その目立つものにおずおずと手を伸ばした。それはぬるぬるとしたものに覆われている布製品から飛び出ていた。身を乗りだして近づくと布製品はリュックサックのフラップだとわかった。リュックサックはゼラチン状のものにほぼ覆われていたが、この硬い、あきらかに人工的なものだけは別で、湧き起こる昂奮とともにハクスリーはそれが無傷のノートパソコンの角だと認識した。

「ハクスリー！」リースが叫んだ。その声に含まれる怒りに、意外な心配する気持ちが混じっていた。

「一分待ってくれ！」ハクスリーは叫び返し、指をたわめてノートパソコンを摑んだ。それをリュックから抜き取る際に皮膚がまわりのぬるぬるしたものに軽く触れたとたん、激しい吐き気に襲われた。ハクスリーは吐き気をこらえ、装置を取り出した。アップルの

MacBook Air。ロゴが驚くほど綺麗で、輝いていた。製品を手にして腰を伸ばそうとすると、ハクスリーは別の物に気づいた。死んだ女性の目がまだ見ひらかれたまま、黒い粘性のものでできた仮面からこちらを見あげていた。いや、仮面じゃない。その目を見つめ返したことで身の毛がよだつ理解が及んだ。まぶたがそのねばつく物質で形成されている様子に気づく。皮膚だ。これは彼女の皮膚なんだ……。

遊覧船の外から銃火のくぐもった音が聞こえ、これ以上ぐずぐずしている気が失せ、ハクスリーは振り返るとピンチョンとリースがハッチのすぐ下でうずくまっているのを見た。

「どうやらおれたちはなにか面倒な事態を引き起こしたようだ」ピンチョンはそう言うと、あらたな銃の連射音が階段吹き抜けを反響しておりてきた。ピンチョンはカービン銃を肩に押し当て、リースにうなずいて射撃を促し、ハクスリーに向かって厳しい最後通牒を突きつけた。「残るか、来るかだ。あんたを待ちはしないぞ」

リースとピンチョンがハッチを抜けて姿を消し、ほぼ同時に銃声が聞こえると、ハクスリーは水を跳ねあげて階段に向かった。いったん立ち止まって、ノートパソコンを起爆装置の入ったバッグに押しこみ、それをベルトにくくりつけてからあとを追った。さらなるカービン銃の発射音と、それにつづくガラスの砕ける音が聞こえ、ハクスリーは上の甲板にたどり着いた瞬間、身をかがめた。ふたつのテーブルのあいだにしゃがみこむと、ハクスリーはガラス屋根からなにか黒い影が滑り降りてくるのを目にした。赤い染みを残して、河に転がり落ちていく。

「いくぞ!」ピンチョンが吠え、カービン銃をまっすぐ前方に向けたまま、遊覧船の船尾に向かった。「リース、側面を見張れ。ハクスリー、うしろを守れ」

急いで上体を起こすとハクスリーはリースの背後に収まった。リースがカービン銃を左右に向ける一方、ハクスリーはうしろ向きに動き、武器を屋根に向けていた。自分たちの布陣の自動的な正確性もさらなる筋肉記憶だとハクスリーは理解した。数週間あるいは数カ月すらかけた訓練で身についたものだ。思い出すことを許されているもの。

三人が船尾に姿を現すとさらなる発砲音に迎えられ、ハクスリーの視線はすぐに自分たちの船に向けられた。そこではプラスとゴールディング両名がそれぞれのカービン銃を発砲していた。プラスが右舷に向かって発砲し、ゴールディングが左舷に向かって発砲していた。狙いを定めた射撃で、一度に二発ずつ撃っていた。水飛沫があがるのが聞こえ、ピンチョンのうずくまった姿勢の向こうに見える座礁船群に視線が向いた。細部は霧に隠されて見えなかったが、人の姿をしたものが流れのなかで手足を振り回していた。が、すぐに流されて見えなくなった。プラスがまた二発発砲し、おなじように見分けのつきにくい姿をしている二番目の人影がバリケードから切り離され、もの悲しい叫び声を発しながら落ちていった。

「ゴムボートに向かえ」ピンチョンが指示し、座礁船が作る障壁の南側に狙いをつけた。三回長く連射してから弾倉交換のためしゃがみこみ、両手を反射的な素早さで動かす。リースはゴムボートを引き寄せようとすでにロープをたぐっており、遊覧船の船殻に近づけると、ハクスリーにボートに乗るよう忙《せわ》しげに手を振った。ハクスリーは手すりを飛び越えたところ、片足がゴムボートに、反対の足が水面に着いた。くるりと体を反転させ、背中から船外モーターのかたわらに倒れこむと、すばやく舵柄を摑み、バッテリーを起動させた。リースがロープを支えているあいだにピンチョンが乗りこみ、体勢を立て直すとすぐ発砲を再開した。今回は、一発ずつの照準射撃で、右から左へ狙いを定める。リースが舳先に飛び乗るとゴムボートが大きく揺れ、ゴムの両側から水が乗り越えて入ってきたが、沈めるほどではなかった。

「ゴー、ゴー！」ピンチョンは叫び、撃ち尽くした弾倉を外すと次の弾倉を装塡した。ハクスリーはすでにスロットルをひらき、舵柄を強く左舷方向に押しやり、向きを変えた。自分たちの船の右舷にまわりこもうとしている間、プラスが手すりから発砲をつづけているのをハクスリーは見た。銃口の火花が彼女の顔を照らし、ほとんど笑みを浮かべているような獣めいた表情で歯を剝きだしているのが見えた。ゴールディングは発砲を止め、船尾甲板に急ぎ、リースが投じたロープを受け取った。

「やったか？」ゴールディングは、三人がゴムボートから船尾甲板のうしろに付いている一段低くなった棚に飛び乗ると訊いた。「銃声が聞こえたとたん、こいつらがぞろぞろと現れたんだ」

「爆発まであと八分ほど残っている」ピンチョンはそう答えると、ゴムボートを船の上に引っ張りあげているハクスリーに手を貸そうとした。「もっと短いかもしれない」

「あいつらがやって来つづけたらそんなに長くこちらが保たないかもしれない」

ゴムボートの操船義務から解放され、ハクスリーは障壁に神経を集中させた。端から端までうねるように人影が押し寄せてきている。霧のせいで細かいところを確認しようとしてもうまくいかなかったが、全般的に混乱した人間の集団という印象があった。プラスがまた発砲し、群衆の判然としないシルエットからひとりの姿が離れ、水に転落して背の高い水柱をあげるのが見えた。一部の人間が遊覧船に到達しており、比較的はっきりした姿が見えた。外見に統一したものはないことをハクスリーは見て取った。ある者はなんらかの毛布にくるまり、四足歩行で這っているようで、その動きは人間というより蟹に似ていた。しゃがんだ姿勢で動きまわっているほかの連中がいて、危険に十分気づいて、遮蔽物から遮蔽物にすばやく移動していた。背筋を伸ばし、平然と立っている連中もいた。漂う霧のなかに立つ落ち着いた歩哨然としている。ハクスリーは、彼らのなかにいる、服を着ていない肉体の色に気づいた。ぼろぼろの着衣のさまざまな、くすんだ色も目に入る。連中が発している騒音は、おなじように統一性を欠いていた。怒声や悲鳴が冷静な会話と受け取られかねない低い囁きと混じっていた。ざっと見て唯一出せた結論は、連中がみな、水に入る気はなさそうだというものだった。

「撃ち方止め」ハクスリーはプラスがまたひとしきり撃っていると声をかけた。「あいつらは止まっている」

プラスはさらにもう一回発砲した。背の高い、青ざめた人影が頭部に銃弾を受け、びくっと動いて、視野から消えた。カービン銃をおろし、顔に浮かべた満足げなプラスの様子から、あれは基本的に悪意による行動だとハクスリーは判断した。その次に下した結論を、さらなる警官の本能だとみなす——こいつがいままで人を殺したことがないはずがない。それをおこなった記憶はないかもしれないが、その楽しみ方を覚えているんだ。殺人犯でもある科学者とは何者だ？

「さて、どうする？」ゴールディングが訊いた。目を見ひらいて、障壁を端から端まで覆っている、手足をひくひく動かしたり、叫んだり、じっと黙っている連中を眺めていた。

「装塡し、待つ。ほかにおれたちのできることはない」ピンチョンは額に皺を寄せ、不安ないらだちを表に出しながら、操舵室と風防ガラス越しに見えているチェーンガンの動かぬ形のほうに目を凝らした。「あれが使えるなら、役に立ったんだろうな」「もっとひどいことのために取っておかれているのかもしれないぞ」ハクスリーが意見を述べた。

「やれやれ」ゴールディングは額から汗を拭った。「そうなっていないのはありがたい」

「おまえら……」その呼びかけは、障壁から響き渡った。ハクスリーは歴史学者の手がもはや震えていないのに気づいた。

「おまえら……」その呼びかけは、障壁から響き渡った。大きな声ではないが、もの悲しいしつこさがあった。ハクスリーはその声の発生源にすばやく視線を向けた。立っている人影のひとりが発したものだった。霧がその姿の大半を曖昧なものにしていたが、顔にひげを生やし、河の下流を指し示す伸ばした腕が印象に残った。「おまえら……」その人影はまた呼びかけてきた。苦労して発声している音にハクスリーの耳には聞こえた。まるで懸命に集中力を発揮して言葉を形作り、声に出しているかのようだった。「おまえらは……戻る……べきだ……」呼びかけはいったん小さくなり、短い間をあけて再開された。いっそう耳障りになり、口ごもりが少なくなり、話し手は自分の発する言葉が通じることにいまや自信を持っていた。「おまえらは戻るべきだ……」

遊覧船が爆発した。腕を伸ばしている男は噴出する黄色い炎と黒い破片に瞬時に呑みこまれた。爆風でばらばらになった木材と金属の雲が全方向に広がった。ハクスリーはほかのメンバーといっしょに甲板に身を投げ出し、船のエンジンはふたたび息を吹き返して、突然の激しい波にも安定を保とうとした。

「八分だと？」ハクスリーはピンチョンに問いただした。船や肉の破片が降り注ぐあいだ、歯を嚙みしめ、両手で頭を抱え、身をすくめた。

ピンチョンは顔をしかめて最低限の謝罪の印を見せた。「暗算はおれの長所じゃなかったのかもしれない」

爆発の大音量が薄れていき、遊覧船が沈み、タグボートを巻き添えにしていく激しい音に取って代わられた。河が両者を吞みこむと水が白く泡立った。爆発によって弾かれた河の水のなかにいくつもの死体が浮かんだり、回転したりしていた。なかには生きていてもがいているものや悲鳴をあげているものも少しいた。沈んで見えなくなるまえにハクスリーは、船の船尾から数フィートしか離れていないところでひとりの死体をはっきり目にした。それは水のなかにすぐ沈んでいった。ひどく引き裂かれた様子で、浮力をまったく失っていた。水がその顔に覆いかぶさるまえに、ハクスリーは突き出た鼻面と尖った耳を見て取った。毛皮はなかったが、どう見ても犬の面であり、しかも醜い面だった。

仮面だ、とハクスリーは自分に言い聞かせたが、それがまちがっているのをわかっていた。あの顔は、歪んで延ばされた皮膚、人間の皮膚でできたものだった。ぬるぬるしたものでできた顔もあれば、犬の面になった顔もある。病気でそんな症状は出ない。

エンジンのピッチがさらに低い音調になり、船は動きだし、一行を障壁にあらたに開いた隙間に運んでいった。通りすぎる際、爆発で破壊されなかった人影は、継続してこちらを観察し、立ち、しゃがみ、そわそわしていたが、今回はだれもがまったく声を発しなかった。やがて霧がふたたび立ちこめてきて、連中は見えなくなった。物言わぬ目撃者たちは赤い靄のなかに永遠に失われた。

第六章

障壁を越えると船は座礁船の多い河を航行するため、極端にのろのろしたペースで進んだ。ときおり、昂奮したり、絶望したりした叫び声が河岸から鳴り響いたが、船の着実で漸進的な進行を阻害するものはなにもなかった。座礁船や河が運んできた漂積物がタワー・ブリッジの下に集まって、あらたな障害物になっているかもしれない、とピンチョンが懸念を表明していたが、まんなかでふたつに別れ、跳ねあげられている跳開橋の下をなにごともなく通過した。

「たいがいの人は、タワー・ブリッジの建造がチューダー朝時代に遡《さかのぼ》ると思っているんだよ」ゴールディングが言った。心のなかの独白に声を与えたのがわかる上の空の言い方だった。彼は聳《そび》える対になった主塔を見つめた。窓は黒くなり、あちこちの窓ガラスが割れており、石造りの側面は煤で汚れていた。「あるいは、もっとまえだと。だけど、一八九〇年代後半になってから建造されたんだ……」

「その話には空力学レベルほども興味がないというおれの意見にみんな同意するはずだ」

そう言ってからピンチョンはハクスリーのほうを向き、手にしているノートパソコンに期待をこめてうなずいた。「いつまでも気をもませないでくれ、警察官先生」

一行はハクスリーの獲得したものを点検するため、操舵室に集まった。ハクスリーが膝をついて座席のひとつにノートパソコンを置くと、ほかのメンバーは集まって、ハクスリーの頭越しに覗きこんだ。画面を起ちあげ、最初に気づいたのは、バッテリー残量表示だった――四パーセント。この船に充電手段はない、とピンチョンがハクスリーに請け合った。ハクスリーはパソコンが問題なく稼働をつづけているのを見て、ほっとした。画面は山の風景の壁紙に無数のアプリ・アイコンが散らばっている標準的なデスクトップを示していた。壁紙の画像の少しぼやけている画質から、標準ライブラリのものではなく、個人で撮った写真を壁紙にしているのがわかった。写真の前景には若いふたりの女性がポーズを取っていた。ふたりともキルト・ジャケットを着て、ハイキング用ブーツを履いていた。晴れやかな笑みを浮かべ、指を立てて勝利あるいは平和を意味するVサインを見せていた。

「それはロッキー山脈かな？」ゴールディングが画面に顔を近づけて質問した。

「アンデスですよ」リースが言った。「たぶん、インカ道。世界じゅう旅しているお嬢さんね」

「パスワード画面がない」プラスが意見を言った。「たぶんこのパソコンの所有者は、中身を他人に見てもらいたがってたんだ」

「動画はメモリーをたくさん食う」ハクスリーはつぶやきながら、デスクトップ画面上の〝わたしを見て〟と名称が記されたフォルダを指でタップした。そのフォルダをクリックすると、MP4動画ファイルのリストが現れた。すべて作成日の日付け順と一致している数字がタグ付けされている。「ビデオ日記だ」ハクスリーは結論づけた。「最後のは、一カ月以上まえに作成されている。最初のは……」驚いてまばたきし、声を途切らす。「十四カ月まえだ」

「時間を無駄にしてるぞ」ピンチョンが言った。「バッテリーが保たない」

「そうだな」ハクスリーはトラックパッドをタップして、最初のファイルをひらいた。動画は前置きまたはインタータイトルなしではじまった。明るいピンク色に髪を染めた若い女性がカメラをじっと見つめていた。その目は落ちくぼみ、疲労にたんなる不安を超えたレベルの恐怖が混じった表情を浮かべている。画面の背景はファンタジーやSF、一部学術書が詰まった書棚に全部覆われていた。学術書は生物学関連かもしれない、とハクスリーは思った。彼女の書斎にはさまざまなフィギュアや、ジャンル関連のガラクタ類がそこかしこに飾られていた。

「わたしの名前は……」若い女性は話しはじめたが、すぐに黙りこんだ。小首を傾げ、いらだちのため息を唇から漏らす。「クソ」ジャンプカットが入り、彼女はまたカメラを見つめていた。無理矢理、冷静さと正確さを意図して話しだす。「わたしの名前はアビゲイル・トゥールーズ。本名です。自分で選んだ名前でもあります。わたしのアイデンティティーにとって一番法的に有効なものであり、それゆえにこの……記録を……見つけた人がいたなら、その人に知っておいてもらいたい名前です。あなたがどなたであれ、この要求を尊重してくれることを願います」

彼女はまた黙った。唇を結び、深呼吸をして胸を膨らませる。防水性のオリーブドラブ色をした作業服（米陸軍軍服の色でもある）を着ていて、あいているジッパーから、マイラー（デュポン社製ポリエステルフィルム）かもしれないとハクスリーが思った光沢のある黒い裏地が覗いていた。「ことの発端からはじめるべきかなと思いました」若い女性は言った。「でも、あなたがこれを見ているなら、これを見ているのがいつであれ、どこであれ、最近であろうとそうでなかろうと、すべてはもう過去のことになっていると思うのです」

「ところが、そうじゃないんだな」ゴールディングが不機嫌そうにつぶやき、ピンチョンににらみつけられて黙った。

「これだけ言えば十分かも」アビゲイルは言った。「およそ六カ月まえになにもかもがひどいことになりはじめた、と。正確な日付けをずっと考えていますが、特定できないんです」彼女は渋面を作り、オーロラについて話したときのディキンスンに恐ろしいくらい似ている様子で首を横に振った。「六月後半、それか七月前半だったと思います。少なくともわたしたちが気づきはじめたのはそのころでした。おなじ階に住むミセス・ヘイルが最初でした。最初に……危険になったとわたしたちが知った人です。ですけど、それまでにニュースでいろんなものを目にしてました。無差別攻撃、無差別殺人。たいていは家族のなかで。Netflixを座って見ていた人たちが、タイトル・クレジットが流れるころには、たがいにナイフで切り刻み合うという事件。その後、暴動が起こりはじめました。でも、実際には暴動じゃなかったんです。抗議集会はなく、プラカードもなく、だれかにわかるような理由もなくひどいことをする群衆というだけです。〈ニューズナイト〉に出演していたどこかの医者だったか精神科医だったかは、気候変動がもたらす集団ヒステリーのせいだと言いました。あの出演者はでたらめを話している、とそのときジュリーが言ったんですが、彼女はまちがっていなかったんです」

アビゲイルは話すのを止め、目をつむり、ため息をついて、自分を責めた。「こんなことみんな知ってるわね」とつぶやく。「知らないことを話しなさい」深呼吸をひとつして、目を見ひらき、カメラを見つめる。「ミセス・ヘイルは典型的なケースかもしれないし、そうじゃないかもしれない、だれにわかります？　お手製のカップケーキをよくお裾分けしてくれた二軒隣の気のいい老婦人でした。大体はおしゃべりをする口実でしたけど、わたしたちは気にしていなかったんです。すると、ある日、彼女がドアをノックし、ジュリーが応対したところ、あのすてきなおばあさんがジュリーを薄汚いレズの売春婦と罵り、麺棒で脳天を殴ろうとしてきたんです。それに彼女の顔は……」すると、アビゲイルの目に躊躇が現れ、口元に険しい表情が浮かんだ。「あれは彼女の顔じゃなかった。だれかほかの人の顔でした。表情がどうという話じゃありません。突然、彼女がたんに意地悪で下品になったという意味でもないんです。顔の部分部分はまだミセス・ヘイルだと認識できたんですが、変わっていたんです。物理的に変わっていました。もし彼女が彼女のままだったら、あんなことわたしができたとは思えません。自分が彼女を殺してはいないのは、はっきりしています。つまり、あれはeBayで手に入れた装飾用の日本刀だったんです。刃すら付いていなかった。安物の金属でできており、わたしがそれで殴ったら刀身が曲がってしまいました。翌朝、ドアをほんの少しあけてみたところ、廊下に死体はなかったんです。多少の血は残っていましたが、死体はなかった。ええ、だから、わたしは絶対に彼女を殺していません」

アビゲイルは咳きこみ、まばたきをしてから、先をつづけた。「それがあったあと、わたしたちはここに籠もりました。建物のなかで色んな音が聞こえました。壁を叩く音、上の階から悲鳴や……泣き声が。ニュースの内容がひどくなりはじめたときに多少買いだめをしてありました。たくさんの缶詰、調理不要の食べ物など。ジュリーの考えだったんです。いつだって彼女は現実的なほうでした。だから、少なくとも、食べることはできたんです。ほとんどの期間、停電は起こらず、そこは驚きでした。そして六週間ほどまえ、軍が姿を現し、よかった、終わったと思いました」アビゲイルは身に着けているオリーブドラブ色の上着を指で触れた。「彼らは服と糧食と医薬品を渡してくれました。軍隊の将校が治安と秩序に関する演説をおこない、さらなる援助が届こうとしており、わたしたちはみな落ち着いて、指示あるいは彼が言う分別のある指針に従わねばならないと言いました」アビゲイルは短い、辛辣な笑い声をあげた。「わたしたちの部屋のバルコニーの窓に弾痕があります。兵士の銃から発せられた銃弾があけた穴です。どうやらその兵士は先ほどの将校とほかの三人を殺したのち、班のほかの仲間に蜂の巣にされたようです。不気味なことがあります。将校とほか三人は、四六時中、ガス・マスクを着用していたんです。不気味な正体がなんであれ、ガス・マスクはそれを防げなかった。数日後、公園から発砲音がたくさん聞こえ、爆発音もありました。朝になると、兵隊たちは全員いなくなるか、死んで倒れていました。信じがたいことですが戦車を乗り捨てて。戦車はいまでも外に止まっています」

「三パーセント」ピンチョンがそう言って、バッテリー残量表示を示した。

ハクスリーは一時停止ボタンを押した。後悔がないわけではない。ファイルを閉じることは裏切りのような気がした。この若い女性は、心的外傷を乗り越えて、自分の体験を記録しようとしたのに、ビデオクリップ集のようにしか扱われていない。だが、この動画はまだ十分間もあり、ハクスリーはそこまでバッテリーが保たないだろうと思った。「先送りしよう。どこまで進める？」

「まんなかくらいの動画を」プラスが言った。「それからまだバッテリーが保つようなら、最後の日付けの動画を。少なくともそうすれば話のあらましを掴めるでしょう」

次の動画では背景が異なっていた。本棚は剝きだしのコンクリート壁に変わっていた。湿気で縞模様が付いている。アビゲイルの様子も異なっていた。髪の毛のピンク色は薄れてライトブラウンになり、目はいっそう落ちくぼみ、額にはひどい様子のかさぶたができていた。軍支給の作業着は変わらなかったが、染みがあり、ところどころ破れていた。外見とは裏腹にアビゲイルは、ためらいのないはきはきした口調で話した。声から抑揚がかなりなくなり、危険と窮乏に慣れた人間特有の単調なものになっていた。

「長くはない」アビゲイルは話しはじめた。ひっきりなしに画面から視線を外す。「建物を出てから八日経つ。糧食は見つかりつづけているので保《も》ってる。罹患存在は食べることにあまりかまっていないようで、ケヴィンはいいものを見つけだす才能がマジであるんだ」彼女は右側に視線を向け、唇を歪めて無理に笑みを浮かべた。「きのう、わたしはマーズ・バー（ヌガー入りのチョコバー）を食べさえした。そのまえいつマーズ・バーを食べたのか思い出せない」一瞬のユーモアが消え、アビゲイルの顔に影が過《よぎ》る。「ジュリーはマーズ・バーこそ自分のクリプトナイト（スーパーマンの弱点として知られる架空の物質）だとずっと言ってた。『この世にマーズ・バーがあるかぎり、どうやって腹筋を鍛えられるというの？』」目をつむり、ゆっくりと息を吸いこむ。生々しい、最近の悲しみと戦っている人間の儀式だ。

すぐにアビゲイルは息を吸いこんでまばたきをした。「とにかく。うちのグループの投票で、川を目指すことになった。オリヴァーは別。だけど、彼がなにを考えているかなんてだれも気にしやしない。主要な道路は全部封鎖されているとわかっている。二日まえにあった別のグループの人間は、高速道路25号線《M25》の百ヤード内に入った人間はだれでも軍がマシンガンで撃っていると言ってた。ここから船で出ていくことができなくとも、船ならある程度の安全性は確保できる。こちらと罹患存在とのあいだに水をはさむのは、かなりいい考えに思える……」

「一パーセント」ピンチョンが言った。

た。情報を見て、その動画が最長であることに気づいて驚く。三時間以上の動画だったが、運がよくてせいぜい数分しか見られないだろう。「彼女が話すのを止めたら飛ばせばいい」ゴールディングが助言したが、ハクスリーは自分がそんなことをしないだろうとわかっていた。ハクスリーはこの女性を殺した。そのときは恐怖しか生じなかった行為だったが、いまは吐き気の塊が胃をむかつかせていた。彼女は生きていた。現実の存在だった。人間だった。化け物じゃない。そしておれは彼女を殺したんだ。そのとき、きょうになるまで自分がだれかを殺したことがなかったのがわかった。それは記憶ではなかった。知識だった。自分の精神のなか深くにコード化されたものだった。ピンチョンやプラスやリースとも共有されていないなにかだ。

動画は、虚ろな表情のアビゲイルではじまった。髪は乱れていて、ほつれた糸で結ばれていた。背景はあの遊覧船の下甲板だとハクスリーは気づいた。額のかさぶたが大きくなっており、別のかさぶたが首を変形させていた。明かりに照らされている様子から、それが怪我によるものではない、とハクスリーはわかった。まもなくするとそれらの痕はひとつになり、いま映っているアビゲイルは事実上、存在を止めるだろう。以前の無理矢理集中した様子はなくなり、ほぼ無気力で、単調な諦めに取って代わられていた。

「オリヴァーがけさ自殺した。実を言うと、それには驚かされた。いままでに見た彼の行動で唯一、利己的ではないものだった。自分も罹《かか》ったとわかったのね。『夢なんだ』手首にカミソリの刃を押し当てながらそこに立っていて、彼はそう言った。『あれは夢からはじまる』」アビゲイルはかすかな動きを見せた。非常に小さな愉悦の表情が顔に浮かぶ。「最後に残ったのが彼とわたしだけなのは、奇妙よね。わたしが文章にするならそんな終わり方にしない。それは確か。だけど、それでも、彼はある種のヒーローとして死んだとも言える。自分にはおなじことは言えないな」羞恥の思いからか、彼女は眉間に皺を刻んだ。自分に向けた怒りに刺激され、顔に生気が蘇る。「ただただ怖いの。長くはないだろうとわかっているけれど。ほら、彼は正しかったでしょ？　夢のことで」

アビゲイルは数秒間黙っていた。ハクスリーはほかのメンバーの不安げな驚きを無視し、動画を再生したまま、バッテリー表示をゼロに近づかせた。だが、クリップはつづき、アビゲイルは従容と受け入れる態度を取り戻した。「わたしの場合、夢はいつだってママからかかってきた最後の電話だった。延々と聖書の一節をまくしたてるだけの電話。ひたすらずっと。わたしがなにを言っても耳を貸さずに。もちろん、それはただの夢で、実際にはそんなふうにはなっていなかった。たんに電話を切り、母の電話番号をブロックし、ジュリーのひざの上で丸くなって、大泣きするなんてことはしない。じっと耳を傾ける。母のあの言葉に。聖書のなかのくだらない言葉が全部自分のなかに染みこんでくる気がする。毒のように。自分が内側から腐っていく気がして――」

ノートパソコンの画面が消えた。画面を見つめている五人の姿が黒く反射されている。ハクスリーは、ほかのメンバーの沈黙が自分とおなじところから来ているのだろうか、と訝った。彼らはみなおなじ秘密を共有しているのだろうか？　ハクスリーの場合は、ビーチにいる女性だ。ほかのみんなはなにを持っている？　あれは夢からはじまる……。

衛星携帯電話が鳴った。以前と変わらぬ音量だったが、その音は一行を驚かせ、ノートパソコン画面を見つめる沈黙の監視を中断させた。

「待った」プラスが作業服のポケットからその装置を取り出すとゴールディングが言った。「まず、どうすべきか話し合いを持たないかね？」

「なんについての？」ピンチョンが訊いた。

「たったいま見たものについてのわれわれは感染症汚染地帯のどまんなかに送りこまれたんだ」

「要するになにが言いたい？」

「うーん、わかるだろ？　ほら、われわれはみんなくたばっちまうんだろ？」

ピンチョンの視線に不吉なくらい険しい集中力が現れたのを見て、ハクスリーは立ちあがり、ふたりのあいだに割って入った。「この人の言うとおりだ」ハクスリーは言った。

「この件について話し合う必要がある。だけど、まず携帯電話がなにを言うのか聞く必要がある。こいつが次にわれわれになにをやらせたいのかわかるまで、結論は待てるだろ」

ハクスリーはプラスのほうを向いた。「ノートパソコンのことはひと言も話さないでくれ。向こうにわかるかぎりでは、おれたちはまだ知らぬが仏の状況に置かれている」

プラスはうなずくと、緑色のボタンを親指で押した。間髪を容れずに平板な女性の音声がすぐに話しはじめた。「ハクスリー?」

「こちらはプラスよ」

非常に短い間が空く。「ハクスリーは死んだのか、それとも動けなくなったか?」

「いえ、彼はここにいるわ」

「衛星携帯電話を彼に渡しなさい。わたしは彼としか話をしない」

当惑といらだちがないまぜになった表情を顔に浮かべながら、プラスは電話をハクスリーに渡した。その様子を見て、人の命を奪うのとおなじように、自尊心が心に刻みこまれているのだろうか、とハクスリーは思った。

「ハクスリーだ」ハクスリーはスピーカーに向かって言った。電話をほかのメンバーも聞こえるように支え持つ。

「死傷者はいるか？」電話の声は言った。

「いや」

「ほかにだれか混乱した思考または根拠のない攻撃性という兆候を見せている者はいるか？」

「プラスはたぶん殺人癖のあるソシオパスだが、あんたはそのことをとっくに知ってるんだろうな。「いや」

また、とても短い間が空いた。「乗務員船室の容器がひとつあいた。そこには皮下注射器が入っている。それぞれにあなたたちの名前が書かれたラベルが貼られている。あなたたち全員が自分に各注射器の全量を注射してもらう」

みな一斉に視線を交わした。「注射器の中身はなんだ？」

「あなたたちが引きつづき生存するために不可欠な化合物だ。これまでにあなたたちはこの街の住民の一部と接触しただろう。彼らが暴力的な妄想と深刻な身体的奇形をもたらす病原体に感染しているのは、あきらかだろう。あなたたちはあらかじめこの皮下注射器の中身の変異株を注射されている。今回の注射器には、この病原体からあなたたちを守りつづけるためのブースターが含まれている。この命令が完遂されない場合、船の活動を停止することになる。すぐあとで感染と死が訪れるだろう。通信は三時間後に再開する」

耳慣れたクリック音がつづいて、衛星携帯電話は黙りこんだ。

あらたにひらいたコンパートメントに七本の注射器があった。長さ八インチの細長いアルミ製の円筒がサイズに合わせて切り抜かれた発泡スチロールのなかに鎮座していた。それぞれに黒い文字で名前がステンシルで刷られていた。

「われわれが注射するかどうかなんてどうやって向こうにわかるんだろう？」ゴールディングが言った。それはハクスリーの心に引っかかっている思いを代弁していた。

「なんらかのマイクロ発信器が設置されているんだろう」ピンチョンが言った。「起動すると信号を送るんだ」

「それだけ横に絞り出せばいいのでは」

「そんなこと考慮済みだと思うな」

「それに彼らが真実を話しているのなら、それは悪い考えね」プラスが言った。「生きつづけるために中身を注射しなければならないということになっているのだから」

「もし連中が真実を話しているのならね」リースが付け加えた。

ハクスリーは箱に手を伸ばし自分の注射器を抜き取った。「このなかに入っているのがなんなのか調べる方法はあるんだろうか？」ハクスリーは**コンラッド**と**ディキンスン**と記された円筒を指さして、リースに訊いた。「つまり、スペアが二本あるわけだ」

「顕微鏡がないと無理。あったとしてもわたしは医者であって、生化学者じゃない」

「きみの知っているかぎりじゃな」

「どうして個別にラベルが貼られているんだろう？」ゴールディングが訊いた。「ワクチンは普遍的なものじゃないのか？」

「ここにあるのはどうやらそうじゃないみたいね。それぞれの投与量はレシピエントに合わせて調整されているんでしょう」リースは自分の短く刈りあげられた頭に手を持っていき、傷痕の上に指をさまよわせてから無理矢理握り締めた。「異なるバイオメトリックスに応じている可能性がある——身長や体重、血液型など」

言葉にされない思考を感知してハクスリーがリースに訊いた。「あるいは？」

「あるいは、こいつ、この疾病と接種原に対する遺伝子的要素があるのかもしれない。遺伝病はある種の遺伝子治療が必要になる」

「ぐだぐだ言ってもはじまらん」ピンチョンはハクスリーの隣にしゃがみこみ、自分の注射器を手に取った。「さっさとやるのが一番だ」

「神経過敏と言われるだろうけど」ゴールディングが言った。「なんのためのものかはっきりわかっていない場合に化学物質を自分に注射するのは、あまり気が進まない」

「この病気がどんなことをするのかもう見てるだろ。もしこいつがおれたちをあいつらのひとりに変えるのを止めるなら、おれはこいつに味方する」ピンチョンは注射器を自分の軍服のポケットに滑りこませ、袖をまくりはじめた。

「連中にやれと言われたことをかならずしも全部やりはしないというのは、考慮の価値がある」ハクスリーは言った。「いまならそれほど苦労せずに河岸にいけるだろう。武器と糧食がある。荷物を積んで、自分たちで考えた方へ進むことができる」

ピンチョンは鼻を鳴らして、却下した。「あの動画を見ただろ。向こうにあるものをおれたちは知っている」

「この船にわれわれを乗せた連中がだれであれ、われわれを愛しているからそうしたわけじゃないことはわかっている。われわれはなにかに向かっている。連中がおれたちにやらせなければならないことに。このクソ注射を自分で打たせなければならないなにかに。それがどんなものであれ」

「あの音声はいまのところわたしたちに嘘をついていない」リースが指摘した。

「ほとんどなにも言っていないからかもしれない。指示を与えられているが、有用な情報という形ではなにも言ってない。われわれがやることになっているものがなんであれ、それを果たしたとき、ただひたすら船を進ませるだけで済むと本気で思っている人間はいるか？」

「いない」リースは身をかがめて、自分の注射器を手に取った。「だけど、これを止めるためにわたしたちが送りこまれたのは明白。あるいは少なくとも感染が拡大するのを防ぐため。それはやってみる価値のある仕事に思える。わたしたちは志願したのかもしれない」

ゴールディングは渋面をこしらえ、首を横に振った。「それについては確信は持てない。わたしは自分が志願するタイプという気がしない」

「しかも、船を離れるのは自殺行為だ」ピンチョンは注射器をポケットから取りだし、平らな先端を腕の剝きだした皮膚に押し当て、親指をボタンの上に置いた。「船に残っているのも自殺行為かもしれないという考えを受け入れよう。だが、少なくとも自分の任務がなんなのか、いまわかった。とにかく、任務の一部はわかった。おれは引き返すつもりはないし、廃墟に隠れて、自分があいうものの仲間に変貌するのを待つため逃げ出す気にはなれない。われわれはみな選択を迫られている。これはおれの選択だ。あんたたちは望むなら出ていっていい。おれは止めようとはしない」

ピンチョンは歯を食いしばってボタンを押し、注射器がかちりと鳴ってから、しゅっと音を立てると小さくうめきを漏らした。ハクスリーはピンチョンの前腕の血管が膨張したのち、弛緩するのを見つめた。「だが、もし船に残るのを選ぶなら、自分に注射を打て」

ピンチョンは注射器を箱に投げ戻しながら、付け加えた。「打たない人間はだれであれ、おれが撃ち殺す」

第七章

ゴールディングを含め、結局、全員注射を打った。歴史学者は注射器を手に船尾をうろついていたが、もし南岸からあらたな悲鳴がひとしきり聞こえてこなかったなら、岸に船を着けてくれと頼んだのではないか、という気がハクスリーにはしていた。「六十秒だ」ピンチョンはゴールディングに警告した。操舵室のハッチにもたれかかり、カービン銃を体の横に下げている。「数えるぞ。時間内に決心しろ、歴史屋」

「失せろ」ゴールディングは言い返し、いったりきたりを繰り返した。

ピンチョンは驚くほど愛想のよい笑みを浮かべて答えた。「あと四十五秒だ。ここから歩いていきたいのなら、喜んで船を岸に着けるぜ」河岸を指し示す。部分的に水に浸かった醜いコンクリートの配列は、いまでは濃さを増している霧のせいで、抽象的な彫刻になっていた。ゴールディングは立ち止まり、通り過ぎる角張った影の並びを見つめた。悲鳴がはじまると頑《かたく》なさを誇示していたゴールディングの態度は、がっかりと諦めたものに変わった。悲鳴はひどく耳障りで、なおかつなにを言っているのかさっぱりわからないものだった。少なくとも一ダースの喉から発せられた不自然に長い単語に、混乱や苦痛、とまどったような恍惚にいたるまで、あらゆる感情の高まりを喚起する声が散りばめられていた。不協和音にもかかわらず、ハクスリーはその音に奇妙な種類の統一感があるように感じた。音調的にはばらばらだが、個々の声の音量が揃って上下し、みなちがう歌を歌っているにもかかわらず、おなじ指揮者に従っている合唱のようだった。

その発生源や目的はなんであれ、単独でこの街を探索するのは無分別な行動だろうとゴールディングに確信させるのに十分だった。「クソ」ゴールディングは毒づきながら、注射器を自分の腕に押しつけた。「クソ。クソッタレなこの船。クソッタレなこの河。クソッタレなこの街。このクソッタレな病気に罹ったばか野郎ども」針が皮膚に刺さる瞬間的な痛みに顔をしかめると、ゴールディングは注射器を船縁から投げ捨てた。「みんなクソッタレだ」

「立派な教育を受けた男のような話しぶりだな」そう言ってピンチョンは操舵室に姿を消した。

それから十分間、安定して歩くようなペースで船は進んだが、エンジンがまたしても音を静かにしていき、静止状態を維持するようになった。その理由が一行の目のまえに赤裸々で致命的な明晰さで立ちはだかった。

「賭けてもいいが、観光業に影響を与えているな」ゴールディングが言った。さきほど怒鳴り散らしてからそれなりに冷静さを取り戻していたが、冗談めかした発言は強引に過ぎ、緊張した早口でまくし立てるものになっていた。

「ウォータールー橋か?」ハクスリーはゴールディングに訊いた。

ゴールディングは首を横に振った。「ウェストミンスター橋だ」

「どこかの時点でだれかが吹き飛ばそうとしたみたいだな」ピンチョンはカービン銃の照準に目を押し当て、対岸から対岸へ行く手を遮っているコンクリートと鉄の残骸を眺めた。

「あれに穴をあけようとしたら、手持ちのC4火薬の十倍は必要だろうな」

ハクスリーの目は、橋の残骸の奥に聳える背の高いゴシック様式の建物のシルエットを否応なくさまよった。記憶を刺激するかもしれないと心配になったくらいとても見慣れたものだったが、痛みが襲ってこなかったので、自分の目で現実のビッグ・ベン時計塔を見るのははじめての可能性があるという結論を導いた。船はもうひとつの絵はがきのアイコンである、巨大な観覧車の形をしたもののそばを通り過ぎていた。ゴールディング曰く、ロンドン・アイである、と。上半分の円弧部分は霧に隠れており、見えている建物の部分はかなりの損傷をこうむっていた――バスほどの大きさのあるゴンドラのガラス壁にはぎざぎざの穴があいており、本来真っ白な偉容を焼け焦げの跡がだいなしにしていた。こうしたモニュメントが残っていることや無傷のタワー・ブリッジの存在は、破壊を免れているのが狂気ゆえの無関心から生じたものか、はたまた羅患存在たちのあいだに敬意が残っているせいなのだろうか、とハクスリーを思案させた。同時に自分やほかのメンバーが感染者たちを指すアビゲイルの用語をこんなにすぐ採用したことに驚いた。呼称に対する人間の生来持つ傾向だ、とプラスはみなした。

「生まれつきの生存特性ね」プラスは説明した。「剣歯虎《スミロドン》の猟場を避けるよう部族の仲間に警告するため、それがなんと呼ばれているのか知らなければならない。同時に敵を顔のない集団に、人間ではないものに一緒くたにするのに役立つ。連中はもはや人間じゃない。連中は羅患存在なの」

「さて」ゴールディングは廃墟と化した橋を手で示して、言った。「わたしならあれを道の終点と名づけるな」

今回、ハクスリーは衛星携帯電話が低音の呼び出し音を立てはじめても驚かなかった。「前方の障害物は除去するのに空爆による砲撃が必要だ」電話の声は、いつもの前置き抜きで告げた。「正確さが不可欠であり、機内システムは、正確な標的設定のための精度を欠いている。船倉からビーコンのひとつを取り出し、障害物の中心に設置したまえ。このエリアでは感染した生存者たちの活動が特に激しいため、全クルーがこの任務に参加し、安全を確保し、かならず遂行することが求められる。いったんビーコンを稼働させれば、船に戻るように。安全な距離を空ける必要がある」またしても携帯電話は、クリック音だけ立てると、黙って通話を終えた。

「結局、おれたちはプチ旅行に出かけるようだな」ピンチョンはそう言うと、武器を肩に担ぎ、梯子に向かった。「火炎放射器をぶっ放すいい機会みたいだ」

廃墟と化した橋の巨体と船を隔てる河の広がりは、ミニチュア版の北極の海の景色に似ていた。割れたコンクリートでできたぎざぎざの氷山が速い流れの上に聳えている。両者のあいだの海峡は、鋼鉄製のケーブルとねじ曲がった桁材でいっぱいになっており、そこを船で通るのは、避けがたい見込みであるとしても、歓迎できないものだった。ゴムボートで全員を壊れた橋によって作られた人工の隆起物へ運ぶのは二往復必要だろうとハクスリーは推測したが、小型のボートは驚くほど易々と全員分の重量を収容できた。ピンチョンが火炎放射器の一台を担当し、もう一台をプラスに渡した。それを使用するのにもっとも躊躇しない人間だろうとプラスを判断したようだ。河の北と南の岸は、比較的障害物の少ない水域だったが、ピンチョンは間接的なアプローチを取らない選択をした。

「あそこになにがあるのかわからん」ピンチョンは言った。「入っていき、用事を済ませて出てくる。単純であることは、つねに最良の作戦だ」

ハクスリーが舳先に陣取り、コンクリートと鋼鉄のジャングルに目を走らせる一方、ピンチョンはゴムボートを操り、心配なくらい狭い水路を慎重に進めた。目標までの距離の半分を進むだけでもばかげたほど長い時間がかかった気がした。ハクスリーはカービン銃を摑んでいることで生じた痛みを和らげようと指をたわめている自分に気づいた。ふたたび武器を構えようとしたところ、水面下になにかがきらっと光るのを目にした。渦の下でかすかに光るオレンジ色。それは一瞬点滅すると、すばやく深く潜り、即座に消えた。

「あれを見たか？」ハクスリーは体を起こし、カービン銃を水面に向けた。「連中は変異したのかもしれない。水棲動物かなにかに」

「蛸《たこ》だったよ」思わず声に愉快さを隠しきれずにゴールディングがハクスリーに言った。

廃墟と化した橋の南側にある大部分破壊されたエドワード朝時代の建物のほうに首を傾げる。「グレーターロンドン市議会庁舎。かつては地元政府の中心地であり、のちにロンドン水族館の本拠になった。河の堤防が決壊したとき、収容されていた生物が逃げだす機会があったんだろうな。運がよければ、われわれは次に鮫を見かけるかもしれない」

歴史学者の口調に対するハクスリーの嫌悪感は、相手の顔を見て消えた。ゴールディングは大きく目を見開き、まばたきをしながら通り過ぎる個々の影に見入っていた。不安よりも恐怖から生じたたぐいの硬直で顔をこわばらせている。さらに進んだところ、蛸あるいは鮫はもはや見えなくなったが、ハクスリーは色とりどりの素早く泳ぐ魚の群れをいくつか見かけた。この街を荒廃させた感染は、地表から動物の生命を消し去ったかもしれないが、水棲生物が水のなかで生きつづけているということを知り、ハクスリーはわずかばかりの慰めを感じた。

ハクスリーがその死体を目にしたのはたまたまだった。視野の周辺になにかを見た。胴体に赤いシャツをまとっていなければ見過ごしていただろう。カービン銃の光学照準を目に当て、それが男性であり、鉄格子の上に横向きに倒れているのがわかった。橋が吹き飛ばされたときに死んだんだ。とハクスリーは判断した。あるいは、なんらかの理由でここまで泳いできた。死体だらけの街のまたしても不可解な死。数千、おそらくは数百万の物語がここで終わったのだ。果てしなく、永遠に知ることのできない恐怖のパレードのなかで。ハクスリーはカービン銃を動かしはじめたが、死体のなにかに気づいて動きを止めた。

「待ってくれ」ハクスリーは肩越しにピンチョンに呼びかけた。「調べてみなきゃならないことがある」

ピンチョンは首を横に振り、舵柄の角度を変えなかった。「さっさと入っていき、出ていくんだ」

「重要なんだ」ハクスリーは主張を曲げずにピンチョンをにらみつけ、冷ややかな視線を返された。

「発見することが多ければ多いほど、わたしたちが生き残るチャンスが増えるわ」プラスが言った。「少なくともちゃんと見るために速度を落とすことはできる」

ピンチョンのあごが緊張したが、スロットルを少し絞ることに同意した。ハクスリーの興味の対象がはっきり見えてくると、ピンチョンは促されずとも、エンジンを切り、死体にゴムボートを近づいていかせた。

「新しいな」リースは、カービン銃のレーザー光線を死体から生じている蔦様の成長物に当てた。死体は金属の格子に顔を押しつけて倒れており、首の根っこから蔦が伸びていた。その赤い色味は体液によって染まった結果というには濃すぎた。蔦はなかばねじれてとぐろを巻き、鉄格子と接するところでいきなり分岐し、その小枝部分が伸び、根のような巻きひげで網状体を作ると、錆びた金属部分に巻き付いていた。

「あきらかに、この病気のなんらかの症状ね」プラスが言った。「どうやら形態学を変えてしまうみたい」

「生きた状態ならね」リースはもっとよく見ようと身を乗りだして目を凝らしながら言っ

た。「これは死後成長したみたい。死体から出ている箇所でなんらかの治癒の兆候あるいは傷痕は見当たらない」

「こういうことが起こる病気に心当たりはあるか？」ハクスリーがリースに訊いた。

「一部の病原体は宿主が死んだあともその体で生きているけど、これは……」リースは言葉を途切らせ、首を振った。「おなじ感染によって起こったものと仮定すると、多段階組織でなければならない。たぶん生殖過程の一部なんだろう。疾病というよりも寄生生物のほうが近い」

「だったら、あまりそいつのそばにいないほうがよさそうだな」ゴールディングが言った。

「この街に入ってからずっと曝《さら》されてきた。たぶんそのずっとまえから。思い出してくれ、この霧は実際には霧じゃない」

「それにおれたちは予防接種を受けている」ピンチョンが指摘した。「すまんな、先生《ドック》。こいつはとても魅力的だが、われわれは進まなければならん」

ピンチョンは船外モーターを再稼働させ、橋の部分的に水没した残骸のあいだを抜けるやっかいなコースをまた進みはじめた。「ここで間に合わせるしかない」ピンチョンはゴムボートを巨大なコンクリートの一枚板の根元で停止させた。瓦礫のもっとも厚い箇所のほぼ中央に通じる、急だが、のぼれる斜面があった。「警察官先生。歴史屋。あんたたちがのぼってくれ」

「相変わらずおれが一番の消耗品か？」ハクスリーは訊ねた。

「二番目だな」ピンチョンの視線はゴールディングに向かい、あきらかに偽りの謝罪の笑みを浮かべた。「ふたりでいけば成功の機会が倍になる。なにかあったとき、おれたちが援軍の母体だ」

ハクスリーが驚いたことに、ゴールディングはなんの反論もせず、ただ諦めて困ったようにため息をつくと、自分のカービン銃を手に取り、ゴムボートから飛び降りる用意をした。脚を負傷しているにもかかわらず、しっかりした足さばきでコンクリートの斜面に飛び移るという偉業を成し遂げた。もっとも痛みに顔をしかめはしたが。ハクスリーの試みはそれよりもずっと冴えないものになった。長靴がコンクリート表面で滑り、ゴールディングのしっかりした手が伸びてくるまえに、水に滑り落ちそうになった。

「どこに置けばいい？」ピンチョンが標的設定ビーコンを投げてよこすと、ハクスリーは兵士に訊いた。

「電話が言ってたように真ん中だ」ピンチョンはもうひとつのビーコンを掲げ持った。

「これは予備だ、万一あんたらふたりが……その、わかるよな。側面にある大きなボタンを二回押すことで起動する。スイッチが入ればビープ音が聞こえる。かならず瓦礫の上に置くように、下じゃなく。空中から見えるようにしてくれ」感情を見せず、心のこもっていない笑みをまた浮かべる。「一日じゅう時間があるわけじゃない」

「あの男は本気で楽しんでるな」ふたりがのぼりはじめると、ゴールディングが低い声でつぶやいた。「この企《くわだ》てに自分は志願しなかったという自信がまだあるんだが、あいつは志願したことに賭けてもいい」

ふたりはすぐ上までたどり着き、ねじれた鉄筋が突き立っているぎざぎざの瓦礫でできた狭い頂上を見つけた。すばやく周辺を見まわしてから、右側に数十ヤードいったところにある平らな残骸の広がりに向かった。「つまり」ゴールディングが話をつづけた。脚を引きずって歩いていこうとして、不満の声をあげる。「記憶の欠如が個性を取り去るか、少なくとも変容させるとあんたは思っているだろう。だけど、兵士坊やは、まるで変わらずに兵士のままだ。わたしは歴史学者のまま。リースは医者のまま。きみは警官のままだ」

「プラスは？」

ゴールディングは首を少し傾げて、鼻を鳴らした。「科学者ということに関して、われわれが正しいと必ずしも確信を持てているわけではない、だろ？　あの哀れな連中を撃っているときにプラスが見せた嬉しそうな様子は、なかなかのものだった」

「気づいていたんだ」

「それがわたしの仕事だと思う。いろんなことに気づくことが。歴史学者にとって役に立つ性質だ。刑事脳が備わっているきみとちょっと似ている気がする」

二、三枚のコンクリートの厚板が砕けて、窮屈ででこぼこした一種の通路をこしらえているところにふたりはやって来た。ゴールディングが先に立ち、数段の短い階段をのぼって立ち止まり、足下にある光景に釘付けになった。その視線をたどってハクスリーはコンクリートの裂け目から上に伸ばそうとした途中で凍りついている鉤爪《かぎづめ》のある手を見た。さらに近寄って、ひび割れの奥にある暗い穴を覗きこんだ。暗くて手の持ち主の姿を見分けることはできなかったが、その手と指の状態から、相手が罹患存在であることははっきりしていた。骨は大きすぎ、指は長すぎた。ひとつひとつの指の先には、おぞましい鉤状の返しがついていた。

「まるで黄泉の国から必死に出てこようとする悪魔のようだな」ゴールディングが首を斜めにして鉤爪をよく見ようとし、眉間に皺を寄せて考えこんだ。「〝あらゆる場所が地獄になるだろう〟」

「それはなんだ?」

ゴールディングは肩をすくめた。「クリストファー・マーロウの書いた台詞がどこかから浮かびあがってきた。『世界がすべて溶け、あらゆる生き物が浄化されるとき、天国ではない場所を別にして、あらゆる場所が地獄になるだろう』（『フォースタス博士』）」

「これはなんだと思う？　地獄が現実になったのか？」

「わからん。われわれが苦しみのなかにいることはわかっている。われわれ全員が。連中がわれわれの頭になんであれなにかを入れたということを言っているんじゃない。自分が何者なのかわからないことは、たんに混乱をもたらすだけじゃない。痛いんだ。記憶がないのであれば、われわれは何者だ？　何者でもない。ゼロだ。われわれはどこから来たわけじゃない。どこかに属してもいない。なんらかの理由で呼吸をつづけていることを別にして、死んでいるようなものだ。われわれは苦しまされている。そしてそれは地獄の目的じゃないのか？　理由を知らないことが事態をいっそう悪化させる。自分はこんな目に遭って当然なのかもしれない。わたしはとても悪い人間である可能性があり、それはきみも同じだ。このクソッタレな悪夢は、当然の罰である可能性がある。なぜなら、もしそうじゃないなら、われわれはみな、ひどく病んだゲームのたんなる犠牲者ということになるからだ」

　ハクスリーはゴールディングのかたわらを通り抜け、障壁の次の箇所になっている高い鉄柵をよじ登った。「おれたちにわかっていることに基づくと、リースの考えが正しいと思わざるをえない——おれたちはこれを終わらせるために送りこまれたんだ」ハクスリーは体を丸め、ゴールディングに手を伸ばした。「確信しているもうひとつのことは、戻れないということだ。逃れる術はない。もしおれたちが地獄にいるのなら、これが済むまでおれたちが脱出することがないよう連中は確実に仕込んだはずだ」

「贖罪だ」ゴールディングはハクスリーの手を取り、自分を引きあげた。「古典的には、それが永遠の断罪からの唯一の脱出方法だ。この河の先に本当になにが待ち受けていると思っている？」

「だれかが救済されるとしても、おれたちふたりは選ばれないだろうな、と思いはじめてる」

どうにか橋の崩落を生き延び、混沌のなかで無傷でまっすぐに立っている台座の上にふたりはビーコンを置いた。「これを稼働させた瞬間に連中が爆弾を落としてこないとどうやってわかる？」ハクスリーの指がボタンの上にかざされると、ゴールディングが訊いた。

「おれたちはそこまで消耗品じゃないだろう」ハクスリーはボタンを二度押し、ビープ音が鳴ると、立ちあがって、空を見た。「それに航空機の騒音は聞こえない。少しは時間があると思う」

ふたりはすぐにゴムボートに戻り、乗りこむと、それぞれのカービン銃を手に取った。

「どれくらいかかると思う？」ピンチョンが船外モーターの回転を反転させ、舵柄をひねり、ボートを百八十度回転させると、ハクスリーは兵士に訊いた。ハクスリーが驚いたことに、ピンチョンの顔に不確かさが走るのが見えた。あごと首に緊張が走り、それは苦痛を覚えていることを意味していた。「いまのがなにかを刺激したのか？」ハクスリーはカービン銃を握る手の力を調整し、引き金を心持ち手に近づける微妙な動きをした。しかしながら、ピンチョンはだまされなかった。

「本気かよ？」ピンチョンは片方の眉をあげ、小さな笑い声を吐いた。「こういうのを以前にやった気がしただけだ。なにか特定できるものじゃない。あんたの質問に答えるなら、ビーコンのバッテリー寿命はかなり長い。一時間かそれ以上である場合もありうる」

「見ろ」ボートが加速をはじめ、ゴールディングがハクスリーに話しかけた。振り向くと、歴史学者の口元に笑みが浮かんでいるのが見えた。彼は首を斜めにして、水中を覗きこんでいた。「また蛸だ……」

ゴムボートの航跡から飛び出してきた付属器官は、触手ではなかった。柔らかいというよりも硬く、ぎざぎざで、その細くて関節のある長さに沿ってところどころで膨れあがり、先端はわずかにカーブを描いていた。それはゴールディングの首を易々と突き刺した。ハクスリーが、歴史学者の血にまみれ、絶望を浮かべた表情を目に焼き付けるまもなく、確実にゴールディングを殺したそいつは、ゴムボートからゴールディングを引きずりこんだ。

水が撥ね、ばたつかせた脚が急速に見えなくなり、ゴールディングはいなくなった。

第八章

ハクスリーとリースは一斉に発砲し、放たれた銃弾はゴムボートのまわりに背の高い噴水をあげた。「弾を節約しろ！　あいつは死んだ！」とピンチョンが叫び、ふたりの銃は沈黙した。

「クソ忌々しい蛸は死んでない！」ハクスリーは息を切らし、無力感にあえいだ。ふたたび発砲したくてたまらなかった。道理に反した復讐の念に駆られていた。だが、なんであれ深く染みついた訓練がトリガー・ガードにかかる指を止めさせ、安全装置に移行させた。

「水面から目を離すな」ピンチョンはそう言うと、ゴムボートの舵を取りつづけ、残骸の迷宮を抜けていかせた。「一匹いたならもっといるかもしれない」

「なにが一匹？」リースが訊いた。ショックのあまり、声が震えている。

「極端な特別変異体」プラスが言った。その声にはハクスリーとリースのようなパニックを起こしている兆候はなかった。火炎放射器の噴射口に火を点《つ》け、水面に揺るがぬ捜索の視線を向けていた。「さっきの死体の奇形に似ていたとは思わない?」

「あの死体の変形は死後のものよ」リースが言った。

「だったら、この疾病は百パーセント致命的なものではないと推定するのが道理ね」ハクスリーはプラスの口元が歪むのを目にし、笑い声がこぼれ出るのをこらえているのがわかった。「死なない場合は、もっと強くなるんだ(ニーチェの名言)」

ハクスリーはプラスに黙れと言いたかった。なにかを撃ちたかった。ゴールディングに死んでほしくなかったし、とりわけゴムボートの船殻に付いた歴史学者のてらてら光る血の痕を拭い取りたかった。そうはせず、ハクスリーはカービン銃の銃床を肩に強く押しつけ、水面をじっと見つづけた。規律。訓練。精神的外傷への耐性。なにかもっと生得的なものではないかと疑っているものと結びついた習得した技能。

瓦礫のあいだを半分進んだところで第二の攻撃が襲ってきた。前回同様、なんの前触れもなく、複数の手足を振り回すものが水中から飛びだし、ゴムボートの針路の正面から襲ってきた。ピンチョンの反射神経が一行を救った。直角に舵柄を切り、ボートの向きを変え、おぞましく尖った先端のある手足が落ちてくるのを避けた。

ハクスリーは攻撃者の暗く、すばやく動く姿を見て、ほとんど細部を見分けられなかった。しかしながら、そいつの声を聞いた。耳障りな、きしるような声だったが、どこまでも人間の声でもあった。その実体の歪んだ塊のどこかにある口から発せられたものだ。

「クソ女！　嘘つきのクソ女！」ピンチョンがゴムボートに大きな弧を描かせると、そいつはよろめきながらボートを追いかけた。ハクスリーは棘だらけの影のなかにそいつの顔をかいま見た。憎しみをこめ、歯を剝きだしにした大口。「嘘つきの売女！」そいつは叫んだ。そいつが追跡をつづけ、水が波立った。「おれから全部奪っていきやがった……」

ハクスリーは憎しみにみちた顔を見たと思ったあたりに狙いをつけ、二発撃った。そいつはその衝撃にのけぞったが、追跡は止めなかった。不安になるくらいの素早さでゴムボートの航跡を追ってくる。ハクスリーとリースは体勢を変え、また発砲した。追跡者は銃弾が当たって激しく震えたが、速度を落とす兆候を見せなかった。

「左に舵を切って」プラスがピンチョンに言った。「それからエンジンを切って」

感情のこもらない、そっけない声。目を細くして、罹患存在に狙いをつける。

ピンチョンはプラスの指示に渋面をこしらえたものの、相手の意図を察したらしく、言われたとおりにした。ゴムボートが急旋回して速度を落とすと、プラスは片方の膝立ちになった。罹患存在は白く波を立てながら、距離を詰めてきて、あいかわらず不満を叫んでいた。

「クソ女！　売女！　マンコ！」

火炎放射器のひゅーっという音がそいつの罵詈をかき消し、ハクスリーは火炎放射器の熱から顔を守ろうとしたが、次にやってきたものの光景に目をつむることができなかった。黄色と緋色の舌がプラスの武器から吐き出され、一瞬の蒸気と燃える物質からなる花で罹患存在を包みこんだ。ひょろ長い手足が痙攣し、鉤爪で引っ掻こうとした。はっきりした苦悶の叫びが、そいつを舐め尽くそうとしている激しい火勢の咆吼越しにも聞こえた。そいつは炎を消そうとして水中に一瞬潜りこんだが、パニックあるいは狂気に駆られて、すぐにふたたび姿を現した。プラスは燃える炎を保ちながら、罹患存在を追った。そいつは瓦礫の山によじ登った。錯乱するほどの痛みに悲鳴をあげ、ひょろ長い手足でゴミの山を摑み、煉獄から這って逃れるという空しい試みをした。炎がそいつの喉を食《は》み、ついに悲鳴が止んだ。ハクスリーは、そいつが水のなかにドボンと落ち、浮かぶ黒焦げの廃墟島になってもそいつの姿をまともに判別できずにいた。消費された燃料に焼きすぎた肉が混じった悪臭の重みで胃のなかがかき乱された。

「あまり上品な男じゃなかったわね？」プラスが意見を述べ、罹患存在の煙をあげている残骸に批判的な視線を送った。元の席に戻ると、ピンチョンに向かって気怠げに手を振る。

「拠点《ホーム》に向かって。馬を甘やかさないでね」

ピンチョンはひらけた場所に出るやいなやスロットルを全開にしたが、ハクスリーはゴムボートのスピード欠如が神経に障るくらい腹立たしかった。船に戻るのにおそらく十五分もかからないだろうが、何時間もかかる気がした。ゴムボートが安定したありふれたコースをたどるあいだ、全員の目はあらたな攻撃を警戒して水面に釘付けになっていた。ただし、プラスは別だった。彼女は力を抜いて穏やかに休憩しており、まるで母親のような愛情で火炎放射器を抱きかかえていた。

いったん船に戻り、ゴムボートを繋ぎ紐に再装着したとたん、エンジンが命を吹き返した。船が百八十度旋回し、舳先を倒壊した橋から遠ざけると、ハクスリーは船尾甲板で足を滑らした。はじめてエンジンがフルパワーで咆吼し、スピードをあげて河を下っていくと、対になった水の弧が後方に噴き出された。ウェストミンスター橋の残骸が霧に消えるまで速度が維持された。

「これで大丈夫だ」エンジンのピッチが変わり、船がふたたび向きを変えるとピンチョンは言った。沈黙がおり、一行は待ち受けた。見ることができない空を目でさぐり、近づいてくる航空機の音に耳を澄ます。

「聞こえない可能性がある」ピンチョンが付け加えた。「もし高高度投下だとしたら……」

ジェット機のうなりをあげる、ぎゅーんという音がピンチョンの言葉をかき消した。その音は東から西に高速で移動していた。一行にはなにも見えなかった。赤い霧のなかに影すら浮かばない。ピンチョンが両手を耳に当てて塞ぐのを見て、ハクスリーがおなじことをするのと同時に爆弾が命中した。次に来たものを轟きと呼ぶには、哀れなくらい不十分だった。聞こえるというよりも感じられる音だった。あまりにも膨大であり、五感を呑みこんでいった。ハクスリーは悪鬼の目に見えない腕に体を貫かれたかのように感じて身震いした。

爆風がかなりの大きさで広がると船が揺れ、まわりの霧が薄くなって周囲がずいぶん見えるようになった。ハクスリーの目は、空の青さを見たいという本能的な願望に従い、すぐに空に向かったが、目に入ったのはピンク色が多少薄くなっただけで、たちまち赤い靄に包囲された。耳から手を離すと、雨のような音が聞こえた。一行の旅のなかでこれまで訪れることのなかったあらたな自然現象だ。しかしながら、無数の水飛沫に視線が引き寄せられ、溢れ返った水に落ちていく瓦礫の光景を見た。

最後の瓦礫の塊が舳先の数ヤード先の河に落ち、水飛沫をあげると、船のエンジンが、この旅の大半で聞こえていた安定した、これと言って特徴のないぽっぽっという音を立てて動きはじめた。爆発現場に近づいていくと、ウェストミンスター橋の残骸があらたにできた隙間に流れこむ水流の力で不完全なダムになっているのがあきらかになった。爆弾はその障壁に幅四十フィートの穴をあけ、白い泡を立てて流れる水路を作っており、そこを船は揺れながらも被害をこうむることなく通過できた。いったん比較的穏やかな水面に落ち着くと、ハクスリーは国会議事堂のあらたに水浸しになった敷地を眺めた。南の堤防に、なかば水没した木々が新しい流れのなかで揺れていた。

「これがわたしたちの任務だったと思う?」リースが疑問を呈した。「市の残りの部分を水没させるのが?」

「なんの目的で?」プラスが言った。「あきらかにすでに死んでいるのに、溺れさせる理由は?」

つづく半時間で一行はさらに二本の橋の下を通過した。それぞれの中央の橋桁はピンチョンの判断では空爆によって破壊されていた。「人が橋を渡るのを止めようとしたみたいね」リースが言った。「だけど、どっちの方向からかしら?」

「しばらくしたらそれが問題になったとは思えない」ピンチョンは言った。「ノートパソコンの娘が言っていたことから判断すると、市内を諦め、高速道路25号線《M25》に防衛線を定めた。かなりの大がかりな作戦だったはずだ。成功させるのに何万人もの兵が必要な話をしている」

「成功しなかったとしたら？」ハクスリーが訊いた。「おれたちの知るかぎりでは、あそこは何ヵ月もまえに占拠された可能性がある。だとすればどうだ？」

「だとすれば、たんにひとつの都市だけじゃなく、世界全体がクソの状態になってしまったところに生きていることになる」

次の橋は三つの理由から注目に値するものになった。第一に、まったく無傷であり、自分にはけっしてうかがい知れないであろうとハクスリーが思った理由から爆撃を免れていた。第二に、そのデザインだった――一行が目にしたはじめての吊り橋で、三本の桁と、あいだに垂れ下がっているスチールケーブルを支えている二組の背の高い白い柱から成り立っており、同時に三番目の特徴を支えるものとなっていた。ケーブルのさまざまな高さに死体が吊されていた。五十体、あるいはそれ以上の死体が微風に揺れていた。ぶら下がっている死体にカービン銃の照準を合わせると、ハクスリーは多くの死体に感染の明白な特徴が欠けているのに気づいた。それ以外の死体は顔や四肢にわかりやすい変形が生じていた。裸の死体もあれば、服をちゃんと着ている死体もあった。老いも若きも子どももいた。少数のケースでは、処刑者たちは犠牲者をサインで飾る必要性を感じたようだ。ひとりの年輩女性には、「**階級の裏切り者**」を主張する文字が書き殴られている一方、その数ヤード左に吊された子どもの死体には「**移民のクズ**」と名づけられていた。唯一共通している要素は、死んでいるということのようだ。

「おたがいに敵対したんだ」リースがかすれた声で言った。

「人間がやりそうなことね」プラスが言う。「状況が悪化すると恐怖が最重要な感情になる。たぶん罹患存在からはじめたんでしょうけど、次に感染した可能性があると自分たちが思った連中に矛先を向けた。そのあと――」プラスは肩をすくめた。「――自分たちが手をかけられる生きている人間全員に。そのころには自分たち全員が感染している可能性が高いということを理解しなかった。あの幼い少女をあそこに吊しているときでさえ、いいことをしているとたぶん思ったんだろうね」

口調の軽さにもかかわらず、ハクスリーはプラスの顔になにか新しいものを見た――嫌悪感だ。それは訳知り顔の表情だった。癖になっているとハクスリーが知っている表情だ。はじめて、この任務の真の狙いに関する自分の判断を疑いたくなる衝動に駆られた。もしそれが人間というものに対するプラスの考えなら、なぜ人間を救う目的のため彼女を送りだしたのだろう?

ハクスリーはプラスへの質問を慎重に練りはじめた。すでに十分厄介な個性をさらにあらわにするための問いかけをさぐる。見通しは困難だった――たった二日間の個人史しかない人間から情報を引き出す方法は。プラスが主張しているように忘れっぽいと仮定すれば。その考えは確かにハクスリーの警官脳から生まれたものだ。第二の天性となった職業的な猜疑心の産物。一行全員のなかで、ピンチョンを含めても、プラスはもっとも落ち着いており、もっとも自分に自信を持っていた。そのような自信がハクスリーやほかのメンバーに欠けている深い自己認識から生じたという考えを抱くのは、それほど偏執的なことではなかった。

ギアや電子装置のうなりとともにチェーンガンが作動し、増えていく質問リストがたちまち消えてしまった。

「いったいなんなの！」リースは自分のカービン銃に手を伸ばした。全員、操舵室の風防ガラス越しにかざばる装置を見つめた。その装置は発砲せず、その代わり、長い銃身を左右上下に動かすだけで、ハクスリーはゴングが鳴るまえに腕をたわめているボクサーを思い描いた。ダッシュボードの右側にある画面が息を吹き返し、全員またびくっとした。画面は一瞬ちらついてから前方の河のモノクロ映像が映った。チェーンガンの動きに合わせて、映像が動いている。画面の下で、パネルが横にスライドしてひらき、小さなジョイスティックとキーパッドが現れた。

「制御装置が利用可能になった」ピンチョンの声には安堵と期待の両方がないまぜになり、彼はディスプレイのまえの座席に腰を落ち着けた。ボタンとジョイスティックの上で指をためらわせてから、よりしっかり握り締めた。ピンチョンが制御装置に取り組んでいると、チェーンガンがそれに合わせて角度を変え、ハクスリーはその動きが困惑させられるくらい滑らかであり、予想していたロボットのようなぎくしゃくした感じがないことに気づいた。

「弾薬も満タンだ」ピンチョンはディスプレイに表示されている数字の情報を指で軽く叩いた。「高速二十五ミリ砲弾。一匹の象を倒すだけじゃなく、こいつは象の群れ全部を挽肉にするだろう」

「なぜいま利用可能になったんだろう？」リースが訊いた。

「なぜなら」プラスが言った。口元に皮肉な笑みを浮かべている。「前方で待ち受けているものは、過ぎてきたものよりひどいものになるだろうと予想されるからだよ」

船は次の橋が見えてくると速度を落としはじめた。先程の吊り橋同様、その橋も無傷だったが、幸いにも吊されている死体はなかった。橋の支柱の見た目はあまり励みにならなかった。またしても座礁した川船が散らばっていて、行く先を破壊して通らなければならないという公算がまた高くなった。近づいていくと、散乱したなかに航行可能な隙間を見つけ、ハクスリーは安堵のため息を漏らした。ごちゃ混ぜになった船舶のなかで最大かつ、もっともダメージの少ない船に視線が向いたとき、ハクスリーの高揚した気分はたちまち雲散霧消した。

「あれって……？」リースは風防ガラス越しに座礁船に目を凝らした。

「マークⅥライト・クラス米海軍巡視艇だ」ピンチョンはリースの発言をおぎなった。

「そうだ」

エンジンが止まり、衛星携帯電話が鳴りだして、ハクスリーは、避けられないことが起こるという気の滅入る感覚とともにそれに手を伸ばした。ダッシュボードに携帯を置いて、緑色のボタンを押すと、ぶっきらぼうに名乗った。「ハクスリーだ」

「死傷者はいるか？」

「ひとりいる。ゴールディングが死んだ」

間髪を容れずに相手は言った。「ほかにだれか混乱した思考または根拠のない攻撃性という兆候を見せている者はいるか？」

「おい、いいかげんにしろ。ゴールディングが死んだんだぞ！　わかってるのか？　クソッタレな化け物が水中から現れて、あの男を殺したんだ！　あいつは死んだんだ！」

「了解した。質問に答えてくれ――ほかにだれか混乱した思考または根拠のない攻撃性という兆候を見せている者はいるか？」

ハクスリーは握り締めた拳を携帯電話の両側に置き、当惑と怒りのせいで、この偽の女性のふりをした機械に向かってさらに怒りのこもった言葉を投げつけそうになっていた。無駄だ。相手は機械であり、人間ではなく、おまえがなにを考え、あるいはなにを感じていても気にしないよう設計されている。たぶん正当な理由があるんだろう。

「いない」気持ちを落ち着けるため、数回深呼吸をしてから、ハクスリーは答えた。

「そちらの船に搭載されているセンサーが自動送受信無線機《トランスポンダー》の信号を感知した。発信源はなんだ？」

ハクスリーは顔を起こして風防ガラスと、橋の北側支柱に押しあげられている傾いた淡い灰色の船を見た。「この船とそっくりな船が前方にある」

「その状態を説明せよ」

「動いていない。ダメージはないようだ」

「生命の兆候は？」

「ないな」

一拍の間と一連のかすかなクリック音がした。「調べてもらおう。追加の武器と軍用品を集めるといい。この任務の次のフェーズに必要になるかもしれない。その仕事が完了したら爆弾でそのもう一隻の船を破壊するように」

ハクスリーはほかのメンバーを見やり、ピンチョンとリースが怪訝な表情を浮かべている一方、プラスはほとんど関心を示していないのに気づいた。「万一、生存者を発見したら？」ハクスリーは訊ねた。

「殺せ」

「あれはだれの船なんだ？」

「それはあなたたちの任務に関係ない。もう一隻の船のトランスポンダーが停止すれば、あなたたちの船はふたたび動く」

恒例の通話切断のクリック音がして、衛星携帯電話は沈黙した。

「わたしの助言は」プラスが言った。「C４火薬を準備して、あれに投げつけるの。あの船が爆発したら、わたしたちは先に進めばいい」

「彼らはわたしたちに調査を望んでる」リースが指摘した。

プラスは眉をあげて、目を見ひらき、感情を示さずに笑みを浮かべた。「知ったこっちゃないわ」プラスは背中を向け、乗務員船室に通じている梯子に向かった。「調べたいのならいけばいい。だけど、わたしに加われとは言わないでね。きょうの分の英雄的行動はもう済ました。やるのはご自由に。わたしは仮眠をとる」

チェーンガンの操作方法を知っているのはピンチョンだけだったので、彼は残るべきだと一行は決めた。最初に橋のところに停船させたとき、南岸も北岸も静かだったが、留まっている時間が長くなるにつれ、霧をついて聞こえてくる苦痛にあえぎ、妄想にかられた叫びの数が増えていった。霧があまりにも濃く、声をあげている罹患存在たちの姿は見えなかったが、両岸でさざめく声の数が増えており、人だかりが増えていることを示していた。また、ハクスリーは尖った槍の先端様の四肢が深みから飛びだしてくることを絶えず警戒して水面に目を走らせていた。

「もうじき相当な火力が必要になるかもしれん」そうハクスリーはピンチョンに言って、チェーンガンのほうへ首を傾けた。

兵士は渋々同意してうなずき、もう一艘の哨戒艇に焦点を当てた。「あれは悪い考えじゃないぞ。彼女が言ったことだ。たんにぶっ飛ばして、ここから出ていくというのは」

「わたしたちは知る必要がある」リースが言った。「あるいは、とにかくわたしはそう。彼らが何者なのか。彼らはここでなにをしていたのか」

「どうやってここまでやって来たのか、そこがわからないな」ハクスリーが言った。「ウェストミンスター橋が河を塞いでいたのに、という意味だ」

「それは明白じゃないのか、警察官先生？」ピンチョンが控え目な批判の笑みを浮かべた。

「彼らが通り過ぎたときには落ちていなかったんだ。つまり、彼らはここにしばらくいたはずだ」あらたな考えに思いあたり、ピンチョンの顔から笑みが消えた。「あるいは、引き返せないようにするため、橋を落とした」

ピンチョンはC4火薬を四個、それぞれ起爆装置とタイマーを揃えて用意した。「一個は機関室に」ピンチョンは最後の火薬を袋に入れ、ハクスリーに渡しながら、指示した。「一個は舳先に。一個は乗務員船室、もう一個はダッシュボードに仕掛けろ。トランスポンダーがどこにあろうと、それで破壊できなかったら、どうしようもない」

ハクスリーがゴムボートの船外モーターを担当する一方、リースは舳先に位置し、カービン銃をもう一艘の船に向けていた。「なにを考えているかわかるわ」半分まで距離を詰めると、リースが意見を言った。

「考えているってなにを？」

「プラスのことを。彼女はかつての彼女じゃない」

「それはわれわれ全員について言えることだろう」

「そういうことを言ってるんじゃないとわかってるくせに」リースはハクスリーを振り返った。意志がこもった険しい顔をしている。「わたしたちは彼女を殺さねばならない」

「彼女が感染していると疑っているんだな？」

「おそらくは。あるいは、もともとあんな感じで、彼女の非常に特異な心理的特徴が再び現れているのかもしれない。サイコパス検査で九十パーセント以下のスコアが出たら、とても驚く。要するに彼女はクソ異常者で、ほかのわたしたちにとって危険な存在だということ」

「わずかな証拠に基づいて下すにはきわめて重大な診断のようだが。彼女が魅力や好感度の賞をもらうことがないのは確かだ。また、残忍な行動を取る傾向も確かにある。だからと言って、彼女がサイコパスだとは言えないぞ」

あらたな一瞥。今回は睨みつけてきたと言ってもよかった。「サバイバル状況では、わたしたちは手に入るデータに基づいて生死の判断を強いられている。どんなにわずかな根拠であっても。わたしはこの状況を生き延びるつもりだと言ったでしょ。その理由もあなたに話した」

娘だ。息子である可能性も大いにある娘。自分がこの世に生をもたらしたと知っているが、名前も顔も思い出せずにいるわが子。そのとき、リースはこの企てに志願したのだと百パーセントの確信をもってハクスリーはわかった。その子どもの未来を確かなものにするための強烈で切実な欲求に突き動かされたのだ。おなじ欲求がいま彼女の決意に燃料をくべているものであり、プラスを殺したいと彼女に思わせている欲求だった。

「サイコパスでも役に立つことはある」ハクスリーは指摘し、ゴムボートがもう一艘の哨戒艇の船尾にこつんと当たると船外モーターのスロットルを絞った。「それを彼女はきょう証明した」

「証明しなければならなかったからよ。彼女は根本的に自分以外の人間を思いやることができない。自分自身の生存を確実にするため必要だと思えば、彼女は即座にわたしたちを攻撃するはず」

「おれたちはいまクルーがどんどん不足しているんだ。気づいているかもしれないが」ハクスリーはカービン銃を手に取り、銃床を肩に押し当てた。リースは動かず、ハクスリーの目をにらみつけた。「いざとなれば」にらみあいの時間が居心地悪いくらい長くなると、ハクスリーは言った。「おれはためらわない。だが、いますぐ人を殺す心構えはできていない」

リースは不承不承納得した様子で眉間に皺を刻んでから背を伸ばし、カービン銃の狙いを哨戒艇の操舵室に向けた。当該船は橋桁の下の暗がりになかば隠されており、ハクスリーはコントロールパネルのディスプレイが鈍く輝いているのを視認したが、電気が来ている様子はなかった。リースは片手でカービン銃の狙いを付けながら、ゴムボートから哨戒艇の船尾にあがり、膝をつくと懐中電灯を点灯させた。

「こんにちは？」リースは呼びかけた。「隣のリースとハクスリーです。チェリーパイを持ってきました。とっても素敵なおうちですね」

返事がなく、ハクスリーはリースの隣に体を引きあげた。ふたりの二本の懐中電灯の光線が操舵室の内部を動きまわり、風防ガラスを照らすと、割れたガラスが光った。「銃弾の当たった跡だ」ハクスリーが判断する。

「やたらとあるわね」リースは立ちあがり、操舵室に入ると、LED光線を左右に動かした。「いたるところにある。ここで激しい銃撃戦があったみたい」

「死体は？」

リースは首を振り、懐中電灯を下げ、ゴム加工された床板を彩っている抽象的な模様の広範囲な黒い染みに散らばっている無数の使用済み薬莢を照らしだした。「乾いているけど、これは絶対に大量出血の痕。だれかがここで死んだんだ」

ハクスリーはダッシュボードに向かい、自分たちの船のそれとまったく対照的であることに気づいた。わが方の船の特徴である封印されたユニットがここにはなかった。ダッシュボードにはボタンやコントロールパネルが豊富で、右側には船の舵とエンジンを制御するものと思しき大きなジョイスティックとレバーがあった。

「ここの連中は船を完全にコントロールしていたんだ」ハクスリーは言った。「衛星携帯電話も見当たらない。先方の都合でエンジンがかかるのを待っている必要がなかったんだ」

「だったら、ここの人たちは自分たちがやっていることを知っていたんだ。自分たちが何者なのか知っていた」

「可能性はある。どのみち、この連中はおれたちよりクソたくさん知っていたのは、賭けてもいい」ハクスリーは梯子のほうにうなずいた。「乗務員船室だ。おれが先にいく」

「性差別主義者」リースが異議を唱えるのではない口調でその単語を口にして、脇に立つと、ハクスリーはカービン銃を背中にまわし、拳銃を抜いた。ウェビングから懐中電灯を外し、ハクスリーはそれを逆手に持ち、銃を握っている手と並べた。その明かりに乗務員船室に通じる梯子にさらに血が付いているのが浮かびあがったが、下の甲板は綺麗なものだった。ハクスリーはかがみながら梯子をくだり、一段ごとに止まって、あまり速く明かりを振り回さないように努めた。死体がかんたんに見つかった。二体が寝台をはさんだ狭い通路の両側に倒れていた。

ハクスリーは梯子をくだり切ると立ち止まり、懐中電灯で船室をくまなくさぐり、血が飛び散り、ゴミが散乱しているのを発見した。空っぽの携行食糧パックが数多くのスマートフォンとともに甲板に散らばっていた。「異常なし《クリア》」とハクスリーはリースに言ってから、死体に光を向けた。「調べるべき仕事がたっぷりあるぞ」

ふたつの死体、男女一組のそれは、ハクスリーが着ているのとおなじ非迷彩軍服だった。両者は壊死がはじまっていて黒い色になっており、まだら色の肉を腐敗の跡が巻きひげ状に這っていた。男性には胸のまんなかに黒い染みがあり、女性は額に硬貨大の穴があき、後頭部にはそれよりも大きな穴があいていた。頭のうしろの壁には噴出した物質が飛び散っていた。女性の膝の上には硬直し、灰色がかった黒い手に握られた拳銃が載っていた。

「殺人と自殺だな」ハクスリーが推測した結論を下すと、リースから軽蔑した目つきを向けられた。リースが「ばかなことを言うな、シャーロック」という当てこすりを言わずに死体のおおまかな検分をおこなったことにハクスリーは感謝した。

「ふたりとも三十代ね」リースはつぶやくと、女性の頭部を左右に動かした。ハクスリーは乾いた筋組織が立てるきしみ音を耳にして発作的な嫌悪感と戦った。「死後硬直が起こり、解けていることから、ふたりはしばらくまえに死んだ模様」リースはふたつの死体に専門家としての目を向けてつづけた。「もっと腐敗が進んでいると思っていたけど、この病気はどういうわけが進行が遅いみたい。ふたりとも感染している、わかる？」リースは女性のあごの線を指でたどり、奇形箇所を指摘した。女性のあごの先端近くに骨の小さな突起があり、肉から犀の角の小型版に似たものが出ていた。「男性のほうは、背骨の先端に隆起がある」死んだ男のほうにうなずいて、リースは付け足した。

「ふたりの傷痕は異なっている」ハクスリーは女性の剃りあげた頭蓋骨に明かりを近づけ、耳の上にある長さ一インチの切開箇所を照らした。傷は既に癒えていた。

「わたしたちのより小さい」リースは同意した。「侵襲の少ない手術だったのね」女性のベストは、ところどころで肉と絡み合い、くっついていたためナイフで切らなければならなかった。「腎臓の上に傷痕はない。その手術はわたしたちのために取っておいたんでしょうね」

「名前はどうなってる？」

リースは懐中電灯を女性の前腕に移動させた。タトゥーは皮膚が変色していて見分けにくかったが、しばらく目を凝らしてから、解読した。「カーロ」男性のタトゥーはまだ見分けやすく、リースはそれを血が腕よりも手で凝固しているせいだと判断した。「ターナー」

「フリーダ・カーロとJ・M・W・ターナー」ハクスリーは言った。「画家の名前だ。この船は絵描きの船だったようだ。だけど、ふたりしかいないのか？」

「そんなはずはない」リースは天井に向かって首をぐいと動かした。「銃撃戦は船内で起こっている。たぶん、彼らは感染がはじまるとたがいに殺し合ったんでしょう。発砲が終わると死んだ人を船縁から水に落とし、そして……」リースは両方の死体を身振りで示した。「自分たちも助からないと悟ったとき、こういうことをする決断を下した」

ハクスリーは甲板に散らばっているスマートフォンに関心を向けた。「下流の座礁船からかき集めたにちがいない」一番近くにあった携帯電話を手に取り、電源ボタンを押し、点かないのを確認する。その装置を脇へ放り、何台か試してみたが、結果はおなじだった。

「役に立たない。仮に彼らがなにかを知ったとしても、彼らといっしょに死んだんだ」

「ここになにかあるはずよ」リースは立ちあがり、床にある収納ロッカーに向かった。

「ここの人たちは、わたしたちのようにたくさん装備を持っていたようには見えない。あるいは、ここまで来るのに使い果たしていたのかもしれない」リースが膝をついて、そのスペースをひっかき回してさがす一方、ハクスリーは機関室に移動した。数分間、捜索をおこない、懐中電灯の光をさまざまな機械類に当てて、どのダイヤルも動かず、表示装置はなにも表示していないことを確認し、成果はなかった。言葉にならない叫びがリースからあがり、ハクスリーの銃を持つ手が反射的に動き、指がひくついたが、またしてもわが身に備わっている訓練が指を引き金に移動させるのを押しとどめた。

「どうした？」ハクスリーは叫び返した。

「わたしたちに残してくれたものがあった」リースの声は驚くくらい陽気な調子だった。

シリアルの箱におもちゃを見つけた子どものような声だ。

乗務員船室にふたたび入ると、ハクスリーはターナーの死体の背後の壁の外観を損ねている汚れにLEDの光を向け、立ち止まった。一見、ターナーの血が長く伸びて、黒い染みに乾いたように見えたが、しばらく見ていると、それが単語を構成しているのに気づいた。カーロはターナーを撃ち、その血でなにか書いてから自分の脳みそを吹き飛ばしたんだ。しゃがんでハクスリーは懐中電灯の光でそれを照らし、塗りたくられた文字を口に出した。ひとつひとつの文字は、不揃いで、かろうじて読める大文字だった——ANTIBODY。別の短い意味のない汚れがあり、ハクスリーはそれをなんらかの句読点だと解釈したが、数字とそれに不完全な単語がつづいているのに気づいた——5FAILU。五人《ファイブ・フェイリュ》の失敗？　とハクスリーは考えを巡らした。彼らは五人いたが、われわれは七名でこの河に船出した。連中は成功の確率を改善したかったのか、それともたんにサンプルの数を大きくしただけか？

「ハクスリー」リースはいらいらして言った。この不気味な落書きに関する自分の考えを彼女に話そうとしたが、止めた。なぜだかわからないものの、なにも言うなと本能がはっきり伝えたのだ。またしても警官脳がなせる業《わざ》か、と判断し、疚《やま》しさを押し殺した。あとになって役に立つかもしれない情報は隠しておけ。

「なにが見つかった？」ハクスリーはそう訊いて、リースの隣に向かった。

「今回は役に立つもの」リースはロッカーに手を伸ばし、頑丈なデスクトップ・プリンターほどの大きさがある物体の首の部分を摑んだ。だが、リースがそれを持ちあげようとして苦労していることから判断して、かなり重たいものだった。「ああ、もう」リースは呻いた。「手は貸さないで。大丈夫」

「こいつはなんなんだ？」ハクスリーはその物質の広い底に手をやり、ふたりしてどうにか甲板に持ちあげた。ハクスリーは懐中電灯でその装置を照らしてみたところ、双眼鏡と平面スキャナーを巧みに組み合わせたもののようだった。

「まちがっていなければ」リースはその機械のかさばる頭に手を走らせた。「これは顕微分光光度計」ハクスリーのぽかんとした表情を見て、リースは詳しく説明した。「顕微鏡と光度計をひとつにまとめたもの。ミクロのレベルで標本を画像化できるだけでなく、それがなんでできているかもわかるようにしてくれ、そして――」リースはベース部分にあるスイッチをひねり、それが緑色に光ると満足した笑い声をあげた。「――完全に作動できるくらいの電源が残っているみたい」

「使い方を知っているのか？」

「もちろん、使える」

「わかった」ハクスリーは肩越しに死体を見た。壁を汚している文字は影になって見えない。抗体《アンチボディー》。「ゴムボートに載せよう。そのあと、ほかになにか見つかるものがあるかどうか確かめて……」

外から突然聞こえた音はとても大きく、最初、あらたなジェット機が空爆任務遂行のため、甲高い音を立ててやって来たのだ、とハスクリーは思った。短いインターバルが空いてからすぐに咆吼が再開し、ジェット機ではないと了解する。その耳障りな音は、ある種の強烈なドリル音を思い起こさせたが、はるかにずっと急激で、激しく空気が押しのけられたことを伝える甲高い悲しげな鳴き声を伴っていた。

「チェーンガンだ」そう言って、ハクスリーは立ちあがった。「いかなくては」

リースは光度計を持ちあげようと呻いたが、甲板からほとんどあがらなかった。「ここに残しておくわけにはいかない」

ハクスリーは冒瀆的な叫びをあげるのを嚙み殺し、チェーンガンが止まって、すぐにまた叫ぶのを聞いた瞬間、なにかがこの船の屋根に衝撃を加えたどさっという音を耳にした。リュックサックを肩からおろし、C４火薬の塊のひとつを抜き取ると、タイマーを五分にセットしてから、考え直し、四分にした。

「これで十分だろう」ハクスリーは塊をリュックに戻し、急いでそれを機関室のハッチに置いた。梯子に異常がないことを確認し、なにも見えなかったが、チェーンガンが沈黙しているという事実に自分を安心させた。協力してハクスリーとリースは、リースの戦利品を梯子を使って操舵室に持ちあげ、チェーンガンがあらたな咆吼をあげたころには、ふたりは一番上の甲板に到達した。さらなるどさっと言う音が頭上に聞こえ、船はその衝撃で揺れた。なにか濡れて重たいものが風防ガラスを滑り落ちてくるのをハクスリーはかいま見たが、わざわざ見直すことはしなかった。

船尾甲板に出ると、水平に走る稲光のように最初見えたものに迎えられた。チェーンガンの泣き叫ぶ発射音に耳を聾され、ふたりは身をかがめた。ハクスリーが顔を起こすと、化け物じみたホタルがほぼ一直線上に並んで頭の上を音を立てて飛んでいくのが見えた。曳光弾だ、とハクスリーは悟り、光り輝く流れが橋までたどり着くのを見た。最初、暗くて動き回る障害物にぶつかり、赤い花火のように光が広がるように見えた。障害物は深紅の新星のような跡を残して前後に動いた。花火のひとつが煙をあげている変形した前腕を甲板に落としていったとき、ハクスリーは繰り広げられている危険の性質を理解した。

チェーンガンがまた沈黙し、ハクスリーは自分たちの船のほうを見て、銃口から灰色の薄い蒸気が立ちのぼっているのを目にした。ピンチョンが操舵室のガラスの向こうで激しく手を振っているのが見えた気がしたが、確実なことはわからなかった。船の後方から一定の繰り返す音が聞こえ、プラスのカービン銃が発している銃口の火花を目に捉えた。プラスは北の岸にいるなにかを狙って発砲していた。

上からの集団的なうなり声にハクスリーの視線は橋に引き戻された。欄干は血まみれで、罹患存在たちの部分的に破壊された死体に飾られていた。うなり声の発生源は見えなかったが、チェーンガンの注目を生き延び、身を隠すに足る理由を持っている連中の立てる声だろう、とハクスリーは推測した。連中が起こしている騒音の規模から、かなりの数がいることを物語っていた。これまで出会ったほかの罹患存在たちが発した声をいくぶんかは理解できていたが、今回のは、まったく不快で、理解不可能なわめきだった。リズミカルな叫びに哀れな鳴き声と怒りのこもったうなり声が重ね合わさったものは、もしどんなに動物が集まってもこんなにも醜くはならないと確信していなかったら、獣のような声と表現しただろう。

乱雑に扱われた死体のひとつが橋から転がり落ち、それが操舵室の屋根に衝突して、船が揺れた。さらなる落下がつづき、ハクスリーは死体が欄干を越えてまっすぐ船に押し出されている様子を目にした。手足の揃っている死体もあったが、大半はそうではなく、ばらばらになった四肢や首を切られた死体が数を増しつづける雪崩《なだ》れの一部になっていた。

「あいつらわたしたちを沈めようとしている」リースが言った。

プラスのカービン銃から矢継ぎ早に聞こえる発砲音で、ハクスリーの関心が船に戻った。四分、と自分に言い聞かせ、かがみこむと分光光度計を持ちあげ、ゴムボートに運んだ。もうあと二分に近い。

ゴムボートは顕微分光光度計のずっしりとした重みを受けてもなんとか沈まなかったが、リースがロープを投げ外し、ハクスリーが装置を彼女の腕に預けてから船外モーターに手を伸ばすと、激しく上下に揺れた。プラスのカービン銃の流れ弾に当たりたくなくて、ハクスリーは船の左舷に向かうようゴムボートを操り、舳先を通り過ぎるやいなや、チェーンガンが息を吹き返した。チェーンガンはいまや短い連射をつづけており、ハクスリーが振り返ると曳光弾が橋の上半分側に命中しているのが見えた。罹患存在たちに頭を下げさせる試みだとハクスリーは思った。たいした効果が出ているようには見えなかった。体の部分が雪崩れ落ちてくるのは止むことなくつづいていたからだ。もう一艘の船は、重量が積み重なっていくなかでますます急角度で傾き、橋の支柱から離れて漂い、水が船尾を乗り越えようとしていた。

「新しいおもちゃ？」ふたりがゴムボートを係留し、光度計を船尾甲板に積みこむとその様子を見て、プラスが問いかけた。プラスは返事を待たずに向き直り、発砲した。ハクスリーは立ちあがり、プラスがなにを撃っているのか見ようとした。右舷側の先で川の水をかき乱している波紋が激しさを増しており、ハクスリーは霧のなかに無数のシルエットを見た。橋の上にいる罹患存在たちのように、こちらのグループはグロテスクな歌を歌っていた。耳障りなうえに、怒りのこもった攻撃性がどんどん増してくる声色で投げつけてくる。

「ときどき、ひとりかふたりで突進してくるの」プラスが言った。プラスの向こうで靄のなかに飛びこむ水飛沫があがり、プラスは二発立てつづけに撃った。「ほらね？　どんどん大胆になってくるみたい。ピンチョンがチェーンガンでやつらをやっつけられるように、船の角度を変えられないんだ」

「どれくらいで爆発する？」ピンチョンが操舵室から問いかけてきた。

ハクスリーはプラスの攻撃努力にリースが自分のカービン銃を加えるのをそのまま任せ、操舵室のまえにまわりこみ、もう一艘の船の風防ガラスを覗きこんだ。いや増す上空からのおぞましい飛翔体の重みで、いまやその船尾は半分沈んでおり、橋の中央に向かってさらに漂流していた。

「四分のタイマーを設定した」ハクスリーはピンチョンに言った。「もうそんなに時間はない」

ピンチョンは驚いて眉間に皺を寄せ、ジョイスティックを握る手に力をこめ、あらたなチェーンガンの砲火で橋の上方を攻撃した。ハクスリーはもう一艘の船に焦点を向け、六十秒を数えたが、なにも起こらず自責のため息を漏らした。「ひょっとしたらタイマーをちゃんと設定しなかったのかもしれない」

「まいったぜ」ピンチョンは、きわめて批判的かつ冒瀆的な悪口雑言をわめき散らすのを必死で抑えていることを示すようにあごを動かした。「あれが沈んだらトランスポンダーの信号が消えることを願わねばならない。無線電波にとって、水はとてもすぐれた阻害物質になる。だけど、この河がそんな効果をもたらすくらい深いかどうか、定かじゃない」

ハクスリーは船に襲いかかってくるあらたな肉の群れを見つめた。ピンチョンが曳光弾をまた短く解き放つと、罹患存在たちはひょいと身をかがめた。「この調子だとすぐに弾切れになりそうだ」

「あいつらがあの船を沈めるのにあんなに執心している理由がわからん」ハクスリーは言った。「つまり、あいつらはみんな頭がおかしいんだよな？　あの病気が連中をそんなふうにした。なのにこれは集合的な努力だ……」

瞬間的にわきあがった水に船が姿を消し、ハクスリーの推測は途中で終わった。あまりに近いところで爆発が起こったため、その音に一行は呑みこまれた。風防ガラスに蜘蛛の巣状のひびが走り、ハクスリーとピンチョンは両手で耳を押さえて、うずくまった。船は爆発の余波で縦横に揺れたのち前進の動きを再開した。耳鳴りが徐々に弱くなってはじめて、ハクスリーはエンジンが再稼働していることに気づいた。

橋の影が一行の頭の上を通り過ぎていったとき、ハクスリーは船尾甲板に向かい、プラスが数発の別れの銃弾を罹患存在たちに届けているのに気づいた。霧が濃くなり、なんの細部もわからなくなったが、橋桁に奇形の肉体の大きな集まりが鈴なりになっているという印象を受けた。連中の束になった、地獄の合唱がエンジンの轟音に紛れて聞こえなくなっていった。

下を見ると、リースが宝物を詳しく調べているのが見えた。さまざまなノブやスイッチを自信なさげに慈しみながら手で触っていた。「クソ」そう言ってリースは眉根を寄せながらハクスリーを見あげた。「あれだけ血や内臓があったのに、組織サンプルを取ってくることを思いつかなかった」

第九章

橋から少し離れたところで衛星携帯電話が鳴りだした。はじめてハクスリーはそれを無視したい衝動に駆られた。目に見えないいじめっ子がエンジンを停止させるのにどれだけ時間がかかろうとも鳴らしたままにさせたかった。ピンチョンがハクスリーの気分を読み取り、なかば謝るような渋面をこしらえてから手を伸ばして、緑色のボタンを押した。

「選択の余地はない。わかっているだろ」

「死傷者はいるか？」電話の声はいつもながらの抑揚を欠いた口調で言った。

ハクスリーは頭に手を走らせ、またしても記憶の痛みがうずいた。たぶん、その昔、電話を保留にしてひどい経験をしたことがあるのだろう。「いや」

「ほかにだれか混乱した思考または根拠のない攻撃性という兆候を見せている者はいるか？」

「いない」

「もう一艘の船の状況を説明してくれ」

「小火器発砲による内部の広範な被害が生じていた。生存者はいない。死体がふたつあった。カーロとターナーだ。殺人と自殺。ふたりとも感染していた」

「なにか興味を惹くもの、あるいはあなたがたの任務に価値があるものを回収したか？」

椅子の一脚に結わえつけている顕微分光光度計のほうをちらっと見る。「いや。時間がなかった」事前にこの嘘についてほかのメンバーと話し合っていなかったが、彼らはだれも異議を唱えなかった。「おおぜいの罹患存在たちが姿を現したんだ。こちらの存在に腹を立てているようだった。実際のところ、おれたちを止めようと協力して行動していた。それはどういう意味なんだろう？」

回答があるとは思っていなかったので、次にやって来た返事の長さと詳しさにハクスリーは驚いた。「大半の罹患存在は、感染から四週間以内に妄想と死に屈するが、そうではないものたちもいる。独立した行動をつづけるものもいれば、階級組織的になり、捕食性の特徴を示す集団を形成するものもいる。そのいずれもが縄張りに侵入してきたと受け取られる相手に対して、きわめて攻撃的になる」

「もしそういう行動を取るのであれば、連中は完全に頭が壊れているはずがない。やつらの一部はまだ思考能力があり、意思疎通ができる」

短い間があり、一回だけクリック音がした。「あなたの共感は筋違いであり、この任務の成功には無関係だ」

「あんたらの任務だ」

「あなたたちの任務でもある。それが本当かどうか、こちらにわかる術はなかった」

「あんたはそう言うがね。参加は完全に自主的なものだった」

もう一度クリック音。「その点に関してこれ以上話し合うのは意味がない」船は水深の深い箇所に近づいてきており、そこで暗いあいだは停止する。あなたたちは休息を取らねばならないが、安全確保のための監視はつづけるように。明け方に船が再稼働し、そのときさらなる指示を提供する」

「わかった」ハクスリーはつぶやき、耳慣れたクリック音と沈黙がつづいた。「おれもクソ喰らえと思ってるよ」

「複雑な有機化合物だわ」リースは唇を結び、顕微分光光度計の接眼レンズから目を離した。代わりになるサンプルがないため、二本余っている注射器の一本の中身を調べてみることにしたのだった。ピンチョンが周囲の水域を監視しつづけている操舵室に近いところにある収納箱をひっくり返し、その上にリースは装置を置いた。顕微分光光度計の台座にはスライド式の仕切り区画があり、スライドや注射器、さまざまなそれ以外の役に立つ道具が入っているのがあきらかになった。

衛星携帯電話が沈黙してから一時間後、約束通り、船は止まった。エンジンは間欠的に位置を維持するためのうなりをあげはじめた。霧の向こうに陸地はなにも見えなくなり、夜になると、廃墟と化し、溢れた水に浸かっている都市ではなく、広大無辺な大海原のまんなかに浮かんでいるような印象を与えられた。遠くの叫び声が霧を通して届いたが、橋のところで襲ってきた集団のような団結した耳障りな合唱の兆候はなかった。

「見てわかるようにさまざまな要素がたくさん並んでいる」リースは顕微分光光度計に取り付けられている小型の広げて使用する画面を身振りで示した。台座ユニットにはめこんだスライドの中身がそこに映っていた。ハクスリーの目には、化学記号と数字が重ねられたピンク色と灰色の汚れにしか見えなかった。リースは、生化学知識の欠如を訴えていたにもかかわらず、なんの苦もなくそれを読み取っていた。

「でも、それは驚きでもなんでもない」リースはつづけた。「重要なものに付け加えられているものにすぎない」

「では、その重要なものとは？」ハクスリーが問いかける。

「さまざまな量のデオキシリボ核酸とタンパク質。短く言えば、幹細胞。分光器の分析では、アルミニウム塩の存在も確認されている」

「どうしてそれが重要なの？」プラスが訊いた。

「アルミニウム塩は、多くのワクチンによく使われている抗原性補強剤《アジュバント》なの」

「アジュバント？」ハクスリーは訊いた。

「化合物の主成分の効果を補強する物質を指す医学用語。ワクチンでは、アルミニウム塩は生体の炎症反応を高めるために用いられている。それにより免疫反応を刺激して抗体の生産量が増加する」

抗体……。もう一艘の哨戒艇に書き殴られていたもののことをほかのメンバーに話すという考えが持ちあがったが、またしても警察官の勘によって鎮められ、ハクスリーの心から消えた。

「ということは、それが接種原なんだ」プラスが言った。

リースは顕微分光光度計のディスプレイを見て、首を横に振った。「かならずしもそうじゃない。アジュバントは、ほかの薬物療法にもよく使われている。その可能性が高いけれど。けれども、わたしの記憶のなかに残っているもののなかに、ワクチンに幹細胞を使ったという情報はないんだ」

「だが、それがなんであれ、おれたちをこの病気に免疫があるようにさせているかもしれないんだろ」ピンチョンが言った。「つまり、おれたちのだれもまだ感染した兆候を示していないように思える」

「ディキンスンは発症したぞ」ハクスリーが指摘した。

「だって、彼女はまだあの注射を打っていなかった」プラスが言った。

「それでもうひとつの疑問が持ちあがる——もしあれがなんらかのワクチンだとしたら、なぜこの旅のかなり奥まで進むまでわれわれは接種しなかったんだろう？」

「とっくに接種していた可能性はある」リースが言った。「あの電話は、わたしたちが打った注射がブースターだと言っていた。ワクチンのなかには二度目の接種をしないと完全に効果が出てこないものがある。それに腎臓の上にある傷痕を忘れないで。ひょっとしたら、なんらかの手術を介在させないとうまく機能しないのかもしれない。たぶん内分泌系になんらかの改造をほどこさないと。ディキンスンに関して言うなら、まったくおなじふたりの人間はいないの。人は疾病に対して異なる反応を示す。おだやかな症状しか発症しないものもいれば、まったく発症しないものもいる。ワクチンを打たずとも自然免疫を持つ人もいる。ディキンスンはたんに他人より感染しやすかったのかもしれない。もしそうならブースター注射を打っても、彼女を救うことはなかった可能性がある」

ピンチョンは顕微分光光度計のほうへうなずいた。「そいつでおれたちの血液を調べられるだろ？　感染しているかどうか確かめてくれ」

リースはうなずいた。「だけど、比較するためのサンプルが要る。感染したサンプルが。だけど、ここにはそれがない」

「乗務員船室にディキンスンの血液が少し残っている」プラスが提案した。

「乾燥して、汚染されているわ」リースは船尾の先で深紅の渦を巻いている霧のほうを向いた。「検証可能なサンプルが欲しいなら、それを取りにいく必要がある」

今回、リースは居残るべきだとピンチョンが主張した。「彼女の専門知識が必要だ。彼女が生きて分析できないのなら、死体を持って帰る意味がない」

プラスはピンチョンに満面の笑みを向けた。「とても励みになる言葉ね」

ピンチョンはゴールディングを無視したのとおなじようにプラスを無視し、数分かけてリースにチェーンガンの基本的な操作方法を教えた。「とてもシンプルなんだ」ピンチョンはリースにジョイスティックを操作させた。ひび割れた風防ガラスの向こう側で機関砲が移動し、傾ぐ。それに合わせてモノクロ・ディスプレイが動く。「砲身が見ているものをカメラも見ている。低照度モードに設定されており、近づいてきたものがどんなものであれはっきり見えるはずだ。画面中央の的は、引き金を引けば完全に破壊されるだろう。

発砲する必要がある場合、軽く引き金に触れてくれ。短期間の連続発砲に限る。火力はたぶん十五秒分しか保たないだろう。だから、一度に撃ち尽くさないでくれ」

　暗視ゴーグルをはめるとハクスリーは頭部に違和感を感じた。ストラップの締め付けがきつすぎ、重くて着用しつづけるのが面倒だった。「こいつであまり訓練しなかった気がする」ハクスリーはそう言いながら、制御装置を操作した。緑色のごちゃごちゃしたものが視野に浮かびあがり、ピンチョンがダイヤルを調整してくれて、理解できるものに落ち着いた。ハクスリーは見えているものの明晰さに驚いて目をしばたたいた。霧が消え、両側に穏やかな水面が帯状になっている地域が見えた。南側の岸は、建物の鋭角的かつ直線的のものがたっぷりある一方、北側の岸はいずこもなかば水に浸かった木々と緑地だった。

「フロリダのエヴァグレーズ湿原みたい」プラスは言った。自分のゴーグルを稼働させ、かすかな電子音がした。「アリゲーターがいないかな」

「そいつのバッテリー寿命はあまり長くない」ピンチョンはゴムボートの船外モーター横の所定の位置について言った。「せいぜい二時間だ。だから、うろうろできない。罹患存在をひとり見つけて殺害し、持って帰る。チェーンガンが鳴りだすのが聞こえたなら、この任務を放棄する。反論は認めない」

　ピンチョンは南側の岸を選んだ。住宅地区のほうが罹患存在を見つける可能性が高いだろうという理由からだった。船から数百ヤード離れ、明かりの点いていない一棟の共同住宅が黒いモノリスのように前方にぬっと現れたとき、ゴムボートの船体が水面下の目に見えない障害物の上を擦りはじめた。

「庭だ」ピンチョンは結論を下し、船外モーターを切り、緑色のゆらめきを覗きこんだ。立ちあがり、水に片足を浸けた。膝まで浸かって足がついた。ピンチョンはカービン銃を肩から外し、声を潜めて言った。「ここから徒歩で向かう。おれが先頭に立つ。ハクスリーはしんがりを務めてくれ。プラス、この任務をおこなっている理由を忘れるな。おれがそう言わないかぎりサンプルをバーベキューにしないように」

プラスは敬礼の真似をして火炎放射器を担ぎ、ゴムボートの横から滑り降りた。ハクスリーはゴムボートの船首ロープを摑んで水のなかに足を滑りこませた。ゆっくりとした動きで、水飛沫をあげないようにする。水のなかを掻き回したところ、重くて硬い金属が見つかり、庭に置かれた家具にちがいない、とハクスリーは推測した。それにロープをくくりつけてから、ピンチョンが出発するのを待って、プラスのあとにつづいた。

ハクスリーは真正面にある共同住宅の両開きのドアに向かった。レーザー照準の細くてきらめく光線を左右に向けて、標的をさがす。ドアはあいており、その先の廊下に水が浸入していた。ピンチョンは急がぬ足取りでなかに入り、カービン銃の狙いを階段に向けた。

その場所は腐敗と下水のにおいが漂い、なにかそれよりも鼻をつんとさせる悪臭もしていた。

「腐敗には独特のフレーバーがするって気づいていた?」プラスが修辞疑問の形で訊ねる。暗視ゴーグルの変容した世界を通してプラスを見ると、なにかいっそう不安にさせるものに変わっているとハクスリーは感じた――あきらかにサイコパス的傾向があるにせよ科学を好んでいる、伝統的な意味で魅力的な女性というよりも、にやにや笑っている、ガラスとプラスチックの目をしたゴブリン。彼女はほんとうに科学者なんだろうか? その疑問はいままで浮かんだことはなかったが、急に関係があるように感じられた。それともたんに数多くの本を読んでいるだけだろうか? 時間がたっぷりあるときにやるたぐいのことのように。囚人、あるいは施設に収容されていた人間のように。

共同住宅の一階には、住戸が三戸あった。ピンチョンが一行を率いて、各戸を順序立って捜索し、二戸が無人であり、一戸には死体がひとつあるのを確認した。その死体は寝室の一部屋のベッドに寝ており、家のなかのガラクタ類が浸水に浮いて、マットレスに打ち寄せていた。死体は死後数週間が経過しており、感染の目立つ症状は見られなかった。年齢と身元は死とゴーグルのモノクロのフィルターのせいで、よくわからなかった。

「パラセタモール(解熱鎮痛剤)とプロメタジン(精神安定剤)」プラスはナイトスタンドから空にな

った二個の薬瓶を手に取って言った。「それで十分かな」

「その道を選んだとしても責められないだろう？」ピンチョンは天井を見あげて言った。

「人は危険なときには高いところを求める傾向がある」

二階に通じる階段には、あらたな死体があった。腐敗がはるかに進んでおり、感染の兆候も明白だった。ウェストミンスター橋の近くにあった死体と同様、背骨に沿って同様の隆起があったが、もっと広範囲に広がっていた。歪んだ死体は階段にうつぶせに倒れており、背中から伸びる突起物は植物の根のようにもつれて、手すりにからんでいた。それらの突起物からは蔓が生えていて、壁や上の階の階段まで伸びていた。

「感染した人間はみな、死んだら植物の鉢みたいになるようね」プラスは手すりを包んでいる膨らみをしげしげと見た。ベルトからナイフを抜き、その膨らみを一部切り取った。ナイフの刃は繊維質の中身になかなか切りこめなかった。「これで足りるんじゃない？」プラスは顔をしかめ、この目的のため持ってきた空の糧食保存バッグにサンプルを入れた。

「血が必要だとリースは言ってた」ピンチョンがカービン銃の銃口で死体をつついた。

「こいつは乾き過ぎている」

一行は先を進み、あらたに四住戸を見つけた。いずれも室内は乱れていたが、生死にかかわらず、住民はいなかった。階段に戻りかけたところ、なにかが聞こえた。くぐもっていたが、上の階でなにかを叩く音がはっきりした。ピンチョンはその場で待機を合図するため、ほかのメンバーに向かって握った拳を掲げた。三人はさらに耳を澄ました。最初、なにも聞こえなかったが、次の瞬間、あらたな柔らかな叩く音ではなく、もっとかすかだが、それでも耳をそばだてずにはいられない音が聞こえた。ピンチョンが仲間を率いて階段に引き返すとその音は徐々に大きくなり、ハクスリーはその音に本能的な切迫感を感じた――哀れで、抵抗しがたい音。子どもだ。泣いている子どもがいる。

暗視ゴーグルは、次の廊下を典型的なくっきりした明暗に染めていたが、廊下のどんつきにある住戸の少しあいているドアから漏れている光の輝きだけが別だった。泣き声が徐々に大きくなり、突然甲高い啜り泣きに変わって、ハクスリーはドアに向かって駆けだそうとした。

「落ち着け!」ピンチョンがハクスリーに強く囁き、前腕で相手の胸を押さえた。「ゆっくりだ、警察官先生」ピンチョンはハクスリーの視線を一拍受け止め、プラスにうなずいた。プラスは片方の眉を持ちあげ、火炎放射器を肩に担いでから拳銃を抜いた。ドアに近づいていきながら、彼女は自分のゴーグルを外そうと手を伸ばし、室内からの光の眩《まぶ》しさに視野が覆い尽くされそうになって、ハクスリーもおなじ行動を取った。

プラスはしゃがみこみ、ドアを肩でそっと押した。拳銃を両手に持ち、室内に向ける。

ゴーグルの増強がなければ、住戸からの光は驚くくらい弱く、青白いちらつきに過ぎず、なにかをあらわにするというより隠すように見えた。プラスはしゃがんだ姿勢のまま室内に入り、ピンチョンが自身の拳銃を抜いて、すぐあとにつづいた。ふたりを追い、ハクスリーはリビングに通じている短い廊下を目にした。リビングは倒木に侵入されたのに違いないと最初ハクスリーは思った。不十分な明かりが網の目のようにからみあう伸びた物体に一定しない光を投じていた。それらは部屋の中央に倒れているふたつの死体から生えているようだった。伸び広がってこの空間を埋め、天井とまわりの壁まで強引に手を伸ばしていた。

右側のドアから明かりは漏れており、それは止まらぬ泣き声とおなじだった。ハクスリーはその音に痛みを聞き取った。肉体と心の痛み。またしても自分をまえに急きたてる喪失とまったくの絶望の誘惑。彼女を見つけろ！　彼女を助けろ！　ピンチョンとプラスを肩で押しのけ、ドアを蹴りあけ、まだ見ぬ幼児を助けようとする衝動に抵抗しようとして身震いする。泣き声がとても惹きつけられるものであると同時に、ハクスリーの頭に警報を鳴らした――これはおかしい。警官の勘のあらたな例かもしれなかった。あるいはもっと原始的ななにかかも。だが、このドアの反対側にあるものを見たいという願望を感じず、手を伸ばしてドアをそっとあけようとしているプラスに警告を叫ぶ切迫感を鎮めすらした。

プラスが部屋の占有者に懐中電灯の光を投じると、泣き声は消え、怯えたあえぎに変わった。かつては寝室だったとハクスリーが思った部屋の中央に、その人影はうずくまっていた。部屋が変貌していて、細部の多くがはっきりしないものになっていた。根っこのような蔓が床と壁と天井を覆っていた。有機的なねじれの下に一枚のポスターの片隅がちらりと見えた。ハクスリーが名前を言えないどこかのロック・グループのポスターだった。それを見ても記憶の痛みが起こらなかったことから、単に知らないせいで名前を知らないのだろう。

ちらつく光は、ねじれた成長物でできた絨毯の中央に置かれた電気カンテラから放たれていた。あきらかにバッテリーがへたりかけており、いらいらさせるくらいちらついていた。毛布をまとった人影は、プラスの懐中電灯の光を浴びて、くすんくすんと鼻を鳴らし、身じろぎした。すると、その光線は室内を過り、あちこちを照らしたが、ハクスリーがさらなる詳細を見分けられるほど長くはひとところに留まらなかった。

「あなたたちは……？」人影がしゃべるとプラスの懐中電灯がそちらにいきなり戻った。その声は小さく、びくびくしており、吐息のようだった。「あなたたちは……消防隊なの？」

「なんて言った？」プラスが訊いた。

「来てくれるとママが言ってた。こんなにもひどいことになりだしたときに。『泣くんじゃない』とママは言ったの。『消防隊が来て、連れてってくれる』って」なかば押し殺したすすり泣きを漏らし、鼻をぐずぐず鳴らしながら、人影は頭をまわし、毛布の縁の下から、明るい濡れた片方の目を覗かせた。

「へー」プラスは応じた。「それはいつのことだったの、お嬢ちゃん？」

「何日もまえ……何週間もまえ。わからない」すすり泣きが戻ってきて、神経質なむせび泣きも混じった。泣きながら人影は身震いし、徐々に嘆きを抑えながら、プラスのほうを向いた。いまや顔の大半があらわになっていた。青ざめた女の子の顔。濡れた砂がまだらにこびりついて、目には必死の期待感を浮かべている。ハクスリーは少女が八歳か九歳だと見積もった。「あなたは……」少女はプラスのほうに体を傾け、毛布が膨らみ、隠れていた手を持ちあげ、その手を伸ばそうとする。「あたしを連れてってくれるの？」

「ああ、勘弁して」プラスは嫌悪感をあらわにして言った。そして少女の頭を撃った。

ハクスリーの本能は、警官のものであれ、単純に人間のものであれ、カービン銃の台座を肩に押し当て、プラスの後頭部に照準を合わせ、引き金を引こうとさせた。発砲しようとしたところ、ピンチョンがハクスリーの武器のフォアストックを摑み、銃口を強引に逸らした。力をこめてぐいっと動かしたので、ハクスリーは発砲をためらった。

「止《よ》せ！」ピンチョンは命令する目つきでハクスリーをにらみつけ、部屋の中央の死体にぱっと首を向けた。「見ろ」

プラスがまえに進み出て、かがんで毛布を引き剝がした。現れた死体は膝のところまでは完全な状態だったが、そこで四方八方に広がる蔦の塊に変貌していた。すべてが壁と天井の混沌として格子に繋がっている蔦の母体だった。また、重要なのは、その体が男性のものだったという事実だ。ろくに運動していない中年男性の垂れ下がった腹が、ぱっとしない性器を部分的に隠していた。しかしながら顔は八歳か九歳の少女のままで、額に銃弾の穴があいていた。

「あんたの言う通りだった」プラスがハクスリーに言った。罹患存在の様子を研究するかのように首を傾げて、プラスは様子を伺った。

その口調の淡泊さにハクスリーは激怒した。そのまったくのちぐはぐさと無関心さが彼女を撃ち殺そうというあらたな衝動に燃料をくべた。ハクスリーは深呼吸をして、カービン銃のピストル・グリップからなんとか手を離した。「なんだと？」

「連中はまだ考えることができる」プラスが説明した。「これは等身大のハエトリグサみたいなもの」プラスは精査の視線を部屋のまわりに移し、隅にあるなにかを懐中電灯で照らした。丸くて青白いなにかを。「うまくいったようね。とにかく一度は」

照らされた物体に近づいていくとハクスリーはそれが大量の蔦のなかに沈んでいる骸骨だと認識した。必要以上に綺麗になっているようだった。皮膚や頭髪の残った部分がなかった。「こいつが食べたんだろうか？」ハクスリーは驚いた。

「ほかになにをすると思う？」

「ランダムなんだと思った」ピンチョンが考えこみ、ハクスリーは振り返ると、ピンチョンが子どもと成人男性のおぞましい合成物に近づいて眺めているのを見た。

「なんだって？」ハクスリーは訊いた。

「この病気だ、それがしていることが。リースはなんと呼んでたかな？」ピンチョンはカービン順の銃身で少女の首の滑らかな肌が、胴体のたるみと接している箇所をつついた。

「急速な形態変化。どんな形態になるかは、たんなる運の悪さによるものだと思っていた。これはそうではないことを示唆している」

「この罹患者が自分で望んでこうなったと思っているのか？」

「そうかもしれないし、そうでないかもしれない。こんなに急に変わってしまった世界で生きつづけたいと願うなら、じつに有用な形態に思える」

「役に立たない推測で時間を無駄にしているよ」プラスはしゃがみこんで、殺した罹患存在を試しに押してみた。「こいつをこれから全部切り離したとしても運ぶには大きすぎるな」

金属のこすれる音が聞こえ、ハクスリーが振り返ったところ、ピンチョンが軍用ナイフを抜いていた。「全部を持って帰る必要はない」

ハクスリーが最初に彼らを見た。暗視ゴーグルを再起動させたとたん、動く緑色の靄が視野に飛びこんできた。建物から出る際、ハクスリーが先頭に立ち、プラスがあらたに膨れあがったリュックサックを背負ってつづき、プラスが後方を守った。一階におりるのはなにごともなく、プラスの発砲が気づかれなかったという楽観的な考えを掻きたてた。それはまちがいだった。

「左に敵！」そのフレーズがどこから出たものか定かではなかった。これもまた深く染みついた訓練の賜《たまもの》で、口から警告の言葉が出ると同時にカービン銃を構え、発砲を開始した。羅患存在たちの敵意は動き方に明白に表れていた。一ダース以上のあいまいな人間の形をした連中が浸水をかきわけ、突進してきた。相手が向かってくるとハクスリーは彼らのあげている叫びが、橋の上にいた羅患存在の集団から発せられる攻撃的な合唱の、規模は比較的小さいが、まだ理解可能なバージョンだと認識した。

最初の一匹は即座に倒れた。中央の塊に向けた二発が、そいつを倒して、派手な水飛沫をあげさせた。ハクスリーは右側に狙いを調整し、また発砲するとあらたな一匹を倒した。左に調整し、すばやい連射でさらに二匹を倒す。

「移動するぞ！」ピンチョンが叫び、数ヤード駆けだし、足を止め、発砲した。プラスがふたりの横を水を撥ねながら追い越すと、立ち止まって拳銃から数発放った。三人はその重なり合う隊形をゴムボートに戻るまでつづけた。プラスが最初にゴムボートにたどり着くのを目にして、銃弾が命中したときだけ止まった。羅患存在の群れは銃火にはひるまず、ハクスリーは狼狽した。プラスがゴムボートを乗っ取り、ハクスリーとピンチョンが乗船する機会を得るまえに離れていくことをなかば予想した。だが、プラスはそうしなかった。火炎放射器を船のなかに置くと、かがんで船首のロープをほどき、ゴムボートをきちんと支えた。

「ほら」ピンチョンはゴムボートに乗りこみ、火炎放射器を掬いあげた。「すべての動物は火を怖がる」ピンチョンはその武器をプラスに放ると、船外モーターに手を伸ばした。ピンチョンが電気モーターを始動させ、プラスが火炎放射器の用意を整えると、ハクスリーは足を止め、さらにふたりの羅患存在たちを撃ち倒した。プラスはためらうことなく火流を解き放ち、長さ二十ヤードの炎の柱で左右をなぎ払った。そのぎらぎらとした光に目がくらみ、ハクスリーは暗視ゴーグルを顔から引き剝がして、ゴムボートに乗りこんだ。

ボートのまんなかに腹ばいになり、カービン銃をプラスの左側に向けたところ、頭から膝まで炎に包まれた人影を目にした。痙攣を催しているような苦痛に悶えたあげく、水中に姿を消した。

プラスの火炎放射器が放つ炎の流れが緩まり、やがてちろちろとしか出てこなくなると、ハクスリーはふたたび発砲をはじめた。ゴーグルがないと鮮明な標的を捉えられず、叫び声目がけて発砲する。「あらゆるいいことには必ず終わりが来る」プラスは気の利いたことを口にして、後悔まじりの吐息をつき、空《から》になった火炎放射器を投げ捨てるとゴムボートの舳先に潜りこんだ。プラスが拳銃を抜いて、ハクスリーのおそらくは実りのないであろう集中射撃に加わる一方、ピンチョンはスロットルをあけ、船体にすばやく弧を描かせた。ハクスリーは体をひねり、この場所の共同庭園を構成している木々と浸水していない藪を舐めまわしている炎にカービン銃を向けた。弾倉がかちりと音を立て空になってはじめて、発砲を止めた。

第十章

「じゃあ、こんな様子をしているんだ」

顕微分光光度計の画面に映し出された映像は、ハクスリーにはほとんど意味のないものだったが、少なくとも審美的には皮下注射器の中身よりはるかに醜いことに気づいた。分子はぎざぎざの黄色い輪郭が付いた黒いもので、赤い斑点がある内部は、ひっきりなしにのたうっていた。

「ええ」リースの表情は眉をひそめた険しいもので、わかちあえるいい知らせがないんだ、とハクスリーは結論づけた。リースは夜明けの一時間まえに分析を開始して、エンジンが再始動するまえに終了させようと願っていた。ピンチョンのリュックの中身を見て、リースは激しい嫌悪感を示した――切断された成人男性の首の上に幼い少女の頭部が載っているのは、確かに不快なものだった。仕事にとりかかると、すぐに取り乱した態度は消えた。軍用ナイフの一本を使って頭蓋を切開し、注射器で必要量の体液を抜き取った。その物質の水滴をスライドに載せると、それを顕微分光光度計の台座に差しこんだ。

「このサンプルにはこいつが大量に含まれている」リースはつづけた。「チビの高速増殖クソ野郎みたいね」

「なんと呼ばれるものか、なにか考えはあるかい？」ハクスリーが訊ねた。

リースはまったくおもしろいと思っていない笑い声を吐きだした。「この病気が流行するまえに医療の専門家がこれを見たことがあったとしたら驚きだわ。ウイルスではない、と言える。こいつの形態学と化学構造は、むしろバクテリアに似ている。いい知らせは、この特徴となる見た目と急成長を考慮に入れると、別のサンプルでこいつの存在を確認するのは難しいことではないということ」リースは新しい注射器に手を伸ばした。「だれが最初に調べたい？」

不安が極限に達していたため、リースが針の先端を腕に押しこんだとき、ハクスリーはそれをほとんど感じなかった。船に戻ってきてなんとか一時間ほど途切れがちな睡眠を取っていた。そのとき見た夢にまたしても苛《さいな》まれていた。その美しいくらいの明晰さが恐ろしかった。今回の夢では、皮膚に当たる砂混じりの風を感じ、青い海から吹きつけてくる強い風の音を耳にした。海の上にはそれよりもずっと青い空が輝いていた。だが、美しいのはそれだけじゃなかった。つば広の帽子を被ってハクスリーから顔が見えない女性に彼は手を伸ばそうとしていた。楽しげに体をくるりと回していると思ったその動きは、いまやハクスリーに触られるのを避けようとしているように思えた。ハクスリーのほうを向くのに女性が同意したとき、帽子が落とす影が消え、女性の目が見えた。険しい表情を浮かべ、涙にくれている。女性はなにか言いかけたが、ピンチョンに揺り起こされ、夢は消えたのだった。

「うん、いるわ」リースは顕微分光光度計との謎めいた交信をおこなったのち、報告した。最初、画面には赤い血球以外、ハクスリーにはなにも見えなかったが、リースが倍率を調整すると、おなじ醜い黒い細胞がくっきり浮かびあがった。「比較的小さいけれど」リースはボタンを押し、さらにいくつか設定を変えた。「発現数も少ないけど、それは場所によるかもしれない。こいつはまず脳に影響を与えることをわたしたちはわかっている。脳の血管のなかでより多く繁殖するように。そして――」リースは計器が示す情報をもっと詳しく見た。「――自動性が低い。活動休止中とは言えないまでも、完全に活発ではない」

リースは全員のサンプルを採取し、自分自身の血液を最後に調べた。どのサンプルもおなじ結果を出した。興味深いことにハクスリーの緊張は、その知らせを受け入れて減った。そこに避けられない事実があると感じた。この旅を生き抜くなんらかの希望は幻想に過ぎないという確認だった。五人の、画家の船に書かれていた生硬な落書きを思い出して、ハクスリーは考えた。失敗。彼らは成功しなかった。なぜおれたちが成功する？

「ということは、おれたち全員がこいつに感染しているわけだ」ピンチョンが言った。

「だけど、あまり悪さをしていない」

リースは首を傾げた。「だいたいのところは。問題は、なぜか、ということ」

「あの注射」プラスが言った。「わたしたちが接種したのがなんであれ、あれが進行を遅らせている」

「その可能性はある」リースは画面を見つづけながら眉間に皺を寄せた。「症状が出ていないことを説明している」

「確信があるようには聞こえないぞ」ハクスリーが言った。「ブースターのことであいつらが嘘をついたと考えているのか？」

「そうかもしれない。でも、記憶のほうにより関係していると思うの」リースは自分の頭の傷痕を指し示した。「ディキンスンは記憶を一部恢復して、その結果……」

「おかしくなり、ピンチョンが彼女を撃った」プラスがその発言を締めくくった。「それで？」

「それで、この病原体はどういうわけか脳の機能に関連があるように思えるの。記憶はわたしたちの認識装置の一部。これまで出会った罹患存在はどいつもこいつも妄想的行動を示していた。ノートパソコンの若い女性がこうむった外見の変化は、彼女が嫌な母親との電話のことばかり考えるようになって悪化しはじめた」

「連中がおれたちの記憶を取り除いたのは、おれたちを守るためだったと考えているんだな」ハクスリーは言った。「記憶が発症の引き金なんだ。開放創のように、記憶がおれたちを感染させる」

「わたしたちはすでに感染している。だけど、思い出す行為が刺激として機能している可能性がある」

プラスがリースに向かって顔をしかめた。「精神的《サイキック》な病気？　よしてよ」

「記憶は脳の生理的なプロセスよ。シナプスのネットワークを経由して電気化学信号が交換される。そこにはなにも超自然の要素はない。もしこの病原体が活発化するのにそのプロセスが必要だとしたら？」

「つまり」ピンチョンが言った。「おれたちが記憶喪失でいるかぎり、大丈夫なのか？」

リースが腕組みをするとハクスリーの不安がまたこみあげてきた。「ひょっとしたらね。だけど、事実は、わたしたちは大丈夫じゃない」

「どうして？」プラスが訊いた。「つまり、やつらはわたしたちの記憶を狙って手術をおこない、わたしたちの知るかぎりでは、それを完全に切り取っている」

「そのとおり。だけど、彼らはわたしたちが新しい記憶を作る能力を取り去らなかった。わたしたちの集合記憶は、二日ほど加わっただけかもしれないけど、それでもわたしたちの脳に蓄えられた経験なの。わたしたちはいまも思い出している。思い出すことが少ないだけ」

「長く生き残れば残るほど記憶が蓄積されていく」ハクスリーが言った。「こいつを活性化する可能性が大きくなる」

「それだけじゃなく……」リースはいったん口ごもり、険しい表情を浮かべた。「あきらかにわたしたちが受けた手術は、個人的な詳細や個人史などを思い出させないようにしたけど、もしそれらを完全に取り去ったとしたら、わたしたちは新しい記憶を形成することはできないと思う。わたしたちに思い出す能力を与えている有機的な装置は、わたしたちを人間として機能させているほかのあらゆるものと不可分な一部なの。それを全部切り離すことはできない。そして、最初に言ったように、脳は自己修復するものなの」リースはまた口を閉じ、両腕で自分の体を強く抱き締めた。「脳はわたしたちに夢を見させている。夢を見ているのがわたしだけなんて言わないで」

リースは期待をこめて眉を持ちあげ、三人と目を合わせた。共有された秘密、とハクスリーはプラスとピンチョンが気まずそうに身じろぎするのを見て、結論を下した。おれだけじゃなかったんだ。

「おれはビーチにいる」ハクスリーは言った。「そこにはひとりの女性がいる。彼女が何者なのかおれは知らないけど、昔は知っていたと強く確信している」

ピンチョンはゆっくりと息を吐き、顔を強ばらせ、警戒心を表に出すと話しはじめた。「どこかの埃っぽい村だ。空気は糞と煙のにおいがしている。地面には大量の死体。おれが殺したんだと思う」

「知ってる男の子がいると思う」プラスが言った。その感情を閉ざした表情から、それ以上の情報はやって来ないのが明白だった。

リースの目が曇り、自分を抱きしめてから腕をほどいた。「救急処置室。あわてふためいて、混沌としている。わたしは助けようとしているけれども、力が足りない。人が死につづける。そこにいる医者はわたしだけだと思う」

少なくとも一分間はだれも話さず、いまの話を咀嚼していたが、ピンチョンが口をひらいた――「夢は記憶じゃないのか？　眠っているときに思い出しているのでは」

「実際には」リースが返事をした。「夢に関して神経科学はかなり曖昧なの。わたしたちが夢を見る理由に関して、いまだかつてだれも納得いく進化論的根拠を思いつけずにいる。

もっとも信頼できる説は、眠っているあいだに脳が作り出すランダムな電子インパルスのたんなる副産物であるという見解に集中している。記憶は夢を見ている状態の主要部分であり、それは本当だけど、夢は記憶を作りかえる。ランダムなインプットを処理する際、脳は物語《ナラティヴ》を構築するという本来備わっているニーズにデフォルトで対応する。わたしたちが見ているものは、記憶かもしれないし、たんに頭のなかの数百万のシナプスがでっちあげたものかもしれない」

「無限の猿に無限のタイプライターを与えてシェイクスピア作品が生まれるようなものか」ハクスリーが言った。

「そのとおり。しかしながら、夢で見ているものはなにも信用できないけれど、こいつらはちょっと特殊すぎて、メモリ・コンポーネントを持っていないように思える」リースは顕微分光光度計画面をふたたび見た。「それを証明するのにもっと検査が必要だけど、このちっぽけなクソ病原体の数がわたしたちの寝ているあいだに増えていないなら、とても驚くわ」

「『あれは夢からはじまる』」ノートパソコンからアビゲイルが言った言葉を口にして、プラスの口元が冷笑的な笑みを浮かべた。「あの子はわたしたちに警告しようとしたんだ」

「だとしてもなんの違いもなかっただろう」ピンチョンは言った。「引き返すという選択肢はなかった」

「あんたにとってはね、たぶん」

「おれたち全員にとってだ。忘れたか、全員感染しているんだぞ。ここにおれたちを送りこんだ連中が何者であれ、おれたちがそうなるだろうと知っていたんだ。たとえもしなんらかの奇蹟が起こって、徒歩でこの街から脱出できたとしても、おれたちが受け取る唯一の歓待は、銃弾になるだろう」ピンチョンはリースに向き直った。「おれたちにはどれくらい時間がある？」

「確かなことを知る術はないわ。あきらかにわたしたちが受けた処置が多少の時間を稼いでくれたけど、わたしにわかるかぎりでは、こいつはいつなんどき加速するかわからない」

「病気に罹って死ぬだけのために、なぜわれわれを送りこんだんだ？」ハクスリーが訊いた。

「わたしたちが治療方法を見つけることになっているのかもしれない」プラスがほのめかした。

「もしそれが本当なら――」リースは顕微分光光度計を軽く叩いた。「――わたしたちがこいつを拾ってくるはずがなかった。彼らはわたしたちの環境を分析する方法をいっさい与えていない。いずれにせよ、わたしたちのだれもそのための専門知識を持っていない」

「きみを除いてな」ハクスリーが言った。

「わたしはここで暗闇のなかを手探りしているだけよ。わたしの役割はたんに全員を生き延びさせることじゃないかな。それに、考えてみて、この河を進んできてわたしたちがやっているのはそれだけじゃない？　わたしたちのグループとしての技能は、生き延びることに向いている」リースはピンチョンを指し示した。「戦闘スキル」指はハクスリーに移動する。「調査スキル。グループのだれかがいつなんどきモンスター化するかもしれないのなら、有用よ。ディキンスンは登山家であり、探検家で、生存のシナリオに習熟していた」

「ゴールディングは生まれついての逆境に強い人間《サバイバー》だとはおれには思えなかった」ピンチョンが意見を述べた。

「彼はかなりの生き字引で、その知識の一部は実際に役に立った。それにどんなに怖がり、泣き言をこぼしていても、一度もパニックに陥らなかった。われわれはみなこのために選ばれたのが、わたしにははっきりわかる。その選出はきわめて厳密なものだったにちがいない。パニックになりにくいというのは、重要なサバイバル特性よ」

「じゃあ、わたしは？」片方の眉をあげてプラスが訊いた。

リースは真正面から相手の視線を捉え、感情をこめず、誤解の余地のない口調で話した。「あなたの科学的洞察力は有用だけど、自身のニーズに異常に重点を置く態度がさらに生存の可能性を増している」

プラスは口を歪めたが、肩をすくめて言った。「わたしたちは仲良くなってきていると思ってたんだけどなあ」

「わたしたちがなんのためにここにいるのであれ」リースはつづけた。「研究やデータ収集や偵察のためじゃない。わたしたちが生きていなければならないなにか。少なくともいまのところは」

するとエンジンがかかり、船はつかのま加速してから、いつものさほどでもない速度に落ち着いた。ハクスリーは期待をこめて衛星携帯電話を見たが、それは鳴らなかった。

「不幸中の幸いだな」ピンチョンがつぶやき、チェーンガンのコントロール装置のある席に座った。「いまは、命令に従う気分じゃない」

一行はさらなる橋の下を潜り、ほかの橋の廃墟と化した残骸を通り抜けた。霧が河岸の多くを霞ませていたが、ときどき見える草木が先を進めば進むほど濃く、背が高くなっていった。橋もまた支柱や手すりをぐるぐると巻きついている根のようなものでどんどん飾られていた。「多すぎる」リースがカービン銃の照準をある特に生い茂った橋に向けてそうつぶやくのをハクスリーは耳にした。

「なんだ？」

「草木が多すぎる。廃棄されたインフラをジャングルが乗っ取ったみたいに見える。確かに都市は滅びたけど、自然はこんなにも早く変化しない」

ハクスリーは自身のカービン銃を構え、照準越しに北岸を見て、巨木の根元と思しきものを捉えた。最初、それはオークかイチイだと思った。根元の大部分は水に半分ほど隠れていた。だが、仔細に眺めてみて、根の重なり具合から、混沌としているがまだ識別可能なパターンを認識した。昨夜目にしたのと同種だった。

「自然じゃない」ハクスリーは言った。「昨晩見つけた死体のなかには芽を出しているものがあった。植木鉢みたい、とプラスは言ってた。あれは——」照準を霧に煙る河岸に沿って動かし、ねじれた草木が寄せ集まっているのに気づいた。「——あれはみんな人間だった。人を化け物に変えたときああいうことが起こるんだ」

「たんなる疾病じゃないな」プラスがつぶやいた。「多段階を経る有機体。新しい生命体だ」

「宇宙から来た？」ハクスリーはカービン銃を下げ、にらみつけてくるプラスににやりと笑った。「おいおい、その考えはまえにも浮かんだはずだぞ」

「アビゲイルはなにも言わなかった……宇宙船や隕石の衝突や空の奇妙な光のことを。もし宇宙からの侵略だとしたら、とても静かにやって来たにちがいない」

「だけど、ある意味で理にかなってる。いつそのことを考えた？」

「理？」

「きみがエイリアン文明に属していて、植民地にするのにうってつけのすてきな輝くブルーグリーンの惑星を見つけたとする。問題は、そこには数十億の知性のある猿が住んでいることだ。あるいはきみの見方によれば、その惑星にはびこっているとも言える。きみの到来に彼らは腹を立てるだけじゃなく、連中はあらゆる種類の汚染化学物質でその惑星を汚染しようと躍起になってもいる。連中にとって、これはわれわれが室内鑑賞用の植物に殺虫剤をかけるのと大差ないことかもしれない」

リースはかすかな笑い声をあげ、首を横に振った。「その説は買わないな。恒星間旅行が可能な種族はそんなややこしい手段に訴える必要がないでしょう。彼らのテクノロジーはわたしたちのよりはるかに進んでいて、神も同然になっているでしょう。そのうえ、光速で全銀河系を飛び回れるのなら、なんでわざわざここに来る？」

「先生、それに代わる説があれば広く門戸をひらいているよ」

「伝染病、パンデミック、そういうのは起こるものなの。歴史を通じて、毎世紀ごとに深刻な感染症の大規模発生は少なくとも一回は起こっている。今回のはこれまでのところ、たんにとても……珍しい」

「それがきみの説かい？　クソみたいなことは起きるものだ、って？」

「ダーウィンやアインシュタインみたいな説ではないことは認める。だけど、さらなるデータが手に入るまでは、この説に執着する」

そのとき、霧をついて、ある音が流れてきた。声だ。だが、罹患存在たちの集団が立てる耳障りなうめき声とは異なっていた。もっとリズミカルで、鋭いうなりが数秒間つづいたのち消えていった。少しして、ほぼ似通った音が聞こえたが、今回は距離のせいで薄らいでいた。

「あれはなんだろう？」ハクスリーはそう言って、耳をそばだてた。

「言語ね」プラスはハクスリーの隣に移動し、手すりに両腕を置いた。「連中は意思疎通をおこなっている」

「鳥みたいに」リースは同意する口調で言った。「あるいは猿みたいに。チンパンジーは木にのぼってうなることで警告し、縄張りからほかの群れを追い払う」

「たんに話せばいいじゃないか？」ハクスリーが訊いた。

「もうどうやって話せばいいのかわからない可能性がある」プラスが言った。「先生《ドック》が言うように、この病気は多段階にわかれている。感染が進めば、どんどん人間でなくなっていく。死んで木にならないかぎり」

呼び声は一分ほどつづいたあと静まり、また再開した。今度は声が大きくなっていた。声を発している目に見えない罹患存在は、こちらの船と平行して進んでいるようにハクスリーには聞こえた。

「あいつらはわたしたちを追いかけているのかな?」リースが怪しんだ。

プラスの目が細くなり、表情が強ばる。「そう思う。縄張り行動は侵入者への不寛容を意味する」プラスが大きく息を吸い、霧に向かって叫んだとき、ハクスリーは思わずあとじさった。「**あっちへいけ、ミュータントのクソ野郎!**」

すると、短い沈黙が訪れ、すぐにうなりが再開した。その声が大きくなっているのをハクスリーは感じ、プラスもなにか気づき、かなり困っていた。カービン銃をふたたび手に取ると、船尾甲板をうろつきはじめ、銃を繰り返し持ちあげたりさげたりして、捕食者の鋭い目で照準を覗きこみ、失望していらだちの声を漏らした。

その日一日、声はつづいた。一行の旅の絶え間ない、いらだちを募らせるサウンドトラックになった。ほかにすることがないので、リースは短い探索のあいだに手に入れた増殖物質のサンプル分析に取りかかった。ピンチョンは乗務員船室に引っこみ、自分たちの武器の分解と掃除、組立に着手した。ハクスリーは地図ディスプレイのまえの座席に座り、横長の青い線に沿ってゆっくりと動く点の行方とうんともすんとも言わない衛星携帯電話のプラスチック装を交互に見ていた。携帯電話の沈黙は策略かもしれないという考えが浮かんだ。自分たちの恐怖心を煽る手段かも。そんなことをする目的は、ハクスリーにはわからなかったが。そうではなく、この装置を制御している権力者たちは現時点でたんになにも言うことがないのでは、とも思った。あるいは、ハクスリーは考える。連中はこれ以上質問されるのを避けたいのかもしれない。

日が暮れるにつれ、プラスは船尾甲板での捕食者としての見張り番をつづけ、河岸から高まる不協和音と合わせるように煽りが増していった。その声はあきらかに憤慨した音調であり、複数の罹患存在が船の行く手を追いかけていることを示している声と重なり合っていた。

「一匹でいい」プラスがつぶやくのをハクスリーは耳にした。「たった一匹でいい。このクソいまいましい霧が……」

地図ディスプレイの監視を一時中断し、ハクスリーは操舵室の出入口にゆっくりと歩を進め、両手をそこの横木に置いた。まるでにおいを嗅ごうとしているかのようにプラスが話しながら鼻孔を膨らましている様子をハクスリーは見た。「あいつらのにおいがわかるのか?」ハクスリーはプラスに訊いた。

プラスは顔を引き攣らせ、頭をごくわずかに振った。「腐ったもののにおい、エヴァーグレーズと共通するなにかべつなにおいがする」

北岸から突然声が急激に高まり、プラスは身を翻すと、右舷の手すりに移動してカービン銃の狙いを靄のかかった深みに向けた。「いまは両岸にいる。数も増えている。わたしにはわかる」

渦巻く赤い靄のなかに動きを目にしたらしく、プラスの指はカービン銃の引き金にかかった。発砲衝動を抑えこんで力を緩めるまで、その指が震えているのをハクスリーは目にした。

「気を楽にしろ」ハクスリーがそう言ったところ、拒否するようなにらみが返ってきただけで、プラスは成果のない狩りを再開した。

「一匹だけでいい」プラスがそうつぶやくのを耳にして、ハクスリーは背を向け、操舵室に戻った。

「なにかあったかい?」ハクスリーはリースに訊ねた。顕微分光光度計にかがみこんでいる様子は、プラスの一点集中ぶりを思わせた。

「もしわたしが本物の生物学者だったら」リースはアイピースから目を離さずに言った。

「非常におもしろいという言葉を頻繁に口にしているでしょうね」

「珍しいのか？」

「繊維素《セルロース》構造を持つタンパク質を珍しいと言うなら、まさにそうよ」

「わかりやすい言葉で言ってくれないか？」

リースはため息をつき、顕微分光光度計から体を起こし、画面を起動するボタンを押した。そこに映った画像は、赤茶色の背景に細い楕円形が不規則につづいているように見えた。「植物のように見える」リースは説明する。「だけど、これは肉と、人間の組織からは通常見つからない数多くの化合物でできている。細胞分裂は驚くほど速くもある。文字通り、見るまに成長している」

「ということは、植木鉢云々というのは、当たるとも遠からずだったんだ」

リースはうなずき、眉根を寄せて同意した。「グローバッグ（野菜栽培用の土を入れた大きなビニール袋）のほうがより正確なアナロジーね。わたしの推測では、死は感染が別のモードに切り替わる信号だと思う。死体の有機物を利用して……この燃料にしている」リースは画面をタップした。

「枝分かれ構造を形成する自己複製細胞の」

「なんの目的で？」

「不明。だけど、この病気のライフサイクルとなんらかの形で関係しているはず。さもなければ、なんの意味《ポイント》もない」

「意味がなければならないのか？」

リースがハクスリーに向けた一瞥は、プラスの拒絶の視線とおなじくらい手厳しいものだった。「生命はつねに目的《ポイント》を持っている」

「で、それはなんなんだ？」

「わたしたちと共通しているもの――生存よ。種の存続」

ハクスリーは悲しげににやりと笑うと、腰をあげはじめた。地図ディスプレイに戻るつもりだったが、そのときリースの首に痣《あざ》があるのに気づいた。小さい痣で、平均的なほくろのような大きさと形をしていたが、きょうの朝にはそこにそんなものがなかったのをハクスリーは確信していた。「なに？」リースが訊いたが、突然衛星携帯電話が鳴って、ハクスリーの機先を制した。

まえに進み出ると、いったん立ち止まって梯子の上から下にいるピンチョンに叫び――

「ママとパパが電話をかけてきたぞ！」――操舵室の正面に移動した。衛星携帯電話が震動するのを見守っているうちにほかの面々がまわりに集まり、ハクスリーは緑のボタンを押した。

「死傷者はいるか?」

「いない」

「ほかにだれか……」

「そのくだらない決まり文句はもう十分だ！　もちろん、おれたちは攻撃性と理性を欠いた行動を示している。そうなっても不思議じゃないだろ?　さっさと話せ」

クリック音と沈黙がして、次に船のエンジンが止まった。「休息期間だ」携帯の音声は言った。「通信は七時間後に再開される。夜明けまでペアで交替制の監視をつづけるように。この地域の罹患存在は極端に敵対的だ」

「ここでおれたちがなにをすることになっているのか話す気はあるのか?」

「最終段階の指示は、まもなく出される。突然の精神的変化あるいは肉体的変化の兆候がないか、たがいに観察をつづけたまえ」

クリック音。沈黙。

「もしこの相手が本物の人間なら」ピンチョンが抑揚を欠いた一本調子の声で言った。「あいつらを追い詰めて殺せるようになんとしてもこの旅を生き抜いてやる。ゆっくりとな」

ハクスリーとリースが最初の見張りに立った。ハクスリーは前部甲板から離れず、リースに首の痣のことを話そうかどうか迷っていた。なんでもないかもしれない。そうではないとハクスリーにはわかっていた。彼女の感染状況が悪化しているからといって、残りのわれわれもそうだというわけではない。それも役に立たない楽観主義だとわかっていた。リースなら知りたいと思うだろう。たぶんそのとおりだろう。話したことに怒りを覚えるだろう。それもまたそのとおりだろう。

この繰り返される質疑応答のざわめきは、相容れないほかの考えの背景雑音で強調されていた。プラスのあらたに見つかった活発さ。ピンチョンのあらたに見つかった陰気な諦観。自分たちだけが化け物の住む街のまんなかにいて、全員感染しており、自分がまもなく死に、このクソったれな四日間よりまえの人生を思い出せもしないでいるという事実……。

おまえはなにかを見落としている。その主張がこみあげてきたパニックを厳しい、くっきりとした明晰さで切り裂いた。もし警察官の勘が声を持っているのなら、これがそれだとハクスリーはわかった。なにか重要なことを。もしそれに取り組まなければ、全員が死ぬ羽目になるようななにかを。

ハクスリーは上のほうを見た。霧の暗い渦が気張らしになるかと思ったのだが、罹患存在からのずっとつづく合唱がハクスリーから安逸を奪った。どんな形であれ、自分はたった生後数日でしかなく、恐怖の世界に派遣された幼児なのだという思いが心に浮かんだ。記憶がないのであれば、われわれは何者だ？　と、ゴールディングは訊いた。何者でもない。ゼロだ。自分は連中がスキルを残しておいたという、それだけの理由で大人のふりをしている子どもだった。役に立たせてくれているのが警察官の勘だ。では、いまそれを機能させればいいじゃないか？

考えることが多すぎる、とハクスリーは判断した。手がかりが多すぎる。余計なものを片づけろ。場所をあけろ。

リースがふたたび顕微分光光度計のところにいるのに気づいたが、彼女はなんの分析にも携わっていなかった。その装置に内蔵されたコンピュータには時計機能がついており、彼らにわかるかぎりでは、ディスプレイ画面に正確な時刻が表示されていた。

「わたしたちの見張りはあと十分」ハクスリーが操舵室に入るとリースは言った。

リースの首に視線をまとわりつかせないようにしようとしたが、それは無理だった。いまや痣は一ペニー硬貨ほどの大きさになっており、浅黒い赤色をしていた。「ちょっとまえに気づいたことなんだが……」

「これのこと?」リースは痣を指さした。「ええ、わたしも気がついている」

「残念だ……」

「やめてよ」リースは躊躇し、顔をしかめた。「あなたも痣ができているわ。左耳のうしろ」

すぐにその場所に手を当て、さぐり、確かめた。リースに指摘されなかったら、自分では気づかなかっただろう。盛りあがった小さな皮膚は、震える指で触れてみてもなんの痛みももたらさなかった。「じゃあ……」ハクスリーは息を呑み、乾いた喉をむりやり湿らせた。「はじまったんだ」

「どうなんだろう。なにか思い出した? つまり、まえよりももっと」

ハクスリーは首を横に振った。「あの夢だけだ。いまだにあの女性がだれなのかわからない」

「わたしもおなじ。記憶が引き金、それはわたしたちみんながわかってる」

「じゃあ、これはなんなんだ……?」答が浮かびあがり、ハクスリーは言葉を途中で切った。あまりにも明白であることに恥ずかしくなる。「ワクチンだ。あれはワクチンじゃなかったんだ」

「それについてもよくわからない。この痣は副作用である可能性はある。接種源が感染と戦っている副産物」

ハクスリーはまた痣をつついた。それが痛くないという事実が逆に気になった。「この痣を検査できないか？」

「わたしが持っている装置を使って有効な生検をするには、ちょっと小さすぎる。だけど、いまの成長レートでいけば……」眉をひそめ、顕微分光光度計を軽く叩いてしかめ面をした。「あしたの朝、体液を抜いて、この子がなにを言ってくれるか確かめてみる」

その子はおれたちが死にかけていると告げるだろう。その認識は、最小限の疑念にすら色づけられず、ハクスリーが予想していた恐怖の高まりを生みだしはしなかった。言葉や思考で言語化することなく、おのれの死の不可避性をハクスリーはすでに受け入れているようだった。これは最初から特攻任務だったんだ。それ以外の可能性を考えても仕方ないだろう。

「わかった」ハクスリーはそう言って、痣を触っていた手を下げた。「ピンチョンとプラスは？」

「痣には気づいていないけど、ふたりにも痣ができていると考えるのが当然でしょうね」

「ふたりに話す？」

「すでに気づいているかもしれない。それに、それについてわたしたちができることはなにもないみたい」リースは顕微分光光度計の電源ボタンをオフにし、梯子のほうを向いた。

「朝を待つのが一番よ」

第十一章

驚くことではないが、ハクスリーはなかなか眠れなかった。プラスとピンチョンは寝ぼけ眼《まなこ》で目を覚まし、ひと言も言わずに見張りを引き受けた。とろんとした目つきのピンチョンが梯子をのぼるとき、ハクスリーは手首の内側に小さな赤い痣があるのを見て取った。ピンチョンが見逃すはずがない。自分たちの安全性はいまやふたりの記憶喪失者——ひとりは鬱病の兵士、もうひとりは高機能サイコパス——の油断なさにかかっているというばかばかしさに、ハクスリーの口元に含み笑いがふと湧き起ころうとした。いま可笑しさに身を委ねたら、ヒステリーを招くと思って、その衝動を記憶の痛みとともに抑えた。どのハイスクールに行った？　ハクスリーは自分に問うた。その質問は頭蓋骨前部に鋭い不快感を走らせた。

はじめて夢精したのは何歳だった？　さらなる痛み、ずっと鋭い痛みが走る。たぶん嫌な記憶だからだろうか？　複雑な性の目覚めがあった？　あるいは、ディキンスンみたいに虐待されていたのか？

ハクスリーは夢に出てきた女性を呼び起こし、太陽を浴びて彼女がくるくる回るのを見つめた。彼女の名前はなんだ？　どこで彼女と出会った？　彼女の笑い声はどんな感じだったのか？　彼女はどんなにおいがした……？

ハクスリーは身震いした。頭のなかではなはだしい苦痛が起こっていたが、それが最後の質問で止まった。答を得られたからではない。その質問自体だった。におい。警察官の勘が高まり、心臓の鼓動が速まり、ハクスリーは背筋を伸ばした。においとはどんなものだ？

ホットドッグ？　なにも浮かばない。頭のなかにホットドッグを思い描くことはできた。はみ出すタマネギ、黄色いマスタードと対比をなす赤いケチャップ、再構成肉と栄養価のない白いパンからなる調理品から立ちのぼる湯気。それがどんな味がするのか、あいまいな概念は摑んでいた。アビゲイルの遊覧船で見つけたバーボンがどんな味がするのか知っていたように。だが、どんなにおいがするのかについては、まったくわからなかった。

「タマネギ」ハクスリーは口に出してみた。その甘いが、ぴりっとした風味が心に浮かぶ。「ケチャップ」同様。「今度は、ホットドッグ」また、なんのにおいもしない。

ビーチの女性。ハクスリーは目をつむり、彼女が砂の上を歩いている様子を思い浮かべた。長い髪をなびかせながら。風に塩が含まれているはずで、たぶん彼女の香水のようすがも漂っているだろう、とハクスリーはわかっていた。だが、またしても自分がおなじ空っぽの箱に手を伸ばしているのに気づく。

リースはどうやらなんとか眠れたらしく、それは称賛とおなじくらいいらだたしいものだった。「朝まで起こすなと言ったでしょ」ハクスリーがリースの肩を揺さぶると、彼女はうめきながら、その手を押し退けた。

「きみの夢は」ハクスリーは声を低くしつつも、差し迫った声で訊いた。「どんなにおいがした？」

リースは目をしばたたき、ハクスリーに向かって顔をしかめ、口のまわりを舌でなめた。

「わからない、夢なんだから……」

「どんなにおいがする？」

眉間に皺を刻み、目のしばたたきの回数が減り、やがて一点を見つめた。

「忙しいERは、恐ろしく臭いはずだろ？」ハクスリーは訊いた。「血液や糞や嘔吐のにおい。だけど、その悪臭を思い出せないんじゃないか？」

リースは一点を見つめつづけ、首を振った。

「だけど、血がどんなにおいをするのか思い出せるだろ？」

眉間の皺を深くして、リースはうなずいた。

「文脈《コンテクスト》だ」ハクスリーはリースに頭を近づけた。「個々のにおいをおれたちは覚えている。それをコンテクストと組み合わせると、消えてしまうんだ」

「においは非常に強力な記憶の引き金だわ」リースは、ハクスリーに合わせてささやき声で言った。「ある意味では、視覚よりも強力なもの。わたしたちに施された処置の興味深い影響だけど……」

「プラスはエヴァーグレーズのにおいを思い出せる。腐ったようなにおいだ、とプラスは言った。しかも、二度もそのにおいについて口にしたんだ」

リースはまたしてもハクスリーに目をしばたたき、自分のカービン銃に手を伸ばした。

「ためらっていられない。あのクソ女を殺さないと」

ハクスリーはうなずき、自分の拳銃を手にして、梯子に向かった。梯子をのぼりきる寸前、ふたりの耳に聞こえてきた音があった。なにか重たいものが水に飛びこむ大きな水撥ねの音と、怒声が短くつづいたのち、苦悶の叫び声。男性の喉から発せられた叫び。ピンチョンだ。

ハクスリーは操舵室に体を持ちあげ、すぐさましゃがみこむと拳銃を両手で握って構え、標的をさがした。操舵室は無人で、その空間の後方を見やり、顕微分光光度計がなくなっているのに気づいた。左側からうめき声となにかの擦れる音がして、ハクスリーの視線は船尾甲板にすばやく動いた。ピンチョンがそこに立っており、目を丸くしてこちらを見ていた。歯を食いしばり、痛みに耐えている。立っているんじゃない、と兵士の足下を見て、ハクスリーは悟った――長靴の爪先しか甲板には触れておらず、ゴム張りの表面には血が飛び散り、流れ落ちていた。ハクスリーの目は流れ落ちる血をたどってピンチョンの肩の負傷にいきついた。背後からなにか長くて黒く鋭いものに貫かれていた。

「ごめんね」声が聞こえた。ピンチョンのうしろから聞こえてきた音だ。「起こしてしまったかしら？」

それはプラスの声であると同時にプラスの声ではなかった――彼女のいつもの平坦な抑揚にもっと擦過音《さっかおん》の調子が重なっていた。まるで歪んだ口元から発せられたかのように言葉が一部聞き取りにくかった。

「それとも、やっと知的な結論を下したのかな、刑事さん？」プラスが問うた。

なにかがピンチョンの背後で動いた。ピンチョンの体がその動きとともに操り人形のように揺れる。ハクスリーは慎重に前進し、リースが梯子をのぼるスペースを空けた。ピンチョンの背後の暗がりに人影があるのを見て取った。人間の姿にしては大きいが、銃の狙いをつけられるほど十分には見えていなかった。

「どれくらいまえなんだ？」ハクスリーは声をかけ、さらに少し前進した。「思い出しはじめたのは？　どれくらいまえだ？」

「なんとも言えないなあ」プラスの口調は正常な陽気さと掠れた声の悪意が混じり合った耳障りなものだった。「戻ってこないものもある。たとえば、自分の名前とかね。だけど、どのみち、それにはたいして思い入れはなかった。ほかのことは……そうね、かなりはっきり思い出せたよ」

リースがカービン銃を肩に押し当て、操舵室の中央に躍り出たのに合わせ、ピンチョンの宙づりの体が急に動いた。プラスが盾になっているピンチョンを動かすと、ハクスリーはその変形した姿を少しはっきりと目に捉え、その顔をちらっと見て、いまの声を反映しているものを見た。かろうじてプラスの顔だと判断はつくが、細くなり、あごの先端が尖り、頬骨が横に広がり、下唇から長い歯が上に向かって飛びだしていた。ハクスリーは拳銃の照準を相手の額に合わせようとしたが、またしてもプラスは動き、ピンチョンの体を射線上に置いた。

「気をつけなよ」プラスは警告した。「わたしの話を聞きたくないの？　おもしろいのはまちがいないよ」

リースがじりじりとまえに進んだ。顕微分光光度計がなくなっているのに気づいてリースの表情が険しくなったのをハクスリーは横目で確認した。「あれはどこ？」リースが詰問した。

「ちんけなおもちゃは必要なかったんだよ」プラスが答える。嘲笑が声に含まれていた。「連中が診断装置を提供しなかったのは正しかった。あんたたちの気を逸らす役にしか立たなかったはず」

「なにから気を逸らすんだ？」ハクスリーが訊いた。さきほどより背を伸ばし、異なる射角をさがしていたが、まだ障害物のない発砲はむりだった。

「もちろん、わたしたちが派遣された目的からさ」プラスは笑い声をあげた。彼女がいままでに発したなかでもっとも醜い音を立てる。「知ってるはずなのに。元々、わたしのアイデアだったというのに、自分がそれに志願したことを覚えていないとは……」

うなりとともに船のエンジンがかかり、船体が左右に揺れ、プラスをよろけさせた。ピンチョンが悲鳴をあげながら、体を揺らした。どうにかして自分の体を動かす力を発揮したのだ。両脚で宙を蹴り、体をふたつに折り、その反動で串刺しにされている肩を抜き取った。

ピンチョンが甲板に倒れた途端、ハクスリーは発砲した。いまや船尾を乗り越えて姿を消そうとしている黒い動く塊を狙って二発撃つ。「クソ、クソ、ク――！」リースが叫んだ。発言の最後の音は、大股にまえに進み出てカービン銃をぶっ放したことでかき消された。霧に煙る暗闇に向けて何発も叩きこむ。ハクスリーはピンチョンの元に駆けつけ、背中にあいて血を吹き出している穴を両手で強く押さえた。

「手を貸してくれ！」ハクスリーはリースに呼びかけた。リースは虚空に向かって銃弾を叩きこみつづけた。一発ごとに怒りの叫びをあげていた。「ドクター！」ハクスリーの叫びにリースの注意を引くことができた。怒りと苛立ちとともにピンチョンの姿を見下ろすと、リースはカービン銃を肩にかけ、しゃがんで傷を調べた。

「救急キットを持ってきて」リースが指示し、ハクスリーの手を押し退け、自分の手を押し当てた。立ちあがりながら、ハクスリーはピンチョンがあえぐのを耳にした。吹き出す血とともにピンチョンは言葉を振り絞った。「嘘……あいつはそう言った……全部嘘だ、と」

夜明けが訪れ、船は海であっても不思議ではない水路をのろのろと進みつづけた。霧の向こうの世界を見分けることがほぼできず、地図ディスプレイが提供してくれるものが唯一居場所の指針だった。

「リッチモンドとキングストンのあいだのどこか、というのがおれの推測だ」ピンチョンが言った。ゆっくりと慎重に言葉にする。痛みに頻繁に顔を引き攣らせながら、ひとつひとつの単語を絞りだすようにして話す。ピンチョンの傷は深すぎて縫合はできない、とリースは判断した。包帯を巻き、焼灼《しょうしゃく》してくれという兵士の提案を即座に却下した。

「もうひとつの火炎放射器で焼けば……」

「無理。ショックで死ぬわ。それからタフガイを装うのはやめなさい。うんざりする」

ふたりはピンチョンを地図ディスプレイのまえの席に縛り付け、ハクスリーは先に上陸した際にもっと徹底して痛み止めをさがさなかった自分を責めた。ピンチョンは何度か苦痛にもだえ、体が激しい痙攣に襲われたのち、痛み止めが効いて、落ち着いたものの、顔に浮かんだ緊張は薄れることがなかった。そんな状態だったが、ピンチョンはプラスの変身の説明をすると言って聞かなかった。

「おそろしく急激に起こったんだ。おれは前部甲板にいて、チェーンガンの状態を確認していた。たいして確認することはなかった。たんに手持ち無沙汰だったんだ。照準の光学系機器を拭くとか、そんなことを」身震いが起こり、それを耐えるのにいったん口をつぐんでから、リースが口元に運んだ水筒から水を飲みこむと、先をつづけた。「あいつは船尾にいた。おれがそこにいさせたかったんだ。ここしばらくのあいだ、あいつがそばにいると心地良くなかったから。おれたちみんながそうだった、そうだろ？　なにか聞こえたんだ……切り裂くような音、それから叫び声。まるであいつが苦しんでいるかのような。おれがそっちへいってみると……」ピンチョンは言葉を切り、その顔には当惑した渋面が浮かんでいた。「あいつは顕微分光光度計を船縁に持ちあげていた。だが、その顔、その腕が。変わってしまっていた。はっきり見たわけじゃない。おれが武器を構えようとするとすぐにあの女は顕微分光光度計を河へ放り投げ、おれに向かってきた。人間にはできないくらいの素早さで。そのあと、なにもかもぼやけていた。巨大な蠍《さそり》と戦っているような気がした」小さな苦笑がピンチョンの口から漏れた。「勝てなかったな」

「彼女はなにか言ったのか?」ハクスリーが訊いた。

「たいして話していない。嘘に関することだけだが、あんたたちふたりが姿を現すまでは、あまりにも歪んでいて聞き取れなかったんだ。ところで、来てくれてありがたかった」

ハクスリーはリースのほうを向いた。「あれはほんとだと思うか? これが彼女のアイデアだったと言ったのは?」

「わかるわけない。サイコパスは不誠実であることに喜びを覚えることがよくある。連中の人を操る手口の一部。あきらかにこの病気が彼女を肉体的に変化させた。性格的には、そんなに変わっていない」

「あいつに命中したのは確かか?」ピンチョンがハクスリーに訊いた。

「確実だ。だけど、相手は素早かったし、ほかの罹患存在が多くの攻撃を吸収するのを見てきた」

「彼女はまだあそこにいる」リースは操舵室の窓の向こうを見つめ、確信をこめて言った。「わたしたちを追いかけている。つまり、わたしたちがここにいるのは、罹患存在たちを終わらせるためなのは明白――そしていまや彼女はその一員なの。わたしたちを止めようとするのは当然じゃない？　たぶん、面白半分でも止めようとするでしょう」

「いまから」ハクスリーは風防ガラスの向こうのますます濃さを増す霧を見ながら言った。「いつなんどきも暗視ゴーグルを手許に置いておくんだ。このクソみたいな霧の向こうを見る唯一の手段がそれだ」

「バッテリーの寿命が……」ピンチョンが片手を力無く持ちあげ、警告を発そうとした。

「わかってる」ハクスリーはその手を取り、そっと下におろしてやった。摑んだ手を緩めるまえにハクスリーは、さきほど気づいた痣のざらつきを感じた。大きくなっている。ピンチョンの手首から肘にかけて長い深紅の縞模様ができていた。

「嫌なんだ」ピンチョンが言った。ハクスリーは顔をあげ、兵士の口元に弱々しい苦笑いが浮かんでいるのを見た。「おれのタトゥーの見栄えをだいなしにしている」ピンチョンの視線がハクスリーの首に移動し、同情をこめて目を細くした。「じゃあ、おれだけじゃないんだ」

ピンチョンの痣と肌触りと大きさがおなじ痣が、葉っぱのような形をしてハクスリーの耳から鎖骨にかけて浮かんでいた。またしてもそれが痛くないことを奇妙に思った。「仲間外れにされたと思わせたくないんだ」か細く甲高い声で、面白くない冗談を言ってしまったと思い、ハクスリーは恥じ入った。

「この病気に反応している接種原の仕業だと思う」リースがピンチョンに言った。「わたしたちに与えられた化合物は実験段階のものと想定するほうが妥当でしょう。必要な検査や試験をおこなわずに急造されたもの。重篤な副作用が予想される」

ピンチョンはとろんとした目で黙ってリースを見ていたが、文句を口にした。「医学部で患者の扱い方講座をサボったにちがいないな、先生《ドック》？」

「われわれが自分たちに打ったものがなんであれ、プラスには効かなかった」ハクスリーがリースに言った。「おれたちには効いているとどうやってわかる？」

「まず最初に、わたしたちはまだ化け物に変身していない。第二に、プラスに痣ができているのには気づかなかった。この接種原には生まれつき抗体があったかもしれない」

「あの女は言った……しばらくまえに思い出しはじめた、と」ピンチョンが指摘し、またしても苦痛の発作に全身を襲われて歯を食いしばる。「記憶をすでに恢復していたら、あるいはとにかくその一部を恢復していたら、効かないのかもしれない」

「記憶は傷なんだ」ハクスリーはそう言って、リースが罹患存在の組織サンプルを分析したときに下した結論を繰り返した。「いったんその傷に感染したら、もう終わりだ」

そのころには、衛星携帯電話の特徴的な呼び出し音には慣れていてもよかったのだが、それでもそれが鳴りはじめると、びくっとするのを抑えなければならなかった。

「上官への反抗で軍法会議にかけられるリスクを冒しても」ピンチョンが言った。「そのクソ装置を船縁の向こうへ放り投げることに異議を唱えないぞ」

その装置に手を伸ばしながら、ハクスリーはそのとおりのことをする強い衝動を感じた。だが、彼らはここまで遠くに来たのに、知っていることがあまりに少なかった。携帯の音声は、腹立たしいくらいに平板で遠回しであるにもかかわらず、少なくとも明解な理解をもたらす望みを提供していた。

「どれだけ正直に話す?」ハクスリーは緑のボタンの上に指を留まらせながら、訊いた。

リースは腕組みをし、ほどいた。「ことここにいたっては、先方に全部話したほうがいいと思う」

ハクスリーがピンチョンを見たところ、相手は肩をすくめて返事をし、顔をしかめた。

「正直が一番」そう言ってハクスリーはボタンを押した。

いつものとおり、電話音声はお決まりの質問をいきなりしてきた——「死傷者はいるか？」

「プラスが変身した……非常に不愉快なものに。彼女はピンチョンを襲った。われわれは彼女を負傷させるも、逃げられた」

「ピンチョンは死んだのか？」

「いや。だが、彼の状態は……」ハクスリーはピンチョンが片方の眉をあげたのを見た。苦痛を浮かべている目をゆっくりまたたく。「……深刻だ」

短い間と一回のクリック音。「船倉にあらたな容器があいている。この電話を持っていき、中身を確認するように」

リースがハクスリーにつづいて梯子をおりて乗務員船室に入ったところ、以前は封印されていた収納ロッカーの蓋がほんの少しあいていた。なかには、スーツケース大の頑丈なプラスチック箱の上にコンピュータ・タブレットが置かれていた。箱にはLEDパネルと十一桁のキーパッドが上面についていた。パネルの画面はなにも映っていない淡い青色だった。リースが手に取るとすぐにタブレットが起動し、画面上に地図が現れた——ヨーロッパ北部のシンプルな表示だ。英国諸島の南東で赤い点が点滅しており、衛星携帯電話から声が聞こえた——「桿菌《バチルス》M株と名づけられたものは、およそ十八カ月まえ、ロンドンで最初に確認された。その大量感染の結果をあなたたちはじかに見ている」さらなる光点が現れ、西から東へ広がっていった。「ディエップ（フランス北部の港湾都市）、ハーグ、オスロ、コペンハーゲン。すべての都市で感染が確認された。感染者は、ポーランド、ベラルーシ、ロシア連邦の各地でも確認された。一年以上、すべての国境が閉鎖され、民間航空機の飛行は中止になり、海上貿易も停止された」

「風に乗って運ばれたんだ」携帯電話音声の独白のわずかな隙間をついて、リースが言った。「北半球の卓越風は東向きに吹いている」

「そのとおり」画面がまた変わり、中心核から白い繊維が伸びている塊のようなものがハクスリーの目に映る。「主な感染運搬因子《ベクター》。空気で運ばれる胞子が感染宿主の死後、生み出される。このベクターが標準的なパンデミック対応計画を効果のあがらないものにした。増殖するのに人間同士の接触を必要としないことから、隔離策は一時的な感染の遅延しかもたらさない。感染は、空気の吸引あるいは皮膚からの吸収でも起こる。バイオハザード用防護服は、防護手段になるが、胞子がすでに検出されている地域にのみ限られる。いったん犠牲者の数が十分な数集まれば、拡散は止めようがない」

「記憶喪失症の人間を除いて」ハクスリーが言った。

「この感染症流行の初期段階で、アルツハイマー病患者や脳神経損傷者、記憶喪失の症状を示すほかの疾病の患者の感染率が低いということが数多くの病院で報告された。治験の結果、そのような患者はこのバチルスに免疫を有しているわけではないものの、高い抵抗性を持っていることが確認された」

「要するに」リースが割りこんだ。「アルツハイマー病の大勢の患者を集めて、胞子に晒し、彼らが死ぬまでどれくらいかかるか測ったんだ。そうだよね？」

すぐさま応答があった。「そのとおり。理由は明白だが、認知症患者は有効な実地調査に同意できなかった。治験のボランティアが募集された。あなたたちの任務はそうした治験の結果なのだ」

「だが、この任務は実地調査じゃない」ハクスリーは言った。「そうだろ？」

画面が地図に再度切り替わり、ロンドンをズームアップした。市が画面いっぱいに広がり、解像度があがると、シンプルな表示は衛星画像に変わった。最初、市を端から端まで覆う霧がぼんやりと見えているだけだった。霧の周辺がピンク色で、市の西端では濃い深紅色になっていた。それを見てハクスリーは、顕微分光光度計のディスプレイに表示された細胞のひとつを思い出した。中心部がなにか広大で悪性のものに変わっていくあの深紅の点。

「霧は霧じゃないんだ」リースが言った。「感染症そのものなのね？　あの霧は胞子でできており、わたしたちは何日もそのなかを移動し、吸いこみ、吸収してきたんだ」

「そうだ」携帯電話の音声はこれまで通りに平板な調子で認めた。「あなたたちが自分に投与した接種原は、いまのところもっとも効果的な調合であることが証明された」

「わたしたちをここまで来させるためだけに大変な手間をかけてる」リースは深紅の中心核をタップした。「その理由は？」

画像がふたたび変わり、ロンドンのおなじ地域を示しているものの、霧が消え、その下の都市のモノクローム画像が現れた。最初、ハクスリーはそれがぼやけているか、データが壊れているのかと思った。通りはぼやけた線で構成されており、ところどころ完全に消えて、上から森を見たときにどことなく似ている不均一で不規則な状態になっていた。

「これはプライム感染ゾーン《PIZ》と名づけられているところの直近の画像レーダースキャン画像だ。この感染症流行の初期にかなりの数の感染者がこの地域に集まって死んだ。その理由はしばらくのあいだ不明だったが、持続可能な水源に近かったことが要因だと推測されている。推定一万人がそこで二十四時間以内に死亡し、そこから七十二時間でその数は指数関数的に増加した。死者から発生した成長物はすぐさま合体し、いまここに見えている構造物になった。それはある種の樹冠を造りだし、日光を遮り、その下でなにが起こっているのか監視するのを妨げている。しかしながら――」画像が変化し、黒と灰色から、ピンクと赤のものに変わった。「――赤外線画像は、相当な規模の生化学活動がおこなわれていることを示している。また、当該エリアの胞子数は、ほかのどこよりもはるかに多い」

「苗床だ」リースが断定した。「胞子が生まれている場所」

「その考えが正しいとわれわれは思っている」ハクスリーが言った。

「じゃあ、爆弾で吹き飛ばせばいい」ハクスリーが言った。「数千トン分の焼夷弾でやれるだろう」

「四カ月前、サーモバリック爆発装置がPIZの中心部に投下された。半キロ四方のエリアが焼け野原になった。それから四十八時間で、被害痕がわれわれのスキャンから消えた。この塊は自己修復能力があるのだ」

「核爆弾を落とせ。核の被害はなにも修復できない」

一拍の間とクリック音。「ロッカーのなかの箱に注目してほしい」

ハクスリーは箱のなかの硬く、表面がざらざらしたプラスチックと、まだなにも映っていないディスプレイ画面を見た。そこで彼はリースを見た途端、相手の顔に浮かんだショックと理解のまざった不条理な表情を自分もまちがいなく浮かべているのを知った。

「冗談だろ」ハクスリーは言った。

「PIZに被害をもたらすことができるどんな空中投下弾薬も、それが解決する以上の問題を引き起こす」携帯電話の音声が伝えた。「爆風が北半球に胞子を撒き散らす。また、農業や長期的な健康に被害をもたらす放射能雲を作りだす。そのケースのなかの装置は、低出力トリウム爆弾だ。PIZの衛星X線スキャンで、樹冠の下には無数の深い穴があることがわかっている。この装置が発生する爆風は、この塊の内部の仕組みを焼却し、地域に限定された放射能雲を発生させ、数カ月にわたり、胞子を含めた有機体を滅ぼす」

リースは笑い声をあげた。甲高く、短く。しゃがんだ姿勢から立ちあがり、乗務員船室を歩きまわり、繰り返し短く刈られた頭皮をこすった。「厳密に片道旅行なんだろうね」はりつめた吐息を漏らす。リースはそれがすすり泣きにならないようこらえていた。

「みなさんは全員この任務に志願した」携帯電話の音声が言った。「それ以前の研究任務のメンバーと同様に。すべての数学モデルの予測は、おなじ結果を導きだし、エラーの入る余地はなかった――もしバチルスM株が止められないなら、この惑星の全人類は九カ月から十二カ月で死滅する」

ハクスリーが目をケースにさまよわせていると、記憶の痛みがこれまで経験したことのないレベルで強まり、同時に警察官の勘も強まった。嘘だ、とプラスは言った。これが彼女の言わんとしていたことなのか？　「ほかの任務になにが起こったんだ？」ハクスリーは携帯電話に訊いた。

「これまでの試みで使用された記憶抑制手術は、成功を確実にするには不十分であることが証明された。この病原体は記憶シナプスを修復するだけでなく、改変することもできる。今回の試みでは、遺伝子治療と、免疫反応を高めて病原体の記憶喪失恢復能力と戦う抗原《アジ》性補強剤《ユバント》の使用によって外科的処置が補強された」

「それで」リースは落ち着くための呼吸を何度か繰り返してから言った。「あの赤い痣は接種原の副作用なの？」

「そうだ。みなさんの体内の桿菌《バチルス》量が増えるに伴い、痣が大きさと赤味を増すのに気づくはずだ」

「それが効かなくなるまでどれくらいかかるんだ？」

「結果は、みなさんがご覧になったように被験者によってかなり差がある」

ハクスリーはリースと長々と視線を交わした。連中に全部話したほうがいい。「プラスがあることを言ったんだ」ハクスリーは携帯電話に向かって言った。「彼女が……変わったときに。これがすべて自分のアイデアだったと言った。彼女はどんな意味で言ったんだ？」

「それは関係ない……」

「ちがう。ちがうぞ！　**ちがうんだ！**」ハクスリーは携帯の横の床を手で叩いた。「おためごかしはごめんだ。そいつの真ん中まででかい花火をおれたちに運んでほしかったら、質問に答えろ。さもなきゃ、どこにもいかないぞ。わかったか？」

二十秒沈黙がつづき、ゆっくりと三回クリック音がした。「あなたたちがプラスの名で知っている志願者は、放射線撮影の生物医学的応用に関する付随的専門知識を有する研究物理学者だった。バチルスM株と戦うための国際協調の一部として初期の被験者治験を監督するチームに派遣された。のちに、トリウム装置の開発に貢献した。この任務は彼女が発案したものではないが、計画スタッフの一員となり、派遣者選抜を監督した」

「プラスはどうしようもないサイコパスよ」リースは耳障りな声をあげ、うろつくのを止めて、携帯電話をにらみつけた。「あなたたちはそのことを知っていたはず」

「彼女の人格プロファイルには懸念があったが、専門知識がゆえに受け入れられたのだ。彼女の性格のかなり厄介な面は、人体を使った治験段階であきらかになった」

「アルツハイマー病の患者だ」ハクスリーは言った。「賭けてもいいが、彼らが亡くなるのを見て昂奮したはずだ。神のように振る舞うのを気に入ったにちがいない」

「彼女の方法は相当な議論を呼んだが、彼女が出した結果は議論の余地のないものだった」

る。リースは背中を壁に預け、ずるずると床まで滑り落ちた。話しながら、ハクスリーを見る。潤んで、しばたたかない目には、明白な疑問が浮かんでいた。「じゃあ、彼女のアイデアというのは、あそこまでわたしたちがのこのこ出かけて、スイッチを入れ、核で粉砕されるというものなんだ。元のわたしがどんな人間だったのか知らないけど、自分がヒーローではなかったのは、絶対に確かよ」

「あなたには十歳の息子さんがいます」携帯電話の音声が答えた。画面には走っている途中を捉えた少年の写真が現れた。カメラに向かって肩越しにほほ笑んでいる。少年の顔つきにリースの面影があるのが窺える気がする、とハクスリーは思った。彼はタブレットを支え持ち、リースに見せた。彼女は写真を見て、涙がこみあげてきたものの、見覚えがある気配はいっさい見せなかった。

「ピンチョンには夫と両親とふたりの兄弟がいます」携帯電話の音声はつづけた。タブレットは、数枚の写真を連続して示した。今回、家族としての類似点はまちがいようがなく、ハクスリーは、ピンチョンが覚えていない家族の姿を見ずに済んだことに感謝の念を覚えた。音声がピンチョンには届けることのできなかった便宜だった。

「ハクスリー、あなたには奥さんがいます」画面の女性が夢で見た女性だと認識できたことにハクスリーは驚かなかった。その女性は夢とおなじ帽子すらかぶっていた。彼女の笑みは明るく、すばらしいもので、ハクスリーは長くそれを見ていられなかった。記憶の痛みが頭のなかを貫き、身震いする。知識を求めようとする自分を抑えられなかった。彼女の名前を自分に問う。

「われわれにこのことを話さなかった理由はなんだ？」ハクスリーは痛みが耐えられなくなり目をつむって訊いた。

「事前の研究によれば、記憶封印措置は、個人的な詳細に繰り返しさらされることで徐々に蝕《むしば》まれうる。任務を成功させるために自分がだれなのか思い出させないようにする努力がなされた。みなさんは全員、親しみを覚えるリスクを避けるため、訓練中はたがいに離ればなれにされました」

「あんたが機械音声である理由もそれだな。なんらかの記憶を掻きたてる機会を与えないために」

「そのとおりです」

「いまは、それはどうでもいいのか？」

「みなさんのバチルスに対する明白な抵抗力と動機付けられた論拠の必要性から、そのリスクは許容範囲だと見なされています」

「動機付けられた論拠？」ハクスリーは無理矢理笑おうとした。「おれたちにとっては存在していないのも同様の人間のために、おれたちに死ねと要求しているんだぞ」

「全人類は、絶滅するレベルの出来事に直面しています。倫理や道徳の規範はもはや関係ありません」一拍の間と一回のクリック音。「しかしながら、生きるか死ぬかという状況における人間の希望希求能力は、重要な因子であると研究で示されています。装置のディスプレイに注目してください」

身を乗りだし、ハクスリーはLED画面にいまや黒い文字で数字が現れているのを目にした――120。

「その装置はタイマーです」音声はつづけた。「キーパッドを用いることで、爆発時間をマニュアルで調整できます。いったんタイマーが稼働すると、船に戻り、脱出を試みるまで最大で百二十分の猶予があります。爆発半径は、PIZ内に収まるでしょう」

「だけど、おれたちはまだ感染したままだ」

「接種原が効果的な処置であることをみなさんが実証しています。さらなる処置が必要でしょうが、われわれの分析では、みなさんが長期生存する可能性を十パーセントと見積もっています」

「十パーセントですって？」リースは携帯電話に飛びつき、口元に持っていって、受話器に向かって叫んだ。「ふざけるな！」彼女は電話をハクスリーに放り、梯子に向かった。

「そいつを切って」

「電源オフのスイッチは付いていないんだ」

「だったら、そこに置いといて」リースは梯子をのぼりはじめた。「この件で話をする必要がある。わたしたち三人で」

第十二章

「ハンサムなやつだと思わないか？」ピンチョンはタブレットの写真を見ると言い張り、ハウスリーを悩ませた不快感をかけらも見せずにフリックして眺めた。最初の画像をもっとも長く見ていた。携帯電話の音声がピンチョンの夫だと言った男性の写真。

「わたしの好みからすると、背が高すぎるな」リースが言った。無理してユーモアを交えて話す。怒り混じりの決意で涙を拭った目が赤い。「キスをするのに箱の上に立たなくてもいい男性のほうが好き。少なくとも、わたしはそう思う」

「そんなことはなかった……」ピンチョンは顔をしかめた。あらたな苦痛に満ちた痙攣の圧力にうなだれる。傷を覆っている包帯は凝固した血で黒くなっており、くくりつけられた椅子に血が縞模様を作っていた。ピンチョンは背を伸ばし、息を呑み、深呼吸をしてから、また話そうとした。「名前を……言わなかったんだろうか？」

「残念だが」ハクスリーは首を横に振った。

「どれくらい長くいっしょにいたのかな」ピンチョンは震える指でタブレットをなぞった。

「どうして……彼のことを夢に見なかったんだろう」

「わたしたちは、あの」リースは咳払いをした。「わたしたちは決断を迫られている。全員一致であるべきだと思う」

「核攻撃をするべきか、せざるべきか」ピンチョンがタブレットをダッシュボードの上に放った。「それが忌々しい問題だ」ピンチョンは椅子にもたれ、身震いを抑えながら、ふたりを交互に見た。「おれが投票すべきかどうかよくわからない。結局のところ……おれはどこかにいけそうにない」

「そうであっても」リースが言った。「全員一致でないと。そうでなきゃ、わたしはやるつもりはない」

「おれの投票はバイアスがかかっているかもしれんぞ」ピンチョンは弱々しい笑みを浮かべた。「死が差し迫っている以上……だが、賛成に投票する。おれたちが来たのはそのためだ。それを覚えていないのは問題じゃない。そうするんだと自分が選んだのはわかっている。それに、薄々勘づいていた……それはあんたたちふたりもそうだろう」

「二時間のタイマー」ハクスリーがピンチョンに念押しした。「あそこまで持っていき、船に引き返し、あんたをここから連れ出すのは可能だが……」

ピンチョンは手を振って却下した。「もういい……おれは投票した。あんたの番だ、警察官先生」

ハクスリーは梯子のほうをちらりと振り返り、衛星携帯電話が自分たちの言葉を待って下にいるのを知っていた。携帯電話の音声は機械のそれだったが、その向こうに人々がいるのもハクスリーは知っていた。緊張した面持ちでスピーカーを見つめている白衣や、制服姿の人々でいっぱいの部屋。自分が彼らを憎んでいることに気づいた。彼らがこの事態を実現させるために殺した治験対象者を思って憎んだ。彼らがほかの人間を送りこんだ恐怖の対象から遠く離れていることで憎んだ。連中はどこにいるんだ？　どこかのシェルターの地下深くか？　この事態から安全などこかに。おそらく連中は、この壮大な計画が失敗に終わっても生涯十分な食糧と水を持っているのだろう。自分たちに選択の余地はないと彼らが感じていることにハクスリーは気づいた。自分たちは追い詰められた種の守護者であると思っているのだ。だが、それでもハクスリーは彼らを憎んだ。自分はここにいるのに、彼らはいないからだ。

「連中は嘘をついている可能性がある」ハクスリーは言った。「われわれがあれをあそこに運びこみ、タイマーのスイッチを入れたとたん、爆発することもありうる。この計画を進めるとすれば、戻ってくることはないと想定しなければならない」

「同感」リースが言った。「あなたの投票は?」

自分の回答の速さにハクスリーは驚いた。その言葉が口を滑り出るまでどう投票するか決まっていなかったというのに。「賛成」

リースは口をひらいたものの、無表情のままで、携帯電話の音声がなにを言っても抑揚が変わらないのとおなじように、平坦な口調で答えた。「賛成」

衛星携帯電話の受話器は、一行が思っていたよりはるかに感度がよかったにちがいなかった。あるいは、三人の話し合いに聞き耳を立てている隠された盗聴装置があったのかもしれなかった。というのも、その瞬間、船のエンジンがうなりをあげて生き返ったからだ。一斉に電子的なぶんぶんという音が聞こえて、ハクスリーの関心をダッシュボードに向けさせた。パネルが横にスライドしてひらき、隠されていた操縦装置が現れ、それまで反応しなかったディスプレイ画面が次々と点いていった。

「どうやらようやくおれは……この船の船長になれたようだ」ピンチョンがつぶやいた。

震える手を伸ばして、あらたに現れたスロットルに触れたが、すぐにその手は膝の上に落ち、手首の痣をあらわにした。痣は倍以上の大きさになっていて、質感も異なるものになっていた。きつい赤に光り、腫れあがって、水ぶくれがいくつもできている。ハクスリーの手が反射的に自分の痣に向かったところ、それが少し大きくなっているものの、ざらざらとした触感は変わっていなかった。

「携帯電話を取ってくる」ハクスリーは言った。

「現在の針路から右舷に二十三度舵を切る」携帯電話の音声が指示する。「速度を維持。敵意を抱いている感染者がこの地域では急増していると知られているので、武器を持ったまま監視をつづけるように」

ハクスリーが操縦装置を担当する一方、ピンチョンが操船方法やさまざまなダイヤルと表示機器の読み取り方を助言した。リースは船尾甲板に退き、残っている武器と暗視ゴーグルをしかるべき場所に置いた。「やたら動きがある」エンジンの咆吼に負けじとリースはふたりに向かって声を張りあげた。彼女はカービン銃を構え、たえず標的を追った。船は歩く速度で水をかきわけて進んだ。「いちいち見わけるのが難しい」

「低空ドローンによる偵察で、PIZの外周壁が分厚く、おそらく航行できないことがわかっています」携帯電話の音声が告げた。「アクセスポイントを作る必要があるでしょう」

「どうやってそれをするんだ？」ハクスリーが訊いた。

「即興にお任せします」

「じつに有益な助言だよ。ありがと」

「リラックスしろ」ピンチョンがうめき、チェーンガンの制御装置に指を伸ばした。「この美人さんは、なんにだって穴を穿つことができる。彼女ができないとしても、われわれにはまだたっぷりC４火薬が残っている」

「それを使えるくらい長くほったらかしておいてくれたなら」

ピンチョンの発言を強調するかのようにリースが発砲し、三連続で撃った。ハクスリーは肩越しに振り返り、船の航跡に水飛沫が高く立ちのぼるのを見た。「なにかが水面下にいる」リースが叫んで説明した。「なにかでかいものが」

「ひょっとしたらプラスかな？」ピンチョンが訝しむ。

「わかるわけない」ハクスリーは舵柄を制御するジョイスティックを調整し、ディスプレイ画面の表示と一致するよう戻した。「だけど、そう遠くないところにいる気がする」

「なにが起ころうと……」ピンチョンは咳きこんで、言葉を切り、唇から赤い染みを拭った。「これが終わるまえに……あの女をや
っ
つけてくれ。おれに成り代わって。いいな？」

蜘蛛の巣状にひびが入った風防ガラスの先の霧に幅広い暗闇が迫ってくるのを見て、ハクスリーはスロットルに手を伸ばし、出力を下げて、超低速にした。「ああ」ハクスリー

は言った。「やっつけてやるさ」船尾甲板を振り向き、リースに叫ぶ。「どうやらここみたいだ」

「あそこで水の流れが大きくかき乱されている」リースが叫び返し、構えている銃に大きく弧を描かせた。「あいつらが追っかけてきているのは明白！」

「銃ディスプレイを」ピンチョンが言い、ハクスリーはチェーンガンの操作装置のところに移動した。ピンチョンの指示に従い、ハクスリーはカメラのセッティングを調整して、前方に横たわるものを映し出した。成長物は以前に見たときより背が高く、密度が増していた。重なりあい、膨れあがった有機体の壁が霧に向かって弧を描くように聳えていた。

携帯電話音声の予測通り、ハクスリーはあきらかな侵入箇所を見つけられなかった。

「オーケイ」ハクスリーは両手を銃の操作装置に移動させた。「どこを狙うのがいいんだ？」

「試しに……」ピンチョンは咳きこみ、苦痛で身震いした。「喫水線のすぐ上を狙ってみろ。連射は短く……。銃弾の残りを忘れるな」

「了解」

ハクスリーはトリガーを半秒押し、チェーンガンの甲高い音を立て、加速された震動に身を縮めたくなる衝動と戦った。風防ガラスの向こうで、銃口の火花と曳光弾の輝きがあり、次の瞬間には蒸気が薄く立ちのぼり、ハクスリーはトリガーを離した。最初、被害はかなりのもののようだった。ぎざぎざの黒い水平の裂け目が壁の繊維に現れた。しかしながら、銃のカメラ画面で詳しく見てみると、ほんのわずかに貫通しているだけで、侵入口らしきものは、まだ見当たらなかった。

「もう一度やってみろ」ピンチョンはハクスリーに言った。「ダメージを与えたあたりの中心を狙うんだ。二秒間の連射」

さらなるきらめく曳光弾。千切れた物質が混沌とした弧を描く。発砲を止めると、ハクスリーは壁により深い裂け目ができているのを目にしたが、穴はあいていなかった。募るいらだちはリースのカービン銃が三連射を繰り返している音を耳にして、こみあげてくる不安に変わった。

「どんどん近づいてくる!」リースは叫んだ。ハクスリーは振り返って、リースが新しい弾倉をカービン銃にはめこむのを見た。彼女の向こうでは、数カ所で水に波紋が生じて、水飛沫があがっており、そこかしこで棘のある、長くなった四肢が持ちあがり、捕食者の敵意をこめて振り回されていた。

「われわれといっしょにいるのが嫌みたいだな」ハクスリーはピンチョンに意見を述べた。

「クソッタレ……つきあいの悪いやつらだ」ピンチョンは銃の操作装置を身振りで示した。

「諦めずにつづけろ」

ハクスリーはチェーンガンの銃弾が尽きるまで、障壁に向かって四回、長く連射し、侵入箇所になることを拒んでいる壁に深い水平の切れ目を入れた。その間ずっと、リースのカービン銃の咆吼は頻度を増していった。

「よーし」ダメージを与えたものの、まだ屈しない壁をふたりで見つめていると、ピンチョンが呻いた。彼はまた咳きこんだが、今度はわざわざ唇から血を拭いはしなかった。

「エンジンを逆回転させろ。それからC４火薬を持ってきてくれ」

ハクスリーはピンチョンの生気を失っている顔にはっきり現れている、諦念と決意の意図を読み取った。「C４火薬のブロックに起爆装置を仕掛けて、投げこめば……」

「やるんだ、警察官先生！」兵士はその命令を発し、身震いすると、血で赤く染まった歯を食いしばった。「もう時間がない」

ハクスリーはこれ以上の言い争いを嚙み殺し、スロットルを握ると、リースに警告を叫んだ――「急速後退する！　気をつけろ！」

スロットルを絞り、船を後退させると白波が立ち、ピンチョンがうなずきはじめた。

「さあ……そいつを持っていけ。それから弾薬をたっぷりリュックに詰めていくんだ……あんたと彼女用の。急げ！」

ハクスリーは急いで梯子をおりて、乗務員船室にいくと、見つかるかぎりの拳銃とカービン銃の弾倉でふたつのリュックを満たした。また、水を入れた水筒とプロテイン・バーを何本か加えた。どうにでもなれ。腹が減るかもしれないだろ。リュックを上の甲板に放りあげると、C4火薬を集めはじめ、残っている火炎放射器を見て、動きを止めた。生きているものはたいてい、火を怖がる。火炎放射器のストラップを頭からかぶり、C4火薬を詰めたリュックを背負った。梯子をのぼるのに一分もかからなかったが、果てしなく長く感じた。リースの立てる銃声の音と、急げというピンチョンのかすれ声の命令で耳ががんがん鳴っていた。

「ひとつのブロックに起爆装置をセットしろ」ハクスリーがピンチョンの隣の席でリュックをあけると、ピンチョンは言った。「タイマーは気にするな」

ハクスリーはC4火薬のブロックに起爆装置を突っこみ、物問いたげな視線を向けた。

「船の操縦は……」

「なんとかする」ピンチョンは身を乗りだし、口元から血をこぼしながら、片手で操縦桿を摑み、反対の手でスロットルを握った。「爆弾をゴムボートに乗せ……ロープを解き放て。ふたりが離れ次第、おれはいく」

ハクスリーはなにか言いたかったが、彼にできたことは、ピンチョンの熱を帯びつつも、揺るがない視線を見つめることだけだった。ふたりはおそらくさらに二秒見つめあい、すると薄い、反射的な笑みが兵士の口元に浮かんだ。「彼の名前は……マイクルだったと思う」ピンチョンはいまではかすかなうめきにしか聞こえない声で言った。「彼は……いわゆる、マイクルみたいな顔をしていた」ピンチョンはほんのわずかに首を振り、ハクスリーは視線を外した。

爆弾はハクスリーが予想していたより重くなかった。およそ四キロで、設計者が両側に設置していたハンドルのおかげで容易に持ちあげられた。それでも、梯子の上まで持ちあげるのにリースに手を貸してくれるよう叫ばねばならず、ふたりでゴムボートまで運びこんだ。

「彼は……？」リースは操舵室のほうを向いて、言いかけた。

「残る。ああ」

水面下のやつらが蠢いて、周囲の水は波紋を立て、水飛沫をあげつづけていた。リースの判断力の確かな射撃で、連中を寄せ付けずに済んでいたが。「あいつらは混乱しているんだと思う」船尾から十二ヤード離れたところにある振り回されている付属肢にあらたな銃弾を叩きこんでからリースは言った。「この状況にどう反応していいかわからずにいる」

「ずっとそのままでいてほしいものだ」ハクスリーは火炎放射器をゴムボートに放りこみ、水に滑りこませるのに必要な最後の一押しをした。「乗ってくれ」

ハクスリーは船外モーターのそばに陣取り、リースが乗船するあいだ、小型な乗り物を動かないように押さえた。飛び乗るまえにハクスリーは最後に操舵室を一瞥することを自分に許した。ピンチョンはディスプレイをまえにして、おぼろげなうつむいたシルエットでしかなかった。ハクスリーにはなんの動きも見えなかったが、兵士がまだ生にしがみついている、となにかが彼に告げた。降伏という文字はあの男のなかにない。

「離れた！」ハクスリーは叫んだ。ゴムボートが船の船尾から勢いよく離れた瞬間、エンジンがうなり声をあげてハクスリーの叫びをかき消した。波立つ水が高まり、ふたりは外に放り出されそうになったが、リースが船外モーターを稼働させ、操船して船から離れさせた。ハクスリーはゴムボートの舳先に位置し、カービン銃を肩に当てて構えた。罹患存在の気配をさがして水面に目を走らせるべきだったが、船が障壁に向けて速度をあげる様子から目を離せなかった。

ピンチョンはチェーンガンがもたらしたぎざぎざの裂け目にまっすぐ向かうよう舳先を操り、その間ずっと速度を増していった。船は壁に衝突して、揺れ動いた。船尾から水が吹きあがり、エンジンはなおも前進をつづけようとした。ハクスリーから舳先の様子はぼやけていたが、ピンチョンが風防ガラスのところまで船を障壁に突っこませたのだろうと推測した。それで十分であることをハクスリーは願った。

ハクスリーはリースを振り返り、身振りで姿勢を低くするよう伝えた。「膝を抱えてしゃがめ――」

予想したより爆発は早く起こった。起爆装置をセットしたC４火薬の一ブロックがほかのブロックとエネルギーを分かち合い、複数回の爆発が起こるにちがいないとわかっていたが、実際にはひとつの巨大な爆発に感じられた。防御本能から目をつむるまえに、ハクスリーは船がホワイトイエローの閃光のなかで蒸発し、つづいて起こる破壊は炎の花に呑みこまれるのを見た。周囲の水が落下する残骸で煮えくりかえる。残骸の大半は慈悲深いことに小さかった。また、水中にいた罹患存在が再浮上するのを思いとどまらせるありがたい効果もあった。少なくとも、一時的には。

ハクスリーはまばたきをし、灰色がかった黒い煙のとばりの向こうを覗きこみ、船が完壁になくなっていることを確認した。その存在の唯一の徴《しるし》は、壁の裂け目周辺の黒い染みだった。ダメージが与えられた箇所の周辺から落下する細かい物質や煙のせいで、ハクスリーには細かいところの見分けがつかなかった。

「入るよ」リースが言い、ハクスリーは彼女が暗視ゴーグルをつけて裂け目に目を凝らしているのを振り返って見た。「内部はほとんど見えないけど、穴があいているのは確かね」

舳先の数ヤード先で水が沸きたち、ハクスリーは反射的にカービン銃を構えて、二発立てつづけに発砲した。「じゃあ、いこう」

リースは裂け目に向かってまっすぐゴムボートを進めた。その速度は、瓦礫がひょこひょこ浮かんでいる水面を横切り、船のばらばらになった燃料タンクから漏れた、虹色に光る油でべとつき、腹立たしいくらいのろかった。さらに二度なにかが舳先のまえの水面に泡を立ちのぼらせ、さらに二度ハクスリーはそれを撃った。喫水線のすぐ上をチェーンガンで狙えというピンチョンの指示の賢さは、リースがゴムボートをまっすぐそちらに向かって進められるようになって明白になった。爆発は、破壊された成長体によるある種のスロープを形成しており、リースは船首を水に浸からず押しあげることができ、そのあとで船外モーターを切った。ハクスリーはゴムボートから飛びおりて、その表面が驚くほどしっかりしていることに気づき、舳先のロープを支え持つと、リースは残っている道具の積み降ろしに取りかかった。

「けちらなかったよね？」リースはうんうん言いながら、火炎放射器とリュックのひとつをスロープに引きずりあげた。

「多めに備えておくのが一番だと思ったんだ」

リースの背後の水のなかから飛び出した姿は、四肢が長く伸び、どことなく蟹に似ていた。それぞれの四肢の先端には、鋏《はさみ》に似た形に変形した手がついていた。しかしながら、ありえないくらい鍛えられた筋肉によって分厚くなった肩の上に載ってふたりを残忍な目つきで見ている頭部は、まごうことなき人間のそれだった。ハクスリーは、プラスの引き伸ばされた容貌を目にするものとなかば予想していたが、相手は男性だった。スーパーヒーロー物コミックの登場人物のグロテスクなパロディのように顔が膨れあがっていた。カービン銃を向けると、ハクスリーはそいつが眼鏡をかけているという事実に驚きを隠せなかった。丸い、ジョン・レノン・スタイルのサングラスが、目を隠していた。着用者のこめかみを拡大している肥大化した肉に眼鏡のフレームが食いこんでいた。その男は悲鳴をあげ、リースに飛びかかり、鋏で彼女の背中を狙った。聞き取りにくい言葉がハクスリーのカービン銃の発砲音にかき消された。片手で銃を構え、照準を合わせて撃ったとはいえ、自分の狙いに本人が驚いた。一発の銃弾は、罹患存在の大きくあいた、悪意のある口を貫通し、後頭部を吹き飛ばした。眼鏡をかけた顔が弛緩し、血を流しながら、蟹のような体はうしろに倒れて、水に落ち、視界から消えた。

その死は罹患存在たちの水棲の仲間にとって合図となったようで、振り回される長く伸びた腕の森が水面に浮上した。「爆弾を！」ハクスリーはリースに叫んだ。照準を下げ、現れた罹患存在に一斉射撃を浴びせながら、船首のロープを摑んでいた。リースが爆弾をゴムボートから完全に引っ張りあげた。リースは爆弾をスロープの上に押しあげ、踵を返して二つ目のリュックを取りに向かった。もう一体の罹患存在がゴムボートの船尾に姿を現した。この一体は白い骨をあらわにして短剣のようになった先端のついている腕を持っていた。その短剣が振り下ろされ、ゴムボートの船体を切り裂くと、千切れたゴムがはねあがり、リースはあとじさった。

「放っておけ！」リースが残りのリュックに手をさっと伸ばすのを見てハクスリーは叫んだ。「いこう！」

ハクスリーは舳先のロープを離し、カービン銃を肩に押し当てて構えると、親指でセレクタをフルオートに入れ、弾倉の残りの弾を罹患存在の顔に叩きこんだ。そいつが命を失った残骸となって倒れると、別の、比較的小さな生き物がそいつの背中をよじ登った。あらたなそいつはハクスリーに向かって水かきのついた両手を広げる一方で、その子どものような顔の長く伸びた歯をかちかち鳴らした。ハクスリーはカービン銃を肩にかけ、火炎放射器に飛びつき、点火装置を作動させると、トリガーを押し、炎の奔流を解き放った。その炎は歯を鳴らしながら飛びかかってきた罹患存在を中空で捕らえた。

そいつはハクスリーのすぐ足下に落ち、炎に包まれて身もだえしていたが、まだ動いており、激痛に苦しむ子どもの声にあまりにもよく似た音をあげた。ハクスリーはそいつを水に蹴り入れ、うしろに下がると、さらなる罹患存在たちが爪を立てて水から出てくるのを目にして、武器のトリガーをふたたび押した。火の流れがそいつらを包みこみ、それぞれに火が点き、悲鳴の合唱があがり、その先の油に覆われた水面をなめた。熱と押し退けられた空気による爆風にハクスリーは仰向けに倒れ、自分に髪の毛がないという事実をありがたく思った。数秒かけて眉に点いた火を手で払い消す羽目に陥ったが。

起きあがると、水面に炎の島が点在しているのに気づいた。数カ所で波紋が水面をかき乱していたが、どうやら生き残っている罹患存在たちはまだ、生存本能をいくらか残しているようで、だれも姿を現さなかった。

「ハクスリー！」リースがせきたてるような低い声を出し、ハクスリーは振り返ると、スロープの頂点で彼女と合流した。リースはピンチョンが身を犠牲にして作ったぎざぎざの穴にしゃがみこんでいた。暗視ゴーグルを付け、ハクスリーには真っ暗に思える内部をさぐっていた。

「動きは？」自身も暗視ゴーグルを付けながら、ハクスリーは訊いた。

「なにもない」ハクスリーはリースの口元が困惑したような苦笑を浮かべるのを見た。

「思っていたよりもずっと広いわ」

ゴーグルを稼働させると、ハクスリーはリースの言っている意味を理解した。目のまえの緑と黒の現場は、ほかのなによりも大聖堂に似ていた。背の高い成長物は濃い螺旋状の柱を形成し、高さ二十フィートのうねりのある天井まで伸びていた。視線を下に向けると、床は水たまりが広がっており、なにか倒れた巨人のあばら骨に似た畝《うね》が散りばめられているのに気づいた。

衛星携帯電話がクリック音を立て、話しだすとふたりともぎょっとした。「なかへ進んでください。これ以上遅れると任務を危険にさらします」

「ああ、黙ってよ！」リースが言い返した。深呼吸して、彼女は肩越しに炎が点在している水を目にして、ため息をついた。「だけど、たぶん彼女の言う通りね」

「持っていきたいか？」ハクスリーはリースが自分のかたわらまで引っ張ってきた爆弾のケースにうなずいて、訊ねた。

「男性としてのプライドを損ねたくないんじゃない？」リースは火炎放射器を身振りで示した。「取り替えっこしない？」

第十三章

ハクスリーは構造物の内部の空気が不快なほど湿度が高いことに気づいた。それにハクスリーが運んでいるリュックと武器と核爆発装置の重量が合わさり、ひっきりなしに汗が流れ、疲労が募った。不快感は、水たまりを歩いて渡らざるをえないときに立ちのぼる腐敗物と油と下水の入り交じった悪臭でいっそう募った。ここで死んだ人間の遺体だけでなく、死んだ都市から集まった流出物も踏んでいるのだとハクスリーはわかっていた。その死の証拠はいたるところにあった。ねじれた街灯の柱や交通標識とともに、ぐしゃぐしゃになった自動車やヴァンが、植物肉《ヴェジミート》とリースが呼ぶようになったものでできている弓形の壁から突き出ていた。

数百歩進んで、ふたりは一台の二階建てバスに出くわした。その乗客たちはバスの屋根から突き出ている巨大な成長物の苗床となっていた。もちろん、骨や死体もあった。奇妙なことに骨はそのほとんどが人間のそれだったが、死体は異なっていた。犬や猫や鼠の死体が植物肉の牢獄で恐怖や怒りのうなりをあげて凍りつき、潰され、ばらばらにされ、部分的に腐っていたものの、それ以外は変わっていなかった。骨は別の話だった。たいがいの場合、肉を剝ぎ取られているものの、いずれも変形の兆候を示していた。とくにひとつの骨はあまりにもひどく変わっていて、ハクスリーは思わず立ち止まり、そのあまりの醜さに釘付けになった。

頭蓋は細くなり、引き伸ばされていた。目と歯と頰骨が凸状に歪んだ仮面と化し、悪魔のようだと表現するしかないものになっている。その骨は一台の車の残骸のなかに横たわっていた。小型の電動ハッチバック。その軀体はずたずたに切り刻まれており、おそらくその罹患存在の骸骨が長さ六フィートの腕の先端に有している大鎌のような鉤爪にやられたものだろう。まだ皮膚と筋肉をまとっているとき、そいつがどんな様子だったのか、ハクスリーはぼんやりと思い浮かべることはできたが、生きている悪夢だったろうと言う以外、確固たるイメージは想像できなかった。

「なあ、携帯電話の音声レディーさん」ハクスリーは骸骨をじっくり観察しつづけながら、話しかけた。電話はふたりの歩みを誘導してきた。ときどきクリック音を発して、「二十メートル先を左折」とか、「そのまま直進」とかといった指示を発していた。時には、携帯電話が指示するルートが成長物の通過不能の壁になっていることが判明する場合があった。このグロテスクな洞窟網は、ハクスリーが自分たちの〝監視人〟として考えはじめている連中が駆使できるさまざまな映像技術をもってしても見通せないというその主張を裏付けた。方向の指示以外には、携帯電話は、このあらたな環境に関するはっきりとした詳細を提供しようとはしなかった。もはやハクスリーが我慢する気にならない点だった。

「五十メートル進んで右折」携帯電話の音声が言い、典型的な無個性の口調で事前の指示を告げた。

「いまのところ、そういうのを忘れてくれ」ハクスリーは言った。「M株がどこで産まれたのか、おれたちに話してくれていない気がする。起源の話だ。零号患者《ペイシェント・ゼロ》とかね。最初のひとりがいたはずだろ？」

質問を無関係だとみなすいつもの発言が返ってくるものだと思っていた。その代わり、携帯電話は二度クリック音を立て、すぐさま反応した。「起源はいまだに特定されていません。情報に基づく考察で推測が生まれましたが、検証可能な仮説あるいは実体的な説は立てられていません」

「だけど、エイリアンじゃないんでしょ？」リースが訊いた。彼女は腰の高さに火炎放射器を抱え、数ヤード先で立ち止まると、携帯電話に不機嫌そうな視線を送り、ゆっくりと円を描いて、脅威の有無をさぐった。

「地球外生命の起源を示す証拠は見つかっていません」携帯電話は述べた。

「なにかあったはずだ」ハクスリーは食い下がった。「なにもないところから飛び出てきただけというのはありえない」

「最初に確認されたケースは、ロンドンのエンフィールド区に住む四十三歳の倉庫労働者の男性でした。目撃者の報告では、人狼にかなり似ているものに急速に変身したそうです。対象者が鎮圧されるまでに数名の死者が出ました。胞子の入った箱がどこかの時点でその倉庫に届けられたんだという意見も出ていました。仮にその仮説が正しいとして、その倉庫では国際便を扱っていたため、当該荷物は世界じゅうのどこでもありえます。しかしながら、暴力的結果が出ていないせいで、見逃された先行例が無数にあった可能性があるのです」

「人狼か」ハクスリーはグロテスクに変形した顔に視線を釘付けにされたまま、繰り返した。いまやそこになにか爬虫類めいたところがあるのに気づいた。あごの曲がり具合と尖った歯は、恐竜を見ているような感覚を覚えさせた。子どもが『ジュラシック・パーク』や古いストップモーション撮影のハリーハウゼンの映画を見て怯えるようなものだ。

「悪夢」はたと気づいて、自分の声に柔らかなあえぎを加えた。「それがこの病気がやっていることだ。自分を悪夢の存在に変えてしまう」

「バチルスM株は、記憶ともっとも関係している脳の中心で驚異的なレートで増殖します」携帯電話の音声が言う。「また感情とも関係しています。恐怖と記憶が組み合わさったものは、悪夢と等しいものになると言えます。まだ特定できていないメカニズムを経由して、M株は、ときにはポップカルチャーのキャラクターとしてなんとなく認識可能な異形を生み出すプロセスを導き、人間の細胞に急速な突然変異を強いることができるのです」

「悪夢の伝染病ね」リースが言った。「こんなものが自然由来のものだと信じるのはどんどん難しくなってきた」

そのとき、笑い声が聞こえた。かすかだが、まちがえようのない反響が四方八方から届く気がした。リースは緊張し、火炎放射器を構え、一方ハクスリーは爆弾をおろして、カービン銃を肩から外した。笑い声はしばらくつづいた。あきらかに嘲《あざけ》っている笑いだった。ハクスリーはその笑い声が女性のそれだと聞き取ったとたん、だれの声だか認識した。

「プラスだ」ハクスリーは言った。

「わたしたちに先行してここに着いていたんだ」リースの唇がまくれあがって歯を剝きだしにし、火炎放射器を振り回し、相手の笑い声に対して声高に怒鳴ることで応じた——

「あんたにくれてやりたいものがある！　出てきて受け取れ、あばずれ！」

笑い声はそれから一、二分、平然と陽気につづき、次第にくすくす笑いになって、消えていった。

「おれたちがやったみたいに穴をぶち抜かずにどうやってここにたどり着いたんだ？」ハクスリーは携帯電話に訊いた。

「不詳です」

「われわれの会話を面白がっているようだった。なぜだ？」

「それも不詳です」

嘘つきめ。ハクスリーはため息をつくと、カービン銃を肩にかけ、爆弾を持ちあげた。

「こいつにタイマーを設定できるまであとどれくらいかかる？」

「わたしの指示に従ってください。最重要爆破地《プライマリー・デトネーション・サイト》は、まもなくあきらかになります」

「PDSって？」リースは背を伸ばし、悪臭を放つ水を跳ねあげて進むのを再開しながら言った。「あなたたちは物に名前を付けるのがほんとに好きでたまらないんでしょ？」

　さらに一時間、汚れた水たまりを通り抜け、重たい荷物を成長物でできた小丘まで持ちあげ、ふたりはこれまでに出くわした最大の空間にやって来た。柱状の成長物が合わさる狭い隙間を通り抜けると、暗視ゴーグルがまばゆい光に呑みこまれ、ハクスリーはいきなり立ち止まった。ゴーグルを外してみると、公園に隣接する道路の一部にほぼ安定した光を投げかけている街灯が一本立っているのを目にした。根がターマック舗装道路と歩道の上をうねり、公園の柵にからまっている。その奥、小さな緑の芝生が広がり、その先がいきなり濃い物質の壁に阻まれていた。公園の反対側には、浸食する植物肉にまだ呑みこまれていない店舗が並んでいる。

ふたりは立ち止まり、全体を見渡した。ハクスリーはカービン銃の照準を用いて、影になっている隅という隅を覗きこんだ。笑い声で襲いかかってきて以降、プラスは沈黙し、姿を現さぬままでいたが、プラスがこの道のりの一行程一行程を監視していることをハクスリーは疑っていなかった。おれたちが休むのを待っている、とハクスリーは結論を下した。眠るのを待ってさえいる。ちょうどここで眠れそうだと言うかのように。

「あの男がなにを恐れていたのか推測しても無駄かな」リースがそう言って、火炎放射器を使って、公園の柵を指し示した。錬鉄製の柵に手足を広げている人影を見て、ハクスリーは近づいた。胴体の幅から男性だとハクスリーは推測したのだが、奇形のレベルと根っこで覆われているせいで、判断は難しかった。その死体は柵に手足を貫かれていた。四肢が広げられ、頭がうしろにのけぞり、口がかっとひらかれていた。棘のある輪のなかにある頭蓋骨から一本の骨が飛び出していた。

たんなる輪じゃない、とハクスリーは近づきながら思った。「脳天だ」声に出してつぶやき、視線を死体の両手に移動させた。さらなる骨が突き出ていて、てのひらに大釘を打ち込まれたかのような形をしていた。

「三日以上まえにこれが起こったと思う？」リースは片方の眉を持ちあげて、皮肉な発言をした。

「きみが何者であれ」ハクスリーは顔を背けて言った。「カトリック教徒ではないだろうな」（手足に釘を打たれて磔刑に処されたキリストが処刑後三日目に復活した話を踏まえた会話）

「それどころか《オコントレ》。天使祝詞や主の祈りや短い懺悔の祈り《コンチリサン》やそれ以外のたわごとをごまんと英語とスペイン語と、言うまでもなくラテン語で思い出せるの。船のなかでわたしは暗唱していた……なにか感じるのを期待して。感じなかった。たぶん信仰は手術によってもたらされた記憶喪失を生き延びられなかったんだろうね」

ハクスリーは十字架にかけられたような死体に首を傾けた。「こいつはこの伝染病を生き延びたみたいだな」

「結局は無駄に終わったけど」口元を歪めた嘲笑は、不意に消え、リースは並んでいる店を見て、目を細くした。「上のほうの窓。食糧雑貨店の上。見える？」

ハクスリーは見た――汚れてひび割れている窓ガラスの向こうにかすかにちらつく黄色い光があった。「なにか燃えているのかな？」

リースは首を横に振った。「煙は出ていない。蠟燭だと思う」火炎放射器を握っている手に力をこめる。「あの女かもしれない。わたしたちをなにかに誘いこもうとしているのかもしれない」

「そんなあからさまなことをしたことはないぞ」

「調べる、それとも先を進む？」

「先を進んで」携帯電話音声が言った。「そうした行為は任務ではありません」

「ほんとなの？」リースはハクスリーのすぐそばに近づき、携帯電話の受話器に小声できつく言った。「そっちに投票権があるとだれが言った？　そっちが反対するからこそ、見てみようと思う」

「リース」ハクスリーはリースが背を向け、食糧雑貨店に向かってつかつかと進み出すと呼びかけた。彼女は振り返らず、部分的に壊れているドアを蹴り、建物のなかに姿を消した。

「攻撃性の兆候」携帯電話音声が言う。「不合理な思考……」

「いいから黙れ」ハクスリーはぴしゃりと言い放ち、爆弾をしっかりつかんで、よろめきながら速歩でリースを追った。

食糧雑貨店の内部は、棚が剝きだしになり、床には荒らされた食品の包装が散らばっていた。冷蔵キャビネットの一本のなかで電球がちらちら光っていた。そこから発せられるにおいは、そのキャビネットが何週間もまえに機能を停止していたことを示していた。干からびた死体がセルフ・レジ端末のまえに横たわっている。この場所に足を踏み入れて以来出会ったほかの死体と異なり、この死体にはなんら奇形の兆候がなかった。

「頭蓋骨が叩き潰されている」死体の切り離された頭部から漏れて乾いているものをリースはざっと見て、言った。「略奪者かな？」

「あるいは、略奪を止めようとした人間かもしれない。ひどい事態がはじまりかけた最初期に起こった事件にちがいない」

リースは店の奥を懐中電灯で照らした。「そこにドアがある」

リースは火炎放射器を背中に回し、カービン銃に切り替え、慎重にそのドアをあけたところ、階段があった。上の階から淡い、安定しない光がカーペット敷きの段に踊っていた。

リースはためらわずに階段をのぼりはじめ、ハクスリーは爆弾を置いていくのは賢明かどうか一瞬、自問自答してから、その考えを捨て、あとを追った。片手で重荷を引きずり、反対の手に拳銃を握って階段をのぼった。一段ごとに硬いプラスチックが、柔らかだがはっきり聞こえるどんという音を立てた。

「隠密行動もここまでね」リースはつぶやき、階段をのぼりきったところで、姿勢を低くした。踊り場周辺をカービン銃でさぐってみたが、撃つべき相手は見つからなかった。銃は通りに面した部屋につづくドアに向かって止まった。ドアの縁から柔らかな揺れる明かりが漏れ、なかからは鈍いかちりという音が繰り返し聞こえた。

「ここを燃やして、先へ進むことも可能なんだが」ハクスリーはリースの上唇に汗が浮いているのを見て、指摘した。

「好奇心」リースはそう言うと、作り笑いを浮かべて、肩をすくめた。「確かめずにはいられないの。記憶喪失症でも消せないものがあるみたいね」

リースは中腰の姿勢でゆっくりドアに近づき、手を伸ばして押し開けた。少しうしろへ下がり、なんらかの脅威に出会えば、フルオートで銃弾を叩きこむようカービン銃を構えた。彼女はぴくりとも動かなくなった。ハクスリーはまえに進み出て、リースの肩越しに覗いた。

ひとりの男が二人掛け革張りカウチに座っていた。カウチの両側にはきちんと並べられた缶詰が高く積まれていたが、ハクスリーの見るかぎりではその大半が空だった。男は縞模様のシャツと灰色のズボンを着ていた。着衣は洗濯していないので繊維がごわごわになっているようだった。うつむいた頭は、ほとんど禿げていたが、耳のまわりとうなじには梳かしていない白髪がふさふさしていた。男のまえにあるコーヒー・テーブルの上の小皿で燃えているちびた蠟燭のわずかな明かりに頭皮がてかてかと輝いている。男はふたりが入ってきても顔を起こさず、テーブルの大半を覆っている大きなジグソーパズルの上で両手を動かしていた。ほぼ完成しており、中央に小さな隙間があるだけで、男のすばやい手がパズルの横に慎重に並べられた列からピースを持ちあげ、無意識の正確さでパズルに当てはめていき、たちまち隙間が埋まっていった。

「あのー」リースが言った。「こんにちは」

男は作業の手を止めなかったが、顔を起こした。現代のメディアがたっぷり供給しているホラー番組から引き抜かれたクリーチャーの、いやらしく歯を剝き出している口を目にすることを予期し、ハクスリーはすぐに動けるよう緊張した。だが、ハクスリーが見た顔は、疲れた老人のそれにすぎなかった。奇妙なことに、老人の目には恐怖が浮かんでいなかった。その代わり、目に皺を寄せ、歓迎の意を表す、弱々しい疲れた笑みを向けてきた。「こんにちは、お若いレディ」英語を第二外国語として学んだ人間特有の正確で、ほんのわずかに訛りがある話し方を男はした。「なかへどうぞ。ご友人も」話しながらも男の手は止まらず、テーブルの上のほぼ完成しかけているイメージにピースをはめこんでいた。

「あいにく、提供できる飲み物はないんだ」

老人はまた笑みを浮かべると、ジグソーパズルに集中を戻した。リースがハクスリーに、疲れた、当惑のまなざしを送ると、部屋のなかに歩を進めた。彼女は老人に武器の狙いをつけたまま、広く距離を取ってテーブルを回りこんで右側に移動した。ハクスリーは左側に移動し、ホルスターに拳銃を収めた。なにかが――警察官としての勘が――この高齢のパズル解きはなんの脅威でもないと告げていた。

「いいですか？」ハクスリーはカウチの隣にある肘掛け椅子に手を置いて訊ねた。

老人はジグソーパズルに目を向けたまま、うなずいた。「どうぞ」

腰をおろすことの純粋な快感にハクスリーから思わずうめきが漏れた。それでこの場の主人からくすりという笑いを引きだした。「さぞかし長い旅をしてきたんだろうね？」

「ええ、そうです。しばらくかかりました。少なくともそんな気がしています」

「では、あなたたちはアメリカから来た兵隊なんだ」

ハクスリーはリースを見た。彼女は室内を慎重に点検しており、疑念を抱いたしかめ面を浮かべていた。

「自分たちの正体を知らないことをお聞きになれば、驚かれるかもしれません」ハクスリーは老人に告げた。「わたしはたぶん警察職員のたぐいで、友人は医師のたぐいだと思います。ですが、あなたにわれわれの本名すら言えません」

「それはなぜだね?」

嘘をついてもなんの意味もないのがわかっていたので、ハクスリーは言った。「記憶を奪われたんです。そういった手術、インプラント処置で。どうやってそうしたのか、よくわかりませんけどね。ですが、今回の病気からその措置がわれわれを守ってくれているんです」

「ほお」老人はあらたなピースをかちりと嵌めた。「とても賢明だな」

ハクスリーは首の角度を変えて、ジグソーパズルをもっとよく見た。風景や古典的な絵画とは違っており、写真だった。実際には家族写真だ。六人が映っており、女性ふたり、男性四人がそれぞれの肩に腕を回して、笑っていた。グループのまんなかに立っている男性は、ほかの面々より、少し堅苦しい表情で、より威厳のあるポーズを取ろうとしていて、それがまわりの人間に面白がられている様子だった。写真は彼らのこらえていた笑いが爆発した瞬間に撮影されていた。堅苦しい男性は、減りつつある食糧に囲まれて二人掛けカウチに座っている老人より額の皺がはるかに少なかったが、ハクスリーはそれがこの老人だと見分けることができた。

「ご家族ですか?」ハクスリーが訊いた。

「ああ、まさに。われわれがいっしょだった最後の機会に撮ったものだ。隣人がこの写真を撮ってくれた。わたしの妻がこの写真をどんな写真からでもジグソーパズルにしてくれる会社に送った。わたしの六十五回目の誕生日プレゼントだった」

老人は最後のピースを嵌めこむと黙りこんだ。その最後のピースを老人が軽く指で叩き、その指が震えているのをハクスリーは見ていた。震えは手に広がり、それから腕に伝わり、すぐに体全体が震えた。

「失礼をお詫びする」老人はそう言うと、すぐにジグソーパズルを分解する作業に取りかかった。完成した画像に両手を広げて、ばらばらにする。「だが、これをやらねばならんのだよ」

「なぜです？」リースが訊いた。

「それがわたしを引き留めているのだ。このことをやらねばならん」

「引き留める？　なにに？」

老人は比較的大きな部分を小分けにしはじめ、テーブルの上に裏返していった。「ここに。自分に。彼らに。わたしがつづけているやりかたに」

ハクスリーは室内を見まわし、注意深く整えている感じが徐々にうまくいかなくなっていることを悟った。置物が棚で埃をかぶっていたが、なにもしなかったらそうなるはずほどひどくはなかった。蠟燭の明かりにまばらな蜘蛛の巣が光っていた。「あなたははじまったときからここにいたんですね」ハクスリーは言った。「そうじゃないですか?」

老人は頭を下げた。手はまだばらばらにしたジグソーパズルをしきりに触っていた。「あのあと……」と言いかけて口を閉じる。ハクスリーは老人の喉が詰まるのを見て取った。手はけっして動くのを止めないものの、視線はどこか遠いところを見ていた。「最初は……ああいうことが全部はじまった初日。往来で騒音がやたらとしていた。悲鳴や叫び。みんな見にいったんだ。わたしは貯蔵室にいて……」息を吞む。「そのあと、出ていく理由が見当たらなかった。妻が……」悲しげな笑い声をあげようとしたのかもしれないとハクスリーが思った音を老人は立てたが、すぐにそれは甲高い苦痛の叫びに変わった。その音は老人が手を口元に持っていき、親指の関節を歯で嚙んで押さえなければ、とても耐えがたいものになったかもしれなかった。血が溢れ、かさぶたのできた傷だらけの皮膚にこぼれ落ちた。ハクスリーは老人に手を伸ばそうという衝動と戦った。船で目覚めて以来、どんなときよりも無力感と怒りを覚える。

数秒後、老人は手をおろし、ジグソーパズルのピースに滴り落ちる血になんの関心も示さなかった。次に老人が話を再開したとき、ふたりを出迎えたときとおなじように礼儀正しく、平静な声だった。「最初の兵隊たちがやって来たとき、妻はここから出ていくべきだ、と言ったんだよ。わたしがまちがっていて、妻が正しかった数多い機会のひとつだ」

今度は笑い声をあげるのに成功していた。

「最初の兵隊たち？」ハクスリーは肘掛け椅子の上で身を乗りだした。警察官の勘がそそられる。「あなたの……つまり、あの事態がはじまるまえに兵隊たちがここにやって来たんですか？」

「ああ、そうだよ。実際には一週間くらいまえだった。兵隊の服装ではなく、なんの記章もついていないヴァンに乗ってやって来た。だが、むかし兵隊をしていたので、軍服を着ていようといまいと、連中がどんな感じなのかわかっているんだ。上着の下に防弾ベストを着て、武器も身に付けていた。連中はスタジアムの向かいにある倉庫のまわりにヴァンを停めた。警察もやって来て、通りに非常線を張って規制し、携帯電話で撮影しはじめた人間を逮捕した。もちろん、全員に撮影を止めさせることはできないが、娘から聞いた話では、ツイッターやほかのＳＮＳにはなにも現れなかったそうだ。ニュースにもならなかった」

そのとき、衛星携帯電話がクリック音を立てたが、音声は発されなかった。ハクスリーは携帯電話を軍服から外し、受話器を見つめた。制服と白衣を着た〝監視人〟が緊張して視線を交わし合っているというイメージが頭のなかを満たした。

「その兵隊たちがなにをしているのか、わかりましたか?」ハクスリーは老人に訊いた。

「いや、わからなかった。連中は一時間ほど留まっていた。娘は、連中がたくさんの箱とコンピュータを建物から運び出し、人々をヴァンに案内する様子をビデオ撮影した。ひとりの男が抵抗するのを見たが、兵隊たちはとてもすばやく男を見えないところに連れ出したと、娘は言ってた。連中がいなくなると、建物は封鎖され、そのまわりに警察が配置された。もちろん、まわりの人間はそれを気に入らなかった。噂が乱れ飛んだ。万一に備えて出ていくべきだ、と妻は言った。事業者金融への支払いが一カ月遅れているんだ、とわたしは言った……」老人はまた黙り、最後のピースをひっくり返し、すべてが裏向けになるようにした。一瞬のためらいのあと、またしても腕からはじまって体全体に広がる震えが起こり、老人はジグソーパズルのピースを表に向けはじめた。

「スタジアムの向かいにある倉庫になにが入っていたのか、考えはありますか?」ハクスリーは訊いた。

「あらゆる種類のもの、あそこにはたくさん倉庫があった」全部のピースが表向きになると、老人はそれらを種類毎に分別する作業に取りかかった――端のピース、角のピース、その他は色に従って分別する。「ここには目的があって来たんだろう?」

「はい」ハクスリーは爆弾の箱を手でぴしゃりと叩き、空元気《から》を出して言った。「こいつが爆発すれば、全部解決だ、と言われています」

「ここにいるあらゆるものをそれで殺すのかね？」

「それが計画です。まだここから出ていこうとする時間はありますよ……」

またしても叫び声が、苦痛に満ちた叫びが、老人の口から漏れた。今回は幸いにもなんとか手を噛まずに押さえつけようとした。「いや。わたしにはいく場所がない。ここがわたしの属している場所だ。これこそわたしの報酬であり、わたしの罰なのだ」老人は潤んだ目をしばたたき、ピースをまとめ、すばやく器用に角のまとまりを作りはじめた。「最初のころ、わたしは決まり切った行動を保つことができた。食事や清掃やトイレ。外から聞こえてくるあらゆる恐ろしいことに耳を塞ぎ、もっぱら座って、このジグソーパズルを完成させた。長いあいだその決まり切った行動を保つことができたのだが、もうだめだ。いま残されているのはこれだけだ」

老人は口をつぐみ、背を伸ばし、ハクスリーのほうを向いて顔を合わせ、震えが戻ってきた。「子どもの頃、ムンバイにある祖母の庭をいつも走り回っていたんだが、ある日、蛇に噛まれた。とても痛かったんだ。死ぬかと思ったくらいだった」老人の両手はシャツのボタンに移動し、慎重にボタンを外して、その下にある肌をあらわにした。ハクスリーはその光景から目を離せず、体のなかを嫌悪感の震えが走るのをこらえられなかった。老人の胸から腹にかけて、皮膚を小さな痣が覆っており、それらがさざ波を立てているように見えた。嫌悪感を覚えながらも、目が釘付けになったその先に見えているのは、個々の痣が金魚の口のようにぱくぱく動き、開閉している様子だった。いや、ハクスリーは自分の考えを修正した。見えているのは、個々の口から突き出ている非常に小さな牙で、剝きだした牙から毒が漏れていた。蛇だ。

「こいつらはジグソーパズルをわたしがしているときは、あまり嚙まないんだ」老人は言った。いまや頭の先から足の先端まで震えていた。「嚙むのを遅らせるんだと思う、つまり、いいことを思いだしていると。悪い考えを寄せ付けずにいられれば、生きられる。だが、だれもそんなことを永遠にはつづけられない」老人は目をしばたたいた。ひくつく顔を涙がこぼれ落ちる。「出ていくまえにわたしを殺してほしい」

ハクスリーは自分が老人の視線を受け止められずにいることに気づき、ジグソーパズルのピースに目を釘付けにしたまま、声をかすらせて、生ぬるい返事をした。「そんなことができるとは思いません」

「やってもらわねばならん」絶望が老人の震える声にうかがえた。「自業自得でもあるんだ。ほら、わたしは人を殺したんだ。若い男を。うちの客だった。その男は店から盗みを働こうとしたので、わたしは殺した。男の名前はフレデリコだ。数日おきに店にやって来て、一番安いラガー・ビールの六パックと、レーシング・ポスト紙を買っていった。いつもヒントをくれたよ、なにに賭けるかの。一度も当たった試しがなかった」

頭を潰された下の階の死体。悪夢に支配された街の数限りない殺人のひとつ。

「わかっているだろうが、あれはいろんなことを変えてしまうんだ」老人の口調が和らぎ、両手がジグソーパズルに戻った。「記憶を。あれは記憶をねじ曲げ、記憶を捏造するのだ。わたしはこの世でなによりも自分の家族を愛しており、家族はわたしの愛情を受けるに値する存在だった。だが、ふと気を許すと、色んなことを思い出す。妻を嘘つきでずるい女にしてしまうことを、息子たちを盗人にしてしまうことを。けっして起こったはずがないとわかっているはずのことを。あの病気は醜さを餌にしているのだと思う。われわれに憎ませる必要があるのだろう。そうやって広がっているのだ。もしあんたがわたしを殺さないなら、その醜さに自分が屈服するのがわかっている。そして、そうなったら――」老人の指がジグソーパズルのピースの上に広がった。「――家族はほんとうに死んでしまい、わたしはもはや……わたしではなくなってしまうだろう」

老人の最後の言葉は唖と絶望が爆発してかろうじて聞き取れた。そしてすぐ彼は作業に戻った。その手はあまりにも早く動いているためぼやけて見えるほどだった。たんなる人間の技能をはるかに超えた速度と正確さでピースを回転させ、嵌めこんでいく。

「ハクスリー」リースが言った。顔を起こすと、リースがドアのほうを向いているのに気づく。指がカービン銃の発砲セレクターに動いていた。ハクスリーは首を横に振り、立ちあがると、爆弾を握っていた手を離し、拳銃を抜いた。老人のこめかみを銃口で狙ったとき、腕が震えると思い、最後の瞬間に臆病さを発揮すると思ったが、そういうことは起こらなかった。

「最初の兵隊たち」食糧雑貨店から出ると、ハクスリーは携帯電話に口を近づけて言った。言葉を切り詰め、明瞭に発声する。「スタジアムの向かいにある倉庫に兵隊たちが姿を現した。軍がやって来る数週間まえに平服の兵隊が来た。全部聞いていたよな？」

クリック音や躊躇はなかったが、その反応の早さにハクスリーは怪しいと思った。「M株感染は幻覚と偽の記憶が生じると知られています。あなたが出会ったあの罹患存在が説明した状況はたんに起こらなかったんです」

「でたらめを言うな。あんたらがこの任務におれを選んだのは、おれが刑事だからだ。真実にたどり着こうとする長年の経験から、おれは生きる嘘発見器になっている。どうやってなのか覚えているかどうかはともかく。あの老人は幻覚を見ていなかったし、嘘もついていなかった」ハクスリーとリースは草木で覆われたパトカーの残骸の横で立ち止まり、その間、ハクスリーは携帯電話に向かって熱弁をふるった。「はっきりさせておこう、あんたらが何者であろうと、実際になにが起こったのか話さないかぎり、おれたちはここら一歩も進まな――」

銃撃は狙いが甘かった。優に一フィートはハクスリーを逸れ、背後の店の窓だったものを撃ち抜いた。ハクスリーの反応は反射的かつ即座で、パトカーの残骸のうしろに身をかがめ、携帯電話を下に落とし、片手はまだ爆弾ケースを握りながら、反対の手でカービン銃を構えた。リースはすでに応戦をはじめており、公園を支配している成長物の広がりに向かって二発狙った銃撃をおこなった。リースがなにを撃っているのか、リースから見えなかったが、反撃してくる銃口の火花を目に捉えた。リズミカルなうなりを伴うちらつくストロボが自動発射であることを告げていた。ハクスリーは頭をさげた。ちぎれた金属や砕けたガラスが通りに散らばった。

「あの女は銃を手に入れたんだ」ハクスリーはリースに意見を述べた。

リースはパトカーの後輪のハブのうしろに身をかがめ、首を振り、あらたな発砲を身を小さくして避けた。「彼女じゃないわ」どういう意味だとハクスリーが訊ねるまえに発砲が止んだ。「男が見えた」リースはうなって、ひょいと頭を出し、カービン銃を肩に押し当てると、さらに二発撃った。公園の柵の奥でなにかが動くのをハクスリーは見た。リースの銃弾が命中し、灰色がかった緑色の、人間の姿と思しきものがよろめいた。

ハクスリーはカービン銃の照準を目に押し当てた。人影が鮮明に目に飛びこんできた。それは男だった。あるいは男だったものだ。成長物が足首から頭まで全体を蛇行しており、細部をわかりにくくしていた。しかしながら、肥大した手に握っているブルパップ方式のアサルトライフルを見て、男が兵士であるとわかった。リースからのあらたな一斉射撃で相手の胸から植物肉の塊が引きちぎられ、男をよろめかせたが、ライフルに再充塡する作業にはっきりわかるほどの遅れは生じていなかった。

「体を覆っているものが厚すぎる」ハクスリーはそう言って、照準のレティクルを兵士の額に合わせた。その一発は男の顔を覆っている成長物を切り裂き、血煙を立てさせた。それでも男は倒れなかった。「クソ」ハクスリーはおなじ場所を狙い、再度発砲した。銃弾を罹患存在の脳に叩きこむのに成功するまで三度試さねばならなかった。またしても、男は倒れず、ぐらつきながらもめったやたらと銃を撃ちまくった。銃弾は公園の柵に当たって火花を立て、剝きだしのターマック舗装道路に穴を穿った。

ハクスリーとリースは銃弾がまわりをびゅんびゅん飛びまわるなか、姿勢を低くし、兵士のライフルが沈黙すると怖々、頭をあげた。「マジ？」リースが言った。ライフルに再充塡するために必要な運動技能があきらかになると、罹患存在の兵士はライフルを捨てた。

彼はふたりに向かって突進してきた。両腕を広げ、口から血を飛ばしながら言葉にならない怒りの雄叫びを喉から鳴らした。公園の柵に衝突したあとも怒りつづけ、鉄柵の障壁の隙間から腕を振り回し、暗赤色の液体を撒き散らした。

「クソ」リースは長々と柔らかな吐息をつき、ハクスリーが振り向くと、彼女が歩道にあるなにかを見つめているのに気づいた。衛星携帯電話がばらばらになってそこに落ちていた。いくつかの部品とプラスチックと配線が散らばっている。身をかがめて拾いあげ、ハクスリーは緑のボタンを押すのが無駄だとわかっていつつも、とにかく押してみた。

「さて、どこにいけばいい?」リースは訊いた。その声にはうんざりした絶望感がこもっていた。

ハクスリーは蠟燭の明かりがまだちらついている食糧雑貨店の二階の窓を一瞥した。

「スタジアムというのが確実な選択の気がする」

「すてき。方角を伺ってもよろしくて?」リースは火炎放射器を掲げると、まだわめいて、手を振り回し、柵に体を押しつけている罹患存在に大股に近づいていった。「少々物を伺います。たまたま、この近くにスタジアムはありますか? ない? ああ、そうなの、だったら、これでも喰らえ」

火炎放射器のうなりが兵士の怒りの叫びを覆い尽くし、短命の苦痛の悲鳴があとにつづいた。男は死ぬまでばかげたほど長くかかり、腕を振り、黒ずんだ燃えかすになってしまった指でリースに掴みかかろうとした。リースはさらに二度、男に炎を浴びせ、やっと男が炭化しておとなしくなると、その悪臭に嫌悪感を浮かべて顔をしかめ、あとじさった。

リースは煙をあげている塊を少しのあいだ見つめたのち、鼻をくんくんさせた。「あの老人はどこかに地図を置いていたかもしれない。ひょっとしたら、A‐Zマップ（街路名検索付き地図帳）を」

「必要ない」ハクスリーはリースの肩越しに二十ヤード先にある一部見えにくくなっている交差点を指し示した。標識はねじれ、成長物によって変形して、アーチのようになっていたが、いくつかの文字はまだ読み取れた。上向きの矢印の隣にある四つの単語がもっとも目立っていた――トゥイッケナム・スタジアム・一・マイル。

第十四章

もっと速く動く必要があると判断し、ふたりは余分な重さを手放した。リースは拳銃と火炎放射器の組み合わせのため、カービン銃を諦めた。ハクスリーはカービン銃と拳銃は残したが、爆弾を除く、ほかのあらゆるものを捨てた。ふたりとも暗視ゴーグルは持ちつづけたものの、必要になるまでバッテリーを保たせようとした。出発するまえにふたりはプロテイン・バーをぱくつき、水筒に残っている水を飲んだ。残り一マイルで、水を節約する意味はほとんどないと思えた。最初の一嚙みをするまで、ハクスリーは自分の飢えの激しさに気づいておらず、一本丸々がつがつと食べ、すぐにもう一本の包装を剝いた。

その飢えは自身の終焉が差し迫っていることから生じたのだろうか、とハクスリーは思った。永遠に食べる機会が失われてしまうまえにその感覚を得ておこうという、なにか生得的な、切実な願望のせいだろうか、と。あるいは、たんに疲れていて、ほんとうに空腹だったのかもしれなかった。

交差点の上で斜めになっている道路標識の先では、柱状の成長物が数と濃さを増し、ある種の森となって、その先がすぐに細くなり、地下墓地に似たようなものにつづいていた。そのなかで街灯が明滅をつづけていて、暗視ゴーグルに頼る必要がなかった。とはいえ、そこは物陰がやたら多くて不安になるくらい静かな場所で、かなりの浸水が来ており、そのため悪臭が相変わらずひどかった。

「興味深い疑問をいくつか提示してくれたとは思わない？」リースがふたたび先頭に立って進み、ハクスリーが爆弾を持ってあとにつづくと、彼女は訊いてきた。成長物の密度で、都市の景観の多くが見えなくなっていたが、道路と歩道の縁は容易に見分けることができ、ふたりは比較的まっすぐな線に沿って進めた。

「だれの話だ？」ハクスリーは訊いた。

「ジグソーパズル・マン。彼がこの伝染病について言っていたこと。こいつは記憶を餌にするだけではなく、記憶を変化させる。まるでわたしたちに憎ませる必要があり、わたしたちの怒りを必要としているみたいに。わたしの推測では、ホルモンが刺激物質として作用し、アドレナリンやコルチゾン、あらゆる化学物質のスープがストレスを覚えると作り出されるんだと思う。それがこの伝染病の燃料なんだ」

「筋は通る」ハクスリーは慎重につぶやいた。リースの話しぶりの口早で活き活きした様子に懸念を覚えた。攻撃的。ひょっとしたら、非理性的？　衛星携帯電話の音声が言いそうな言葉だ。いまハクスリーが考えている言葉でもある。

「そしてそのためには、われわれの思考をもてあそび、記憶を改竄するにちがいない」リースはつづけた。「不思議なんだな。つまり、ディキンスンのこと。彼女は本当に虐待されていたのか、それともM株がでっちあげたなにかが彼女を狂わせたのかしら？」

「それを言うなら、プラスがわれわれの思っているようなサイコパスではないかもしれない可能性が出てくるぞ」

「いいえ、彼女はどこをとってもわたしたちが思っているようなサイコパスよ。M株が彼女の助けを必要としていたとは思えない。彼女はとっくに頭のなかを臭いクソでいっぱいにしていた。この場所で突然変異の兆候を示さずに長く生き延びた連中がサイコパスやソシオパス、クソまみれなこの世界でとてもうまく立ち回っている利己的で人を欺《あざむ》くクソ野郎であると知ってもわたしは驚かない……」

「リース……」

「……当然じゃない？　当然、そうじゃない？　あいつらが栄えるようなこのどうしようもない世界をわたしたちはすでにこしらえてしまっている。この世界は、貪欲で人の物を盗む嘘つきどもがほかのわたしたちを支配するようになっている。こっちの環境でのあいつらが栄えるのは当然じゃない？」いまではリースは立ち止まっていた。疲労で肩を落としながらも、口早に滔々と罵倒をつづける。「最初の兵隊たち。そいつらは何者？　偶然じゃない。そのはずが……」

「リース」

リースはハクスリーの声の険しさにびくっとして、息を呑み、黙りこんだ。振り返りはしなかったが、ハクスリーは彼女が震えているのを見て取った。

「なにか思い出したのか？」ハクスリーはリースに訊いた。

リースはなかなか口をひらこうとせず、ハクスリーは両手が核爆弾で塞がっていることを強く意識せざるをえなかった。もしリースがハクスリーを焼き殺そうとしたら、それに間に合うよう拳銃を抜くのはなかなか困難だろう。しかしながら、ようやくリースが振り返ったとき、その顔を見てハクスリーの恐怖は雲散霧消した。妄想を浮かべている表情ではなく、そこには悲しみしか浮かんでいなかった。奇形は見当たらず、激情に駆られた憎しみもなかった。ただ、深い悲しみだけがあり、それはそれなりに見ているのが難しいものだった。

「まさにそこが問題なの」掠れた囁き声でリースは言った。「息子の写真を見たけど、なにも感じなかった。なにかあるべきじゃない？　もし彼が本物なら。もしわたしがほんとうに母親なら。なにかあるべきよ。だけど、わたしは彼のことを知らなかった。彼を夢に見ることすらない。あのいまいましいERの勤務のことしか夢に見ないの。連中がわたしたちに施した処置がなんであれ、恒久的なものなんだ。たとえここから出られたとしても、元のわたしたちだった人間は、この旅がはじまるまえに死んでしまったのよ」

「息子さんは現実の存在だよ」ハクスリーは爆弾ケースから手を外し、リースの肩を摑んで、抱き寄せた。「おれときみとおれが結婚している女性とおなじくらい現実のものだ。おれたちはそれにしがみつかなきゃならない。おれたちにあるのはそれだけなんだ」

リースはハクスリーの胸に額を預け、あえぐように少しすすり泣いてから、うしろに下がった。「息子の名前を教えてほしかった」

それから少しして最初の花を見つけた。地下墓地がしばらく狭くなってから、広がって大きなトンネルになっていた。河をあとにしてからはじめて、ハクスリーはあの霧をふたたび目にした。霧は最大のトンネルの奥に向かって濃い帯状に横たわっており、おそらくはより広いスペースがあることを示していた。なにもない空間に繫がっているかもしれないスペース。

「綺麗だわ」リースが盛りあがった成長物の隣で立ち止まると言った。近づいてみると、それは抱き合っているカップルにどこなく似ているとハクスリーは思った。このふたりは恋人同士だったんだろうか？　友人同士？　たとえ見知らぬ者同士であっても、忘却をまえにして別の人間の体に安らぎを求めようとしたのか。リースの関心を惹いたのは、体の大きな人影の頭部だったかもしれないとハクスリーが思ったものから生えているものだった――短い茎に暗赤色の花弁の蕾《つぼみ》がついていた。

「生きている植物にあまり気がつかなかった」リースが付け加えた。「これまで見てきたどの木も茂みも、枯れているか、枯れかけていた」

「それが植物だとは思わない」ハクスリーが言った。前方の霧に包まれたトンネルにうなずく。床と湾曲した壁をさらなる暗赤色の花が覆っていた。近づいてみると、それらの花がひらいているのが見えた。花弁がうしろに下がり、口のような開口部をあらわにしていた。まえに目をやり、トンネルから出ていこうとするにつれ、花の数が増していくのに気づいた。花弁がいっそうひらいて、赤い開花の絨毯を形成し、ハクスリーがこれまでに見たなかでもっとも見通せない深紅の靄になっていた。車やトラック、バスが地面から持ちあげられ、花にくるまれて曖昧な外形を示していた。

「光に反応しているんだ」リースはハクスリーのかたわらに来て言った。火炎放射器の点火装置を稼働させて身をかがめ、咲きかけている花のひとつに近づけた。花弁がぴくぴくと動き、ひらいた。その開口部からはっきりピンク色だとわかる微粒子の雲がそっと吐き出された。リースは体を起こし、目のまえの細長い帯状の花を眺めた。「バチルスM株の苗床だ」そう言ってリースはハクスリーのほうを向き、明確な質問を訊ねるかのように両方の眉を持ちあげた。

「まだぜんぜん中心には達していない」ハクスリーは爆弾ケースを掴む手に力をこめ、花のなかをかち渡るのを再開した。長靴の下で地面はでこぼこしており、粗い成長物の盛りあがりに剝きだしのターマック舗装道路と歩道がまばらに散らばっていた。「スタジアムに到達していない」

「トゥイッケナム・スタジアム」リースは隣に追いついた。「とても趣《おもむき》がある名前だと思わない？　まるで『ホビット』に出てくるような。そこでなんの競技がおこなわれていたんだろう」

「サッカーさ」ハクスリーは言った。「当地では、つねにサッカーだ。もっともここではフットボールと呼ばれているけれど」

「ラグビーだよ」

ふたりは凍りついた。その声は霧のなかから聞こえた。反響して自然な声とはほど遠く聞こえた。前方、後方、右、左。ハクスリーはどこから聞こえてきたのかわからなかった。

ふたりは成長物に覆われたバスの一台のそばに近づいた。もっとも明白な隠れ家としてリースはそのバスに火炎放射器の狙いをつけた。ハクスリーは姿勢を低くし、爆弾ケースを置くと、カービン銃を肩から外した。

「ラグビーをしてたんだよ」声が言った。反響にもかかわらず、ハクスリーはだれの声だかわかった。カービン銃の照準は、二十フィート先の靄とまじり合っている赤い花が咲いているフィールドの上をさぐった。なんの動きも見えず、再度プラスが口をひらいたが、ハクスリーはまだ場所を突き止められずにいた。

「正直言って、あんたたちふたりがここまでたどり着けるとは思ってなかった」プラスはふたりに告げた。その口調は軽快な会話のようだった。「最終的には、ピンチョンとわたしだけになるだろうとずっと思ってたんだ。あらゆるモデルがそれを予測していた」

「それは実に魅力的な話ね」リースが言った。はっきりとした敵意を浮かべている仮面の表情になっている。「こっちへ来て、もう少し話さない？」

かすかな、虚ろな笑い声。右側で柔らかくリズミカルなかちかちという音が聞こえ、ハクスリーはカービン銃をぐいと引きあげ、照準には茂みに覆われた車の割れたサイドミラーから滴り落ちる水滴が見えた。

「そんなにわたしを殺したい、先生《ドクター》？」プラスが訊いた。「ヒポクラテスの誓いは記憶喪失を生き延びなかったようね」

「まずなによりも危害を与えてはならない」リースはゆっくりとその場で体をまわし、目を爛々と輝かせ、指を火炎放射器の引き金にかけて緊張させた。「あなたは危害そのものよ。このいまいましい事態が訪れるずっとまえからあなたは害悪《ペストレンス》そのものだったと思う」

あらたな音、柔らかなかさかさという音が聞こえたが、ハクスリーには霧が押し退けられた渦しか見えなかった。

「害悪《ペストレンス》（疫病や悪疫、ペストの意味もある）とは、愚かな言葉ね」プラスの言葉に、うんざりとした吐息がつづいた。「病気とは、われわれが生きるために進化してきた環境において逸脱していることを示唆している。実際には、その正反対が真実なのに。この世界は、われわれを殺すよう設計されており、われわれは繁殖するのに十分な時間だけ生きるように設計されている。それが自然の真のバランスなの。そのことがいまならわかる。伝染病は逸脱じゃない。その独自の起源にもかかわらず、この伝染病ですら。われわれが逸脱なの。最終的に環境を蹂躙し、みずからの破滅を確実なものにすることに成功した種《しゅ》。いま起こっているのは、たんなる必要な修正にすぎない」

リースは火炎放射器の引き金から手を離して、ハクスリーの腕を軽く叩き、バスのほうに急きたてるようにうなずいた。ハクスリーが訝しげに顔をしかめて応じると、リースは手に力をこめて腕を握り、強調した。ハクスリーはうなずくと、手を伸ばして爆弾ケースのハンドルのひとつを摑んだ。リースは姿勢を低くして、ゆっくりと花に包まれている車両に向かって動きだし、ハクスリーはケースをひきずりながらあとにつづいた。

「知りたくないかな？」プラスにそう問いかけられるあいだにふたりはバスを避けてまわりこんだ。その車両のなかからなにか音がしないか聞き分けようとハクスリーは耳を澄ましたが、なにも聞こえなかった。しかしながら、リースはバスに目を釘付けにし、花を掻き分け、弧を描くように近づいていった。

「なにを知るんだ？」ハクスリーが声を返し、相手の答で的があらわになることを期待した。

「そうね、もちろん、起源。バチルスM株のはじまり」

「なるほど」ハクスリーの目は霧がかかっている花を見まわし、片手でカービン銃を構えた。「それに関して、あらいざらい話してくれ」

一拍の間があり、その間、罹患し、異形になったプラスがノートを片手にして演壇に歩を進め、基調講演を届けようとしている教授然としたばかげたイメージをハクスリーは思い浮かべた。「驚きでもあり、ありふれたことでもある」プラスがようやく口をひらいた。

「予見可能であり、信じがたくもある」

今回、ハクスリーはプラスがすぐそばにいるというはっきりとした感覚を覚えた。手を伸ばし、リースの肩を軽く叩いて、立ち止まらせた。リースは目に見えるくらい努力して立ち止まり、ハクスリーはバスに向かって炎を解き放ちたくて仕方がない彼女の願望を感じた。

「ほら、結局は、すべては驕《おご》りのなせる業なの」プラスはつづけた。「猿が火打ち石で火花を散らして以来、人類に取り憑いてきた尊大不遜さ。自分たちを縛り付けている自然の法則をわれわれは超越できるという妄想。啓蒙の喜びのためではなく、支配するため、われわれは世界を理解をしようとつねに駆り立てられている。権力を得るため。われわれは自然を自分たちの意のままにしようとする果てしない探求に携わっている種なの。とりわけ、今回の場合では、突然変異の力を求めている」

リースはむっとしてうめき声を発した。彼女は好奇心とプラスが焼かれるところを見たいという強い願望とのあいだで引き裂かれている、とハクスリーは推測した。「わたしたちの知らないことを話してちょうだい」リースが呼びかけた。「もちろん、突然変異はM株の要素よ。それは明白だわ」

「突然変異は進化の原動力なの」プラスが返事をした。「だけど、それは基本的にランダムで予測不能なもの。自然淘汰のすべての主要な進化は、ドーキンスが〝盲目の時計職人〟と呼んでいるものによって何世代も、数千年もの時間をかけて現れる。だけど、万が一、突然変異が誘導可能で、指示可能で、制御可能だったとしたら?」

依然としてプラスの声にはもどかしい反響がかかっていたものの、警察官の勘はハクスリーにバスへの集中から離れるよう告げた。隠れ家としてはあからさますぎる。ハクスリーは振り返り、姿勢を低くして、リースと背中合わせになり、爆弾ケースをふたたび下に置くと、カービン銃をしっかり握り締めた。

「百万年の仕事が数十年、あるいはそれより短い期間で実行しうる」プラスはつづけた。「病気が治れば、知性が強化される――より高度で速く強い知性に。人間の潜在能力を最大限に引き出す。ひとりの男がいた――途方もない額の資金を持つ男だったと聞いてもあなたは驚かないでしょう。自分の富と権力を失うことを恐れるように、自分自身の死すべき運命に怯えていた。その恐怖が、彼をして自身の富を遺伝子研究やウィルス研究、シナプス研究、人間の意志を進化と結び付ける壮大な計画に投資させた。彼は自分がなる可能性のあるあらゆるものになりたがった。なりたいと望んでいたあらゆるものに。その代わりに彼がわれわれに与えたのは、われわれの最悪の悪夢になる能力だった。そうすることで、世界に破滅をもたらした」

「M株は人工的なものなんだな」リースが言った。

「もちろんそのとおり。人類だけがこんなにも完璧に残酷なものを生み出せたの。こんなにも狡猾なものを。自然の残酷さは本来備わっているものだけど、感情的ではない。加虐性は特徴だけど、教師でもある。殺しを楽しまない猫は飢えるのに、人間だけが純粋な楽しみのため拷問をする。そういう意味では、M株は人間性が蒸溜されて純粋な形になったものね。わたしたちは昔からずっと悪夢だった」

「じゃあ、どこかの金持ちがこいつをこしらえたんだ」ハクスリーはそう言いながら、なんらかのひくつきや渦をあらわにするものを求めて霧に目を走らせた。「そしてロンドン西部の倉庫にそれを捨てたんだ」

「かならずしもそうじゃない。完全に秘密にして、そのような複雑さと危険性を持っている病原体を想像するには、大変な努力が必要だった。秘密の研究所がさまざまな場所に設立された。何十億もの経費をかけて、何年も研究がつづいた。ロンドンの施設はたんなる試験場だった。世界でもっとも裕福な都市のひとつでありながら、最悪の貧困とホームレスの統計数値を誇っていた。だれも惜しまない実験対象者を見つけるのは、さして困難なことではなかった」

ハクスリーはプラスの声にノスタルジーと後悔、両方を物語る抑揚を感知した。「きみはその計画の一端を担っていたんだな」ハクスリーは言った。「だからこそこの任務できみがたいへん役に立ったんだ。きみはM株を創り出すのに手を貸したんだ」

「この文脈で創り出すという言葉が有効かどうかわからないな。わたしはその誕生を促した数多くの人間のたんなるひとりに過ぎない。誕生そのものは不可避なものだった。自分たちがなにを作っているのかわかっていなかったと知って、驚くかもしれないわね。わたしたちの子どもの性質はあまりにも複雑で、あまりにも強力だった。感染性を持たせるつもりはまったくなかったし、自己複製できるようなものにするつもりはまったくなかった。億万長者の出資者は、一年に一度、銀の皿に一個の錠剤を手下に運ばせて、自分の神性を維持できることを思い描いていた。だけど、進化自体の本質を利用し、それを制御することを期待してはならないの」

「ひとつ教えてくれる？」リースは言った。ハクスリーはいまにも彼女の緊張が解き放たれようとしているのを感じた。「それは自分で出ていったの、それともあなたたちが解き放ったの？」

次の間は長かった。ハクスリーは霧のなかにはじめてなにかが動く兆候を捉えた——霧のなかに突然渦が巻き、花から離れた花弁が激しく飛び散った。ハクスリーは発砲の衝動に抗った。いまプラスがどんなものになっていようと、あまりにも速く動くので銃弾を命中させられない、とわかっていた。少なくともこの距離では。

「彼女はバスのなかにいない」ハクスリーがリースに囁いた直後、プラスがまた話しはじめた。いまやかなりそばまできているのだが、腹立たしいことにまだ場所を突き止められなかった。

「あなたはほんとうにわたしのことをひどく思っているよね、先生《ドクター》。うん、確かに、正直言って、わたしには社会規範から外れた、ある種の……偏愛がある。だけど、わたしはこの病気が必要だという考えを抱くようになったとはいえ、すべてがわたしのせいじゃない。ここからこの話の世俗的な面に至るのよ。いい、すべては官僚主義と怠惰の組み合わさったものに帰着する。ロジスティクスの流れのどこかで、中位のプロジェクト・マネージャーが九十九パーセントの保証率しかないセキュリティ・プロトコルで数セントを惜しむ決定をしたの。複雑なシステムでは、一パーセントという誤差はとても大きい。退屈した警備員が小便に少し時間を長くかけたため、被験者が逃亡した。当局がその被験者の男性を確保するまでそんなに長い時間はかからず、彼はまだ理性的で、自分の受けている試練について全部話すことができた。当局はその件に慎重でいようとし、秘密にしようとした。スキャンダルはなし。刑事告発もなし。結局のところ、それほど強力なものを手に入れたくない政府なんてない。だけど、当然ながら、遅きに失した。手遅れだった。魔神を壜から出すつまらないメタファーは省くよ（悪いことが連続して起こること）」

「彼らはきみを逮捕したんだ」ハクスリーはそう言いながら、カービン銃を左右に動かし、花弁が舞うのを目にした場所を追い、そのたびに銃を振り回す弧を広げた。「治癒方法に取り組ませるため、きみを採用した」

「採用というのは、わたしがされたことを指すには聞こえがよすぎるな。権力構造が必死になればなるほど、やり方がどんどん悪辣になっていく。わたしは最初から全面的に協力していたけれど、だからといって、わたしがなにかを隠しているかもしれないと連中が主張するのを止めさせはしなかった。連中の苦しみには、基本的な復讐心がかなりあったとわたしは信じている。結局のところ、伝染病の流行が悪化するにつれ、苦痛を引き起こす神経ガスを退け、わたしを国際感染症流行対応チームに徴用した。残りは想像がつくでしょ」

あらたな花弁の飛散が十ヤード右で起こった。「彼女はぐるぐるまわっている」ハクスリーはリースに囁いた。ふたりは背中合わせにしゃがんだまま、いっしょに回転した。

「あれはあなたのアイデアだと言ったわね」リースは呼びかけた。「大勢の志願者を募り、記憶を消去し、接種原を投与し、トリウム爆弾を渡して届けさせる。自分がいっしょに送りこまれるとは思っていなかったんでしょ」

「記憶を恢復しだしたときには、ちょっとショックだった。それはほんとう。そのあと、接種原に関する真実を悟って、腹が立ちはじめた。わたしには珍しい感情だった」

ハクスリーの脳裏に自分とリースが抱えている痣が、ピンチョンの体に生々しく濡れた状態で咲いた痣が去来した。プラスの体では見かけた覚えがない痣だ。「きみの注射器は空だったんだ」ハクスリーは言った。「連中はおれたちにはワクチンを接種したが、きみにはしていないんだ」

「ワクチン接種？」プラスは耳障りな音を吐き出した。ハクスリーは笑い声のような気がしたが、歯ぎしりに近い音だった。「それがあれの正体だとまだ思ってるの？　どうしようもない愚か者だね。それにわたしの注射器は空じゃなかった。たんにわたしには効かなかっただけ。既存の科学の最先端における実験ではよくあること。全世界で最優秀の医学者たちが役に立つワクチンを開発しようと数カ月かけた結果、彼らにできたのは侵襲的な脳手術だった。記憶の欠如があんたたちの唯一の防御手段であり、それは長くは続かない。そして、あんたたちの爆弾については……」

プラスの突進があまりにも速く、ハクスリーはカービン銃を構える暇がほとんどなく、体を回転させて花弁の爆発に狙いをつけるのがやっとだった。爆発はなにか黒くてとても速いものが通ったあとのように持ちあがった。脇腹に鋼の硬さを持つものが衝撃的にぶつかってきて、ハクスリーを宙に投げ出した。そのあまりの強さでハクスリーは宙返りをした。地面に衝突して、うめき声が口から漏れた。鋭く深い痛みと骨のきしみに、ハクスリーは、右側の肋骨を必ずしも全部でないにせよ、大半をプラスに折られたと確信した。カービン銃は無くなっていた。手が目に見えない引き金を反射的に引きつづけていたものの。カ

カービン銃！ ハクスリーは花のなかを転がり、まだ叫びつづけていた。ショックでなにもできず、無駄に手を振り回していた。うなりをあげる発射音がリースの火炎放射器から発せられたが、長つづきせず、そのあと悲鳴があがり、ばきばきという鈍い音がつづいた。武器を手にするんだ！

食いしばった歯のあいだから唾をこぼしながら、ハクスリーは衝撃で動かなくなった体に鞭打ち、体をまえに投げ出すと、涙を振り絞りながらカービン銃を懸命にさがした。銃は少なくとも三ヤード先に転がっていた。その距離は突然マラソンのような長さになっていた。ハクスリーは銃に向かって這い進みはじめた。ダメージを負った体を動かすたびにうめき、口元から溢れ出る唾に血の色が混じった。視界が体を流れる苦痛の波に合わせて揺れたが、ハクスリーは止まろうとしなかった。カービン銃の銃床をしっかり握り締めるころには、唾よりも血のほうがかなり多く口から流れていた。

立ちあがろうとしたがすぐに倒れてしまい、なんとか座った姿勢を取ると、カービン銃

を肩に押し当てた。狙いをつけるものの、視野がまたぼやけ、意志の力で視野を晴らしたところ、ありえないほど変形した姿が現れ、それが現実だと受け入れるのに貴重な数秒を費やしてしまった。

　プラスの細長く伸びた顔は、彼女が船から逃げ出すまえにかいま見た、別れ際の睨みつける顔とほとんど変わっていなかったが、ただし、リースが最後に噴射した火炎放射器の成果として、左の上半分が黒く焦げていた。プラスを人間にしていたそれ以外のすべてが変わっていた。彼女の体は少なくとも三メートルの長さまで伸びており、胴体は臀部よりもはるかに細くなっていた。両腕には関節がふたつ加わり、数フィート分長くなっていた。両脚はさらに長くなり、ぎざぎざのついたアーチ状の筋肉と腱がうしろから生えていた。もっとも激しい変化は、さらに二本の脚を獲得しているという事実だった。両方とも腰の部分に位置している。その二本の脚は、ほかの脚より小さく、それを形成している肉はところどころ生っぽく濡れていた。その脚とうしろ脚の先端は、広げた人間の脚に鉤爪がついたパロディとなっている一方、両腕は細くなり、不規則に棘が付いていた。

　プラスは棘の付いた腕を、身動きしていない、もしかしたらすでに命を失っているリースの上でぶらぶらさせた。リースは大の字になり、鼻と口から血を流していた。ハクスリーから見て、リースの生気はまったくなかった。なんらかの理由から、プラスは無力な獲物に尖った手を突き刺すのをためらっていた。とはいえ、いまもなお煙をあげている、なかば破壊された顔に剝きだしの憎しみを浮かべ、リースに体を近づけ、「あばずれ《ビッチ》！」とひと言吐き出した。

ハクスリーはカービン銃の引き金を絞った。痛みとパニックに駆られて、安全装置を外すのを思い出さなかった。両手を震わせ、親指を安全装置のレバーに持っていき、フルオートに移行させたときには、プラスがありえない手足を数回動かしただけでふたりのあいだの距離を詰めていた。動きがぼやけるほどの速さで先端の尖った腕をふるって、カービン銃をハクスリーの手からはじき飛ばしてくるくる回転させると、あらたに生えた脚の一本の巨大化した足でハクスリーの胸を踏みつけた。

苦痛が瞬間的に爆発して、目が見えなくなった。肺に十分な空気が残っていたらハクスリーは悲鳴をあげていただろう。

「もう少し待ってちょうだい」プラスが言った。ぼやけて見えなかった巨体が視野から後退する。「ささやかなおしゃべりはまだ終わっていないよ」

ハクスリーは横になってあえいでいた。自分がそんなことをできている事実に驚く。もっともあえぐたびに血が吹き出ることから、あまり長くは保たないだろうと思った。

「トリウム爆弾」プラスがまた笑い声をあげるのを耳にし、顔を起こすと彼女が爆弾ケースにしゃがみこんでいるのを見た。「わたしがそんなものにほんとに騙されるだろうと連中が思っていたなら、ばかにされたものよ。どのみちうまくいくはずがないのに。この苗床の根ははるかに深いところにある。百メガトンでも無理でしょう」

あらたな苦痛の波に襲われて、ハクスリーはうなだれた。視線はプラスから滑り落ち、赤い花弁の花の光景に満たされた。そのときだった、ハクスリーがそれを見たのは。

「ところで、あれはわたしのアイデアではなかったんだ」プラスがつづけた。彼女の声は花に関心をすっかり奪われているハクスリーに小さく聞こえた。黒い。ハクスリーは最寄りの花を手ではたいた。花弁はおおかた赤かったが、同時に黒い斑点も付いていた。

「わたしはあのケースを生物拡散ユニットと呼びたかったんだけど、リリースが見抜くんじゃないかとあいつらは心配したの。ある種の核兵器のほうがもっと説得力があると考えられた。核爆弾はわたしの専門外だという事実を甘く見たんだろうね」

ハクスリーは咳きこんだ。口から濃い血の塊が最寄りの花に落ちる。即座にその花弁は黒くなり、茎がしおれ、哀れな黒い残滓と化した。近くにあるほかの花もしなびた。ハクスリーの血が触れたところはどこであれ、黒くなり、それは広がっていった。まわりを見まわすと、自分が広がりゆく黒い溜まりの中心にいるのに気づいた。花があたり一面で枯れかけていた。

抗体。その言葉が瞬間的に脳裏に蘇った。血で書き殴られたその文字のイメージを伴って。抗体……。それがおれたちの……。

プラスがハクスリーの上に身を乗り出し、先の尖った四肢が下がってきて、ハクスリーの頭の両側で地面に刺さった。ハクスリーの目は自分の右耳の隣にある尖った腕を見た。プラスがピンチョンを貫くのに用いた腕だ。それはほかの四肢よりも細くなっており、傷つき、小さくなっていた。

「それが無知の問題なの」プラスはそう言って、体を下げ、顔を数インチのところまで持ってきた。「とても危険なの。だけど、わたしはちがう。幼い頃に、この世界をうまく渡っていくには、できるだけあらゆることを学ぶ必要があると学んだの。たとえば、トリウム爆弾のようなものは存在しないという事実とか」

プラスがさらに身を寄せてくると、その左目は黒ずんだ肉の塊の下に沈んでおり、反対の目は澄んで明るく輝いていた。「あなたのファイルを読んだよ、特別捜査官」プラスの声はいまや心配したような囁きになっていた。「読む権限はなかったんだけど、アクセス手段を確保するさまざまな方法を持っていたんだ。輝かしいキャリアを棒に振ったんだね。あなたがまだ結婚していることを連中は話してくれた？　あの綺麗な奥さん」プラスの破壊された顔つきに同情をこめ、考えこんでいる表情のパロディが浮かんで、嘲ってきた。

「彼女があなたを待ってると思う……？」

ビーチにいる女性、こちらを見ているその様子。別れ？　結婚していた酔いどれ失敗作への最後の拒絶？　理由はわからなかったが、ハクスリーはそうだとは思わなかった。

ハクスリーは長く身震いしながら息を吸いこみ、プラスを特徴づける残酷さで輝いているその片目に視線を釘付けにすると、濃い血の塊をまっすぐそこに吹きつけた。

プラスの反応はその即時性と激しさが顕著だった——巨大な変形した体が立ちあがり、ねじれた四肢を振り回し、苦悩の怒りをこめた悲鳴を喉から吐き出した。ハクスリーは自分の痛みに耐えながら、左側に体を転がし、プラスの萎びた腕の尖った先端を避けた。それはハクスリーの背中と一インチしか離れていない地面に突き刺さった。ハクスリーは折れた肋骨の痛みに悲鳴をあげながら、転がりつづけ、プラスの複数の手足が立てるドラムビートが遠のいていくと、首を伸ばしてプラスが気の狂ったようにフィールドで踊り回っているのを見た。憎しみの籠もったろれつのおかしい罵りが、留まることなく大きくあけた彼女の口から、濃い暗赤色の血とともに漏れ出ていた。プラスはもうしばらく踊っていたが、やがて痛みに身震いしながら、ばったり倒れた。ハクスリーは彼女がこのままおとなしく死ぬのでは、と希望の光を感じた。

幸運に頼りたくなくて、ハクスリーはカービン銃をさがしたが、さらなる黒ずんだ花以外、なにも見つからなかった。拳銃だ、と思い出し、ホルスターに手を伸ばし、空であることを気づいた。たぶん最初にプラスに襲われたときに無くなったのだ。クソ……。

「こん畜生！」その甲高い抗議の声の大きさは、変形した四肢を使って上体を起こして示された意志の強さと同じく、意気消沈させせられるものだった。「哀れな、価値のない、クソッタレな敗者め……」プラスは激怒しており、ひとつひとつの言葉に肉と血の濃い塊を吐きながら、ハクスリーの元に戻ろうと地面に爪を立てていた。純粋な捕食者としての本能に引き寄せられているのだろう、とハクスリーは推測した。プラスの顔の両側がいまや黒ずんでいた。片方が焼け、反対側は、ハクスリーの血に触れられた花のように萎び、くぼんでいた。

ハクスリーはあとじさろうともがいた。枯れて黒ずんだ成長物とターマック舗装道路を踵でこする。プラスが追いかけながら何度も転び、その間ずっと体のなかのものを咳こんで吐きだしている様子から、彼女に殺されたあとすぐに彼女も死ぬだろうと知って、そこになんらかの慰めを見いだそうとした。だが、それはうまくいかなかった。

炎の奔流がまずプラスの尖った両腕を舐め、彼女を急停止させた。以前よりも苦痛に向けた甲高い声を振り絞り、プラスは炎の発生源に向き直った。炎の流れは的に迫って、激しさを増した。輝く黄色味を帯びたオレンジ色の舌がプラスの上半身の多くを剝ぎ取り、もくもくとあがる黒い煙と渦巻く残り火で彼女を包みこんだ。リースはかげろうの縁に姿を現し、足を引きずりながら煙のなかを歩いていた。火炎放射器はプラスの小さくなりつつある外殻にまばゆい奔流を落としつづけた。リースは立ち止まり、膝をついて倒れたが、武器の残り少ない燃料を全部費やすまでトリガーから指を離さなかった。燃える化学物質の最後の数本の放射がアーチを描いて、プラスを燃やし尽くしている炎に加わると、火炎放射器は徐々に黙りこんだ。

ハクスリーはリースが座りこんだのを見た。視野の狭窄《きょうさく》を伴って、おのれの心音が徐々に小さくなっていくのを予想した。そうはならず、ハクスリーは激しい苦痛の発作に震え、咳きこんで、すでに枯れている花にさらに血を吐いた。

「あまり大丈夫そうには聞こえないね」リースがかぼそい声をあげて、ハクスリーのほうを向いた。その顔は煤と血が混じったひどい様子だった。「気を悪くしたらごめん」

「たんなる……新しい怪我さ」ハクスリーは笑い声をあげたが、そうしなければよかったと悔やんだ。結果としてもたらされた苦痛がしつこい疲労感を少なくとも一時的に払拭してくれるのに役立ったとはいえ。少なくとも五分間はつづいた気がする苦しいあえぎで、ハクスリーは膝を立てるくらい体を起こすことができた。さらに一分が経過し、信じられないことに自分の足で立っていた。折れたあばら骨を摑み、もしそうしていないとなかにあるものがこぼれてしまいそうな気がしつつ、リースのほうによろよろと近づいた。

「あの女に殺されたと思った」ハクスリーはなくもがなのコメント代わりに言った。

「そうかな？」リースはどうにか片方の腕をあげ、煙をあげているプラスの残骸に向かって震える指を振った。「まあ、わたしはあの女を殺してやったよね？」

リースは顔をしかめ、腕をおろし、ハクスリーは彼女の首の痣が大きさを増し、さらに何カ所かで増えているのを見た。死の直前のピンチョンのように、表面が異なるものになっていて、ざらざらではなく、濡れて光り、水ぶくれができていた。鎖骨に手をやり、ハクスリーは触感と、痛みに身震いした。ほかのあらゆる痛みよりも鋭く、深い痛みは、背中と太ももにもその痛みを伝えてきた。そこではさらなる痣が現れるだろうとハクスリーにはわかった。

「外傷だ」ハクスリーは言った。「それが最終段階の引き金になるんだ」

リースはハクスリーを怪しんで見た。「どういうこと？」

ハクスリーは答えず、周囲を見まわして、爆弾ケースを見つけた。そちらに向かってよろよろと進むと、膝をつき、手許に引き寄せ、タイマーをじっと見た。

「止めて！」ハクスリーが必要な手順を打ちこみ、カウントダウンをはじめさせると、リースは叫ぶことはできなかったが、そう言った。「まだ目的地に着いていない」

ハクスリーは爆弾ケースを下ろし、タイマー・ディスプレイをリースのほうに向けた。すでに表示はカウントダウンをはじめていた——00：28、00：27、00：26……。

「停めて！」リースはうめき、無理矢理上体を起こした。「停めなさい！」なんとか数フィートだけ進んで倒れ、絶望的な目でハクスリーを見つめた。「こんな……いまじゃない……ここじゃない……」

「トリウム爆弾」ハクスリーはそう言って、タイマーが秒を刻むのを見守った——00：15、00：14、00：13……。「プラスによれば、そんなものは存在していないそうだ」

「まさか……」リースは花の黒い残骸を握り締め、体を引き寄せた。「あの女の言うことを……信じるなんて……」

「そうだな」ハクスリーはうなずいて、同意を示した。「かならずしも全部信じられるわけじゃない。だけど、このことは——」タイマー・ディスプレイを軽く叩く。「——信じる」

00：06、00：05、00：04……。

「ハクスリー！」リースは指を広げ、ハクスリーに向かって手を伸ばした。「お願い！」

「それはおれの名前じゃない」

タイマーは二度ゼロを点滅させると、暗くなった。ハクスリーはたっぷり二秒間ケースを見つめてから、弱々しくケースを押し退けた。「そしてこいつは爆弾じゃない」

０ ０：０ ０

ハクスリーは嚙みしめた歯のあいだから押し殺した音を発し、立ちあがると、リースのかたわらで身をかがめ、彼女が上体を起こすのに手を貸した。「見えるか？」そう言って、ハクスリーは軍服の襟を引っぱり、生々しい、拡大した痣をあらわにした。その痣がいまや脈動しているのが感じられた。いまにも破裂しそうななにかのようだ。「これは最初から爆弾じゃなかったんだ。爆弾はおれたちだ」ハクスリーは両手でリースの頭を包み、自分の額に相手の額を押しつけた。「おれたちが爆弾なんだ。最初からずっとそうだった。生き延びること、覚えてるかい？　この任務は生存が鍵だった。おれたちはここにたどり着くまで長く生き延びなければならなかった」

リースはハクスリーに体を押しつけ、その震えの激しさに彼女の感じている苦痛のひどさがハクスリーのそれと匹敵するか、勝っていることを告げた。「そうね……」リースはやがて呻いて、両手をハクスリーの肩に置いて、立ちあがった。「わたしたちはやらないと……そのために来たことを」

ハクスリーは顔を起こして、リースの差し延べる手を見た。深く、苦いやりきれなさにきっぱりと断る言葉を口元までもたらした。ビーチの女性……。おれの妻。リースの息子。ピンチョンの夫。だれであれ、ゴールディングとディキンスンがこの任務を引き受ける動機になった相手。

ハクスリーはリースの手を取り、自分を引きあげて立ちあがろうとして、あやうくリースを引き倒しそうになった。先へ進もうとして、ふたりは倒れないようにたがいにしがみついていなければならなかった。何度となくつまずいた。ふたりの目的地はいまやあきらかだった。帯状の霧がとても濃く、広大な形のない傷に似ていた。歩きながら、ふたりとも出血しており、過ぎていくあとに黒ずんで枯れかけた花を残した。接種原が自分のなかで働いているのをハクスリーは感じることができた。純粋な苦痛の律動とともに熱に浮かれた、せわしない吐き気に責め苛まれ、一歩進むのがマゾヒズムの訓練になっていた。リースもその努力にすすり泣いていたが、倒れそうだとハクスリーが思うたびに、彼女はハクスリーをより強く摑んで、動きつづけた。

怪我に視界が塞がるとハクスリーはそのなかにひとつの形が現れるのに気づきはじめた。横幅が広く、でかい一枚岩のようなもの。「スタジアムだ」ハクスリーはそう言った。話をしようとして、体が痙攣し、なにか濡れているが形のある塊をハクスリーに吐き出させた。もしリースに引っ張られて、正気づかせてもらわなければ、倒れてしまっただろう。霧は濃いままだったが、スタジアムの光景を目にした。苦痛に体をふたつに折った姿勢から背を伸ばし、スタジアムを覆っている分厚い大量の花を見分けることができた。

「ここがあいつらの……やって来たところ」リースはあえいだ。「何千人もの人間が……ここに来て死んだ」

ハクスリーはリースをぎゅっと抱き締め、ふたりは霧のなかに歩いていった。よろめきながら数分間進むと、花の巨大な壁を目にした。ハクスリーが見あげると、スタジアムは完全に花に覆われていた。それぞれの花弁は幅広く開いて、プラスが必要な修正措置と呼んだものを吐き出していた。

「彼女が正しかったかもしれないな」ハクスリーは低い、掠れたつぶやきをした。

リースはハクスリーに体を預け、顔をあげられずにいた。「なに？」

「プラスは……世界を救おうとして……だけどどうして？ そして連中はただ……」ハクスリーは腕を持ちあげ、花の壁に向かって振った。「これを繰り返す……もう一度」

リースの答えは柔らかなすすり泣きの形で、ある動きを伴っていたが、ハクスリーはそれを肩をすくめたのだと受け取った。「たぶん……もう繰り返さないよ」

ピンチョンの夫。リースの息子。おれの妻。「ああ」ハクスリーはリースを引っ張りながら、まえへ進みはじめた。「たぶんな」

ふたりは花の壁から一フィート離れたところで立ち止まり、リースはその障壁を見て目をしばたたき、赤い涙を流した。「入っていく方法がない」

「たぶん……それは問題じゃない」ハクスリーは自分たちが来た道を振り返った。ふたりの足跡は、萎んでいく黒いものの痕がはっきり付いており、その黒さはフィールド全体にゆっくり広がっていた。その下の地面は濡れた光沢があり、柔らかいヘドロのようなものでところどころ沈んでおり、腐敗が花から根に広がっていくにつれ、亀裂が現れていた。この苗床の根は、あまりに深くまで伸びていて……。

ハクスリーはよろめきながらリースから離れて、彼女の手を取った。「用意はいいかい？」

信じがたいことにリースはハクスリーに向かって笑みを浮かべることができ、指を弱々しく握って応えた。しかしながら、言葉を発するのはいまの彼女の限界を越えていた。血管が浮かび赤くなっている彼女の目を見つめながら、もはや彼女は自分を見ていないことをハクスリーは悟った。名前を思い出せないほほ笑んでいる息子を見ているのだ。

ハクスリーはほほ笑み返すと、ふたりいっしょに体の向きを変え、壁に向かって歩いていった。最初、花はふたりがたんに触れるだけで縮み、無色の糸に昇華した。数フィート進むと障壁は厚くなり、花は枯れていくが、数があまりにも多いため、分厚い柔らかな塊になっていた。ハクスリーは自分にできるかぎり長く歩きつづけ、震える足で無理矢理歩を進めた。ついに必然的に足が保たなくなり、リースがハクスリーといっしょに倒れた。ふたりはまだ手をかたく結びあっていた。萎んでいく成長物がハクスリーを包みこむと、彼の体の表面を汚している痣がぱっくりと口を開け、最終的な大量の毒を溢《あふ》れさせた。苦痛があり、次に寒さがあり、そしてひねくれた繋がる感覚があった。意識を失いかけている精神が産んだものかもしれなかったが、ハクスリーはこの化け物じみた苗床の全部が死にかけているのを感じることができた。ずたずたになった体から漏れ出る毒がすべての茎と花弁に広がっていく。ハクスリーはその死を喜んだ。

心臓の最後の鼓動が脳のシールドされていた片隅を刺激し、脳は死を睡眠と誤解した。そしてその数秒のあいだにハクスリーは夢を見た。ビーチの女性。塩っぱい風に髪の毛をたなびかせている。彼女はハクスリーを振り向いた。強い悲しみに顔を引き攣らせている。

「いかないで」彼女は彼に言った。懇願した。「わたしたちはやっとおたがいをまた見つけたばかりよ」

「いかなきゃならないんだ」ハクスリーは言った。彼女は自分の体を強くハクスリーに押しつけた。彼はむせび泣く彼女を抱き、自分の体に触れる相手の感触をむさぼった。風になびいてくる彼女の髪のにおいをむさぼる。口元をハクスリーの耳に寄せ、彼女はなにか囁いた。

「おれの名前」ハクスリーはつかえつかえ言った。体は最後の激しい痙攣に震えながら、まだリースの手を握っていたが、その手はすでに命を失っていた。「彼女は言ってくれた……おれの名前を……」

訳者あとがき

本書は、英国作家A・J・ライアンの長篇第一作 *Red River Seven*（2023）の全訳である。

最初に注意書き。本書をいちばん楽しめる読み方は、この訳者あとがきなど飛ばして、なんの予断も抱かずに、小説の冒頭から読むことだ。読者と登場人物が一体化して物語を進んでいく、そんな構成に本書はなっている。作者はそういう仕掛けを施しているので、試しに最初の章を読んでいただければ、ここで書いていることが嘘ではないとおわかりになるはずだ。

とはいえ、貴重なお金と時間を費やすためには、なんらかの判断材料が必要なのは十分承知している。

この本は面白い。保証します。さあ、読んでください。

と書いて終われれば楽なんだが、訳者の保証などなんの判断材料にもなるまい。所詮、売らんかなの文章と目されるのは、百も承知。

では、具体的にその面白さを説明することにしよう（最初に注意書きをしたように、この先を読めば、「予断」が生じ、ほんの少しだけ一体感が薄れる可能性があるのを、納得のうえで、お読みいただきたい）。

ひとりの男が霧に包まれた水面《みなも》に浮かぶボートの上で目覚める。自分が何者で、どこにいるのか、なんの記憶もない。男はひとりではない。ほかに六人いて、だれも、自分たちの名前を思いだせない――

さあ、ここで読者であるあなたは戸惑う。そんなことが可能なのか、と。ひとりが記憶喪失を患っているのならともかく、登場人物全員が自分の名前すらわからないことがありえるのか。

ははーん、さては仮想現実物だな、データ上の人格の話か、サイバーパンクか、と予想するのがSF読みの通常の思考だろう。訳者もはじめて本書を読んだとき、まず最初にその可能性を思い浮かべ、それだと凡庸だな、と少し失望した。

ところが、そういうメタな読み方をあざ笑うかのように物語は待ったなしでどんどん進んでいく。記憶を失った主人公たちが不可解な状況に置かれ、文字通り五里霧中のなか、何者かの指示を受けてボートを進めていくにつれ、徐々に謎が明らかとなり、同時に厳しい生存競争が繰り広げられる……。

途中まで、これは結局夢落ちで終わるのではないか、そうしないと合理的な決着がつかないぞ、という不安はあったのだが、杞憂だった。個人的な記憶がなくなっているという本書最大の「SF的設定」を含め、すべて作者の計算のうちだったのが読み終わればわかるように「構成」されている。

とりわけ、登場人物に個人的な記憶がない（ただし、それぞれの職業上の専門知識に加え、「筋肉記憶」と本書では呼ばれている体で覚えている行動パターンは残っている）という設定は、じつに見事で、それによって目のまえで次々と起こる異常な事態と謎に、登場人物は「反応」することしかできない。つまり、目覚めたときからの記憶しかない登場人物は「個人的な記憶」という蓄積されたデータに基づく類推による「思考」ができず、「専門知識」と「筋肉記憶」に基づいた「行動」主体になる。言わば、場当たり的な対応が中心となり、それが読者に登場人物とリアルタイムで事態に対応していく感覚を覚えさせるのだ。また、原則として内省しない（できない）登場人物たちで構成することによって、物語のスピード感が増すという効果があり、普通の小説なら倍のページ数が必要な内容であるところを最小限ですませることができたのもよかったと思う。一回しか使えないアイデアであるところが惜しい。その意味では、唯一無二の小説と言えよう。

理不尽な状況と大きな謎、異様な敵、シンプルなストーリー展開、明確な解決手段とカタルシス。まさにエンターテインメント小説として理想的。なによりも上下巻の長さを要する複雑な展開といろんなものに配慮したうえで「考えさせる」小説が評価される現代において、比較的短いページ数で、ここまで「なにも考えずに」ストーリーに身を委ねることができる小説は稀有な存在で、その読書体験には快感すら覚えるだろう。

そう、本書は、賞の対象になるような小説ではない。事実、業界の各種賞の候補にはいっさいあがらなかった。物語に没入して、読み終わり、ああ、面白かったと思えたなら、きれいさっぱり忘れていい、そんな類の、ある意味、潔い「極上の」娯楽小説である。言わば、職人技の小説だ。

こんな本を長篇第一作で書けるA・J・ライアンとは何者だ？　とプロフィールが伏せられていたなら思うところだが、実際には、十年以上のキャリアがあり、多数の著作をものにしている作家アンソニー・ライアンの別名義であることが本書原書の既刊案内ページに記されている。やはりそれなりに小説の勘どころがわかっている手練れの作品であるわけだ。

アンソニー・ライアンは、一九七〇年にスコットランドで生まれ、現在はロンドンで暮らしている英国作家で、二〇一一年にデビュー長篇『ブラッド・ソング』（ハヤカワ文庫FT）を自費出版したところ、これが評判になって四万部も売れ、翌年米国の業界大手出版社であるエース社から、翌々年英国のこれまた大手のオービット社から再刊され、以来、主に重厚なエピック・ファンタジー（いわゆる、剣と魔法の小説）の書き手として、確実に読者を摑んでいる存在である。

その作家が本書のようなサスペンスSFを別名義で書いた理由は、明らかにされていないが、エピック・ファンタジーの書き手としての印象がすでに固まっているのを危惧したのかもしれないことは、本書に関する次のインタビューからも想像できる。

インタビュワー　気分転換のため以外に、ポストアポカリプティックな作品であらたなジャンルに挑戦したくなったのはどうしてですか？

ライアン　ぼくの想像力はつねにアイデアを生みだしており、それが時間をかけるなかで熟成され、最終的に書かれることを要求する物語に開花する。アイデアの多くは、ファンタジー・ジャンルに収まりがちなんだけど、そうではないものもじつにたくさんあり、本書はそのケースのひとつなんだ（中略）。むかしからずっとポストアカポリプス物や、それに似た物語のファンだった。数多くの疑問を投げかけるものの、満足いく答えが見いだされることはほとんどないジャンルだ。それに、世界の滅ぼし方を選ぶことで、神の役割を少しばかり演じられ、それはつねに楽しいものだ。また、剣と魔法の物語からしばらくのあいだ離れることができたのもよかった。

※「ポストアポカリプティック」というのは、「黙示録のあとの」というのが原意で、世界がなんらかの原因で滅んだあとの世界を描くSFや、もう少し広げて、滅びかけた世界を描くSFに付けられる形容詞であり、本書の場合は、後者。

（二〇二三年十一月二十五日付け、書評Webビフォー・ウイ・ゴー・ブログ掲載インタビューより）

ライアンが、作家活動のメインであるエピック・ファンタジーを離れて、本書のような単発の娯楽小説をあらたに書いてくれるのかどうか不明だが、個人的には大いに期待したい。本書を読んでいただければ、そんな思いに共感していただけるのではないか、と願っている。

ちなみに本書の原題 *Red River Seven* は、直訳すれば『赤い川をいく七人』くらいの意味だろうが（本国では、もっぱら、RR7と略されている）、邦題として『レッドリバー・セブン』とカタカナ表記しただけでは、いまひとつ意味が不明なことから、編集部の提案に従って、ひと言付け加え、『レッドリバー・セブン：ワン・ミッション』とした。七人に課せられたひとつの使命《ワン・ミッション》とはなにか、どうかご堪能いただきたい。

なお、本書の登場人物七名には、各人英米の著名な作家や詩人の名前が仮名として付けられているのだが、ネタ元になったそれぞれの著名人のフルネームと生没年、代表作のなかで比較的新しい刊行年の訳書を以下に記す――

ハクスリー　オルダス・ハクスリー（1894-1963）英国作家　代表作『すばらしい新世界〔新訳版〕』大森望訳（ハヤカワepi文庫）

コンラッド　ジョゼフ・コンラッド（1857-1924）ポーランド出身の英国作家　代表作『闇の奥』高見浩訳（新潮文庫）

リース　ジーン・リース（1890-1979）ドミニカ出身の英国作家　代表作『カルテット』岸本佐知子訳（早川書房）

ゴールディング　ウィリアム・ゴールディング（1911-1993）英国作家　代表作『蠅の王』黒原敏行訳（ハヤカワepi文庫）

プラス　シルヴィア・プラス（1932-1963）米国の作家・詩人　代表作『ベル・ジャー』小澤身和子訳（晶文社）

ディキンスン　エミリ・ディキンスン（1830-1886）米国の詩人　代表作『完訳エミリ・ディキンスン詩集（フランクリン版）』新倉俊一監訳／東雄一郎・小泉由美子・江田

孝臣・朝比奈緑訳（金星堂）

ピンチョン トマス・ピンチョン（1937-）米国作家 代表作『競売ナンバー49の叫び』佐藤良明訳（新潮社）

前述のインタビューで、これらの作家名を選んだ理由を問われ、作家は次のように答えている——

インタビュワー 本書の登場人物に選ばれた作家たちは、お話しいただけるような、なにか特別な意味があるのでしょうか、それともたんになんらかの形でオマージュを捧げたいお気に入りの人たちなんでしょうか？ まあ、『すばらしい新世界』に出てくるバイオエンジニアリングの関係からハクスリーは自明ですが。

ライアン そうだね、あなたがいま言ったようにハクスリーは自明の選択だった気がする。ほかの登場人物の名前として、SFやファンタジーの作家は選ばないようにしたし、あまりにあからさまな、たとえばシェイクスピアやディケンズみたいな名前にもしたくなかったんだ。それと同時に、すぐわかるような作家の名前にもしたかった。シルヴィア・プラスは学校のカリキュラムによく出てくるし、ジーン・リースとウィリアム・ゴールディングも同様だ。また、彼らは全員、かなりニヒルであったり、陰鬱であったりする作品を書く傾向があり、本書にふさわしいと思ったんだ。

著作リスト

A・J・ライアン名義

Red River Seven（2023）本書

アンソニー・ライアン名義

〈Raven's Shadow〉三部作

『ブラッド・ソング（Ⅰ血の絆　Ⅱ戦士の掟）』*Blood Song*（2011）矢口悟訳／
ハヤカワ文庫FT　Ⅰ二〇一四年刊　Ⅱ二〇一五年刊

Tower Lord（2014）

Queen of Fire（2015）

Slab City Blues: The Collected Stories（2015）SF

〈The Draconis Memoria〉三部作
The Waking Fire（2016）
The Legion of Flame（2017）
The Empire of Ashes（2018）
〈The Raven's Blade〉二部作
The Wolf's Call（2019）
The Black Song（2020）
〈The Covenant of Steel〉三部作
The Pariah（2021）
The Martyr（2022）
The Traitor（2023）
〈The Seven Swords〉ノヴェラのシリーズ（既刊六冊）
A Pilgrimage of Swords（2019）
The Kraken's Tooth（2020）
City of Songs（2021）
To Blackfyre Keep（2022）

Across the Sorrow Sea（2023）
The Road of Storms（2024）
〈The Age of Wrath〉三部作（第一部のみ既刊）
A Tide of Black Steel（2024）
Born of an Iron Storm（2025予定）

訳者略歴　1958年生，1982年大阪外国語大学デンマーク語科卒，英米文学翻訳家　訳書『母の記憶に』『生まれ変わり』（ともに共訳）『Arc アーク　ベスト・オブ・ケン・リュウ』『紙の動物園』『宇宙の春』リュウ，『隣接界』（共訳）『夢幻諸島から』プリースト（以上早川書房刊）他多数

HM=Hayakawa Mystery
SF=Science Fiction
JA=Japanese Author
NV=Novel
NF=Nonfiction
FT=Fantasy

レッドリバー・セブン：ワン・ミッション

〈SF2472〉

二〇二五年二月十日　印刷
二〇二五年二月十五日　発行
（定価はカバーに表示してあります）

著者　A・J・ライアン
訳者　古《ふる》沢《さわ》嘉《よし》通《みち》
発行者　早川浩
発行所　株式会社　早川書房
郵便番号　一〇一‐〇〇四六
東京都千代田区神田多町二ノ二
電話　〇三‐三二五二‐三一一一
振替　〇〇一六〇‐三‐四七七九九
https://www.hayakawa-online.co.jp

乱丁・落丁本は小社制作部宛お送り下さい。
送料小社負担にてお取りかえいたします。

印刷・中央精版印刷株式会社　製本・株式会社フォーネット社
Printed and bound in Japan
ISBN978-4-15-012472-4 C0197

本書は活字が大きく読みやすい〈トールサイズ〉です。